大地的云朵

新疆棉田里的河南故事

阿慧 著

河南文艺出版社

·郑州·

作 者 简 介

阿慧,本名李智慧,回族,原籍河南省沈丘县。中国作家协会会员。

散文作品发表于《民族文学》《美文》《时代文学》《散文选刊》《散文百家》《莽原》《回族文学》及《人民日报》《光明日报》《文艺报》《中国文化报》等报刊。作品入选《2013 中国散文排行榜》《2017 中国散文排行榜》等十多种选本,曾荣获《民族文学》奖、孙犁文学奖、冰心散文奖、杜甫文学奖、《回族文学》奖等多种奖项。出版散文集《羊来羊去》《月光淋湿回家的路》。《羊来羊去》被译为阿拉伯文出版发行。

目录

序　言　　采撷生命之花／刘庆邦　　　　　1

第一章　　千万里我追寻着你　　　　　1

第二章　　老乡,俺来了　　　　　21

第三章　　朵朵棉花遍地开　　　　　35
　　　一　焦阳下的拾棉人　　　　40
　　　二　冻得硬邦邦的柏油路　　　86
　　　三　大雪纷飞的长夜　　　182

第四章　　五福棉　　　　　281

代后记　　四季踏访录　　　　　286

序言　采撷生命之花

刘庆邦

广袤的新疆大地盛产棉花,据说目前新疆每年的棉花产量占全国棉花总产量的比重超过了百分之八十。这个惊人的数字,意味着全国人民所穿的十件衣服当中,有八件是用天山南北所产的棉花做成的。

每年夏秋之交,当新疆遍地的棉花盛开成雪白的花海之际,就会有大批的河南农村妇女,成群结队,不远万里,奔赴新疆采摘棉花。蜜蜂追花,她们也追花。蜜蜂追花,是为了酿造甜蜜,她们追花呢,是为了奉献温暖。

阿慧的这部长篇纪实性文学作品,追踪记述的就是地处中原的河南农村妇女,特别是豫东周口地区的农村妇女，去新疆打工拾棉花的故事。因我的老家就在周口沈丘县，我听说我们村的人也有去新疆拾棉花的，读阿慧的书，我仿佛看见我们村的大娘、婶子、嫂子、弟媳，或姐姐、妹妹，在遥远的新疆棉花地里辛勤劳作的身影，感到格外亲切，并不时为之感动。

追溯起来，不管是逃荒，还是创业，中原人都有西行的传统。山东人是闯关东，山西人、河北人是走西口，而河南人习惯沿着陇海线过潼关，奔西面而去。不过，他们一般来说到了陕西就停下了，就地谋生，不再西进。也有人走到了青海和甘肃，只是人数极少，没形成规模。再往西域新疆，就更少有河南人涉足，不仅"西出阳关无故人"，西出天山更是故人难觅。然而，新中国成立之后就不一样了，随着新疆的解放，随着新疆生产建设兵团驻扎下来参与新疆的开发建设，随着西部大开发国家战略的实施，随着古老的丝绸之路被重新打通，去新疆的河南人逐渐多了起来。我去过新疆几次，每到一地，我几乎都能遇见老乡，听到乡音，新疆连豫剧团都有了。新疆到底有多少河南人，恐怕没人做过统计。我只知道，在我们老家，差不多每个村庄都有去新疆谋生的人。别的村不说，只说我们村吧，就有一些人先后去了新疆。在各个历史阶段，他们去新疆的原因各不相同。第一个去新疆的人，是一个地主分子。他喜欢说评词，被说成是好逸恶劳的二流子，送到新疆劳动改造去了。第二个去新疆的人是一个地主家的闺女，她想脱离我们那里严酷的阶级斗争环境，自愿远嫁他乡。"文革"后期，有一个当过造反派的人受到村干部打击报复,在村里待不住,逃到新疆去了。他在新疆落户之后,把一家老小都接到新疆去了。改革开放之后,全国掀起了外出打工热潮,我们村至少又有两户人家,随着打工的潮流,去新疆安了家。想想看,仅我们一个村去新疆的人就这么多,把全周口、全河南去新疆的人都加起来,不知有多少呢!

千万不要小看那些远走新疆的河南人,他们都是有志向的人,都是不屈的人,都是不甘平庸的人,都是有创业精神的人。他们到了新疆,不但带去了劳动力,带去了生产技术,还带去了源远流长的中原文化,带去了中原人坚忍、顽强、勤劳的民族精神。他们的奉献,对于新疆的发展、繁荣、稳定,包括文化融合和民族大团结,都发挥了不可估量的历史性作用。

每一个生命个体的命运,都承载着历史和现实,并在与时代的交汇中,焕发出心灵的光彩。我曾设想过,到新疆把我们村去的那些乡亲逐个采访一下,说不定能写成一本书。可我又一想,新疆那么大,他们分散得东一个西一个,想找到他们不是那么容易,就把想法放弃了。我们那里的妇女去新疆拾棉花的事,我也听说过,也很感兴趣,曾动过去实地踏访的念头。但想到自己岁数大了,有些力不从心,访问不成,还有可能给人家添麻烦,就没付诸实践。让人高兴的是,周口年富力强的女作家阿慧去了。阿慧并不知道我的心愿,但她做的,正是我想做的;她所写的,正是我想写的,阿慧差不多等于替我完成了一个心愿啊!

在秋风萧瑟、雨雪交加的日子里,阿慧只身去到新疆茫茫无际的棉花地里,与拾棉花的姐妹们同吃、同住、同干活二十多天,克服了许多意想不到的困难,付出了极大的耐心、智慧和辛劳,在定点深入生活方面下够了苦功夫、笨功夫,才取得了如此丰满的收获。王安忆在给我的短篇小说集写的序言里,说我的写作"有些笨"。对这样的说法,我一开始不大理解,觉得自己就是不太聪明呗。后来我才渐渐理解了,原来王安忆说的是好话,是在鼓励我。我愿意把这样的话转赠给阿慧。阿慧明白,不管是采访,还是写作,都没有任何捷径可走,都耍不得小聪明,必须脚踏实地,一步一个脚印,把笨功夫下够才行。道理跟采摘棉花一样,花朵子长在花托上,不管花朵子开得有多么大、多么多,你不到棉花地里,不动手把花朵子采下来,棉花就变不成你的。你只有脚到、眼到、手到、心到,棉花才会属于你。这不仅是一个实践的过程,更有一个态度问题。阿慧把自己的姿态放得很低,真诚地融入拾棉花妇女的队伍,很快把自己变成打工姐妹中的一员。拾棉花时,别人站着拾,她也站着拾;别人跪着拾,她也跪着拾。别人拾的棉花,都是装在自己的棉花包里,她拾的棉花,都装进了别人的棉花包里。听姐妹们讲到辛酸的往事,她的眼圈子比人家红得还快,泪水比人家流得还多。人心换人心,就这样,阿慧赢得了姐妹们的信任,成了她们的知心人,有什么心里话,她们都愿意跟阿慧倾诉。

在这部《大地的云朵》里,阿慧以云朵喻棉花,以棉花喻人,采取花开数朵,各表一枝的做法,一共表了三十二朵花。她给每一朵花都命了名,如"财迷女""减肥女""追梦女"等等。那些花有女花,也有男花;有嫩花,也有老花;有家花,也有野花;有正开的花,也有已经凋谢的花;有流动的花,也有早已在新疆扎根,并成为种棉大户的花。按阿慧的说法是,"所有的花都不一样"。虽说都是为了"抓钱",但出发点有所不同,有的为了盖房,有的为了攒嫁妆,有的为了经济独立,有的为了看世界,也有的为了戒赌,还有的为了还债等,不一而足。不管动机如何不同,反正他们一到新疆的棉田,都开出了属于自己的、特色独具的生命之花。随着时间的推移,新疆或许不需要人工采摘棉花了,改为机器收采;棉田或许不再是棉田了,可能会变成油田,或变成城市,变成历史。如果没有人把河南人去新疆拾棉花的故事记录下来,若干年后,很可能是落花流水,了无痕迹。幸好,富有使命感的阿慧,用她的笔,她的文字,她的心,深情地、细节化地、生动地记述了这些故事,并使这些故事有了历史价值、时代价值、文化价值、生命价值、审美价值和文学价值。阿慧实在是做了一件有意义、有功德的事。

阿慧这部书的语言也值得称道。语言大师在民间。这部书的语言好就好在,阿慧以对语言的敏感,并抱着虚心学习的态度,忠实地记录下了民间那些故事讲述者原汁原味的、带有地方色彩的语言。人靠衣裳马靠鞍,好的作品靠语言。连我这个对语言比较挑剔的人,看了阿慧作品中的有些语言也觉得新鲜,意识到语言的翻新没有穷尽,永远在路上。为了节省语言,我这里就不再举例子了。

我想,阿慧这部非虚构作品所使用的材料,如果把它虚构一下,想象一下,调整一下结构,找到新的光点,写成若干篇小说也不是不可以。在序的最后，这算是我向阿慧提的一个建议吧。

2020 年 3 月 18 日至 21 日（抗击新冠肺炎疫情期间）

于北京和平里

＊刘庆邦，著名作家，1951 年生于河南省沈丘县，现为北京作家协会副主席，代表作有《平原上的歌谣》《神木》等。

第一章

千万里我追寻着你

河南周口秋天的白云，让我飞升起大朵的梦想，站在文联办公楼的楼顶，丝丝缕缕的白云在头顶编织，这梦想的丝带在我的心头越收越紧。他们的气息，裹带庄稼和炊烟的味道，离我越来越近。

一个多月前，我在市区老火车站看见过他们，那时天还暗着，太阳还没露脸，广场的方砖被夜露雾得湿漉漉的。他们已从不同的县城赶来了，早早地排起了长队，从入口处直排到广场边。因为都带包裹，队伍显得格外臃肿。有人堆坐在包裹上，说话，吃东西，看来他们还要等上一阵子。我知道，这是又一批远赴新疆的拾棉工，他们粗糙的背影，写满对远方的期待。

很自然地想起三年前的初冬，我刚坐上去县城老家的客车，呼咚咚上来三个中年女人，大包小包的行李，连同毫无掩饰的说笑，顷刻间填满了整个车厢。我闻到一股新鲜棉花的味道，掺杂着丝丝好闻的阳光气息。这气味，是从我脚边两个鼓鼓的棉花包里溢出的，它来自遥远而神秘的新疆棉田。印花的包皮布上，仍粘着青褐色、细碎、干燥的棉花叶片。

三个女工老乡，头顶着头大声说话。

短发女人说："今年南疆的棉花好，比咱北疆的强，抓一把是一把，俺娘家嫂子这回可抓着钱了，比我多挣两千多哩。"

烫发女人举着一根指头说："咦，你这媳妇挣得还少啊，一万多块哦，啧啧！管再养个男人了。"

短发女打掉她的手说："去你的吧麻妮，你想换男人了？才出去两个多月看把你野哩！哎哎，你听我说，郑州那鳖孙老板娘还想哄我花钱哩，她拉着我不丢手，亲得跟一个娘生的一样，非让住店吃饭不可。你猜我咋说？我从袜筒子里抠摸出五块钱，伸到她脸上，说：

'给,俺就这五块钱,多一毛也没有。俺的钱啊,都被那黑心老板扣光了。'嘻嘻,其实啊,俺都打回家给俺男人了。"

烫发女人撇撇嘴说:"人家生意人眼尖,看你刚从新疆拾棉花回来,腰粗,有钱。"

短发女戳了她一拳头,说:"咦,你不粗?俺腰哪有你腰粗?"

长头发女人一抬眼,发现我在瞄她们,头一埋说:"粗啥粗?回家比去!看人家听去笑话咱。"

我不得不被她们实实地吸引,我的目光变得异常生动,去打量女工们生动的面孔。黝黑的脸颊上,留有西域强烈阳光的印记,她们神色疲惫,却目光灼灼,像一簇簇游动的火苗。

她们火苗似的点燃了我那颗跳动的心。

短发女突然站起身在腰里摸索了一阵子,终于从内衣的口袋摸出一个手机来。

"喂!"她高门大嗓地说,"蛋他爹吗?喂,听见了吧?里面啥声音恁乱嘈?打面哩?别打了,到沈丘南站来接我!咱家四轮车在家吧?嗯,开车来,东西多,快点啊!"

好家伙,一副见过大世面、腰包装大钱的架势。

她挂掉手机时鼻子里哼了一声,顺便夹了一眼后座上的我。这颇具诱惑、挑逗的一眼,似隔空扔过来一对鼓槌,把我郁结的胸腔打得咚咚锵锵。

我静静地待在车厢角,掩住怦怦的心跳。我就这么一厢情愿地爱上了她们,连同她们迷人的黝黑脸颊,土气十足的大棉包,还有那几片粘上棉包皮,顺利搬迁到河南的新疆棉花叶片。我在迷醉中有些恍惚不清。

三个拾棉工姐妹，在我恍惚中下了车。

我倏地站起身，将脸贴上车窗玻璃，用烙铁般的目光焊接她们厚实的背影。

我对自己说：无论如何，不管怎样，我都要跟随你们到新疆去拾棉花。

在这之前，我着实听说过乡民去新疆拾棉花的事，但从没有见过真人实景。那天与三姐妹的巧遇，似一个潜隐的白棉桃，在我的心里悄然吐絮了。

当我返回工作的小学校，我那美妙如棉朵的雪白愿望，被现实的巴掌拍回了现实。不只是每天上下班四次的刷脸打卡，没空隙可逃，即使逢上个寒暑假期，也都在夏季和冬季，跟秋季棉花收获的季节根本不挨边。记得那晚，我绕着校园的圆形花坛，老驴拉磨似的转圈圈，直转得天地倒置，也没想出谁能给我放个"棉花假"，恩准我在棉花收获季节去新疆。

说实话，那两年我常咬着腮帮子患牙疼似的闹苦恼，当理想遇上现实，我只好跟上现实的腿脚走，尽管走得极不情愿。

我的运气来了！那天小雨后的天空云飞雾散。我仰起一张滚烫的脸，痴痴迷笑：这该是命运对我二十多年迷恋写作的一次悲悯回报，我才有了这次借调市文联工作的良机。2012 年 4 月 21 日，我欢天喜地辞去市直小学业务副校长一职，到文联当了一个小小文学编辑。

我心中窃喜：终于有了远行的机会。

2014 年 9 月的那个早晨，火车站长长的拾棉队伍，像一队待飞的大雁，扇动我飞翔的欲望。只是，大雁是成群结队往南飞，我们的拾棉工,是结队成群朝西走。鸟们寻找温暖,人们投奔寒冷,人和鸟,都是为了生存。

我成了西去"候鸟"的追随者,远行的梦正式起步。

我开始悄悄做着赴疆的准备。

工作上的事情,家里的事情,待嫁女儿的事情,那都不是个事情。我辗转联系昌吉州文联李主席,昌吉《回族文学》买社长,农六师新湖农场杨副政委,五家渠文联李主席。一切都做得有条不紊,一切都做得不动声色。

直到三天前,我才向单位领导提出申请,要去新疆深入生活,实地采访河南籍拾棉工在新疆的生存生活情况。

文联李主席听后说:"这是好事啊,写出来还真是大东西,我们大力支持你。"

他拿出自己的相机说:"新买的,拿去用。多拍些照片,多收集资料,安全归来。"

事情顺利得让我不敢相信,三年的梦想,一日成真,兴奋得我只想流泪。怀揣周口市文联介绍信,抓一把女儿的嫁妆钱,乘上去新郑机场的大巴。人和心,都是一支离弦的箭。

只是,到了机场我才猛然清醒,这一切都不是轻松的玩笑。

在机场宽阔的大厅里,我拉着行李箱紧张地走,身边的旅客来来去去。

候机大厅亮得晃眼,我无心关注身边人和物,一颗心悬浮得似无处扎根的水葫芦。我无法确定家乡的拾棉工姐妹,都散落在新疆的什么地方,只是来前在市人力资源和社会保障局打听到,昌吉州农六师新湖农场,有我们周口籍拾棉工,但这些地方,对我来说陌生得只剩下名字。

把自己按在椅子上,试图用文字来安抚。我打开一本散文集,是新疆作家唐大的新作。一个月前,我到过一次昌吉,只是那次坐的是地上走的动车。在《回族文学》颁奖会上,我见过唐大这位颇有才气的年轻人。离家前,我有选择地带了几本书,大都是与新疆有关或是新疆作家的书籍。

没想到,在书的最后一页,竟有唐大的亲笔签名,名字后面,是一长溜电话号码,这相当意外。我在这意外的惊喜中,一遍遍去看这一串可爱的阿拉伯数字,它们如一个个张嘴唱歌的百灵鸟,在我心里唱起了歌。

按号码打去,唐大在电话那头有了回音。

他问:"哪位?"

我说:"唐大老师吗?我是阿慧。"

他"噢"了一声,急急地说:"阿慧老师!上次你来昌吉领奖,很想坐下来和您谈谈,一直忙乱,没有谈成。"

我听出自己的声音也有些激动,我说:"我正候机呢唐大老师,下午三点半飞新疆,《回族文学》的买主编到时来接我。"

他提高嗓音说:"太好了!我随车一起去接你。"

通话中得知一个更好的消息,唐大先生还担任着政府某职,在当地相当有人脉。接下来的消息好得让我想哭,唐大说:"我有个叔叔在新疆种棉花,是你们周口人,那里肯定有你要找的拾棉工。"

飞机准时起飞,我稳稳地坐定,隐在心底的火苗扑闪闪旺盛地跳动。

这天,是 2014 年 10 月 15 日,我追随着河南拾棉工跨越万里的脚步,追着这群勤劳"候鸟"不断扇动的翅膀。透过飞机小小的窗口,白云挤在窗外看我,成群结队地扑来。不常在天上飞的我,可不愿错过与这仙儿们对视的机会。我在地上的时候,它在天上,想看它时,头仰得似乎要掉帽子。此时,我没生翅膀,却在天上飞着了。我把脸热热地贴在窗子上,眨巴着眼皮可劲地去看云。谁知它们怕生似的倏地不见了,窗前又空空荡荡。一抬眼,云在远处洁白地站着,站成一座座耀眼的冰山,还有冰柱、冰树、冰楼,是那种沉重的站立。没想到,云在天上也会沉重。我想:云心里坠着雨雪的心事,还收藏了更多人间的眼泪。

山在我脚下绵延,它们在地上长得很高,现在它们矮得够不到我。山灰突突的,在地上挤挤挨挨,看不见丁点缝隙。在能够着云彩的天上,怎么也不会想到,山缝里竟藏着很多的大城市、小村庄和人。我在天上看不到地上的人,只有太阳光在大楼玻璃上形成的细碎的反光。但只是一瞬,便消失不见。飞到天山山脉时,我知道这就是新疆了,我可劲地朝下看,渴望能看到大片的棉花地,还有我要找寻的大群拾棉工。可是,地面仍是群山连连,没有缝隙。

几天后,我在北疆棉田,找见拾棉花的姐妹,就把在天上搜寻她们的事说了。她们竟然埋怨起我来:"咦,老乡啊,这恁大的地,恁多的人,你咋就没看见哩?"瞭一眼我瓶底厚的眼镜片,她们似乎明白了:"噢,你那眼睛不得劲。"

还说我在天上。快晚上八点了,天还没有全黑,西边半拉天空亮堂堂的,丝丝云朵红黄橘蓝,瑰丽奇谲。想起在河南家里,这个时节下午六点天就黑糊了。其实不奇怪,新疆和内地有时差,太阳晚起床俩小时,它就得晚睡俩小时,在天上多工作俩小时。我就在天上多享受这两小时的光明,觉得今天很合算。

这时,空姐甜润的声音从广播中响起:"女士们先生们,飞机已飞至乌鲁木齐上空,还有十分钟就要降落……"

机上的乘客开始挪动身子,咳嗽,说话,伸懒腰。我把敞开的书合好,装进斜挎的小包。空姐温柔地提示说:"飞机降落时有轻微的颠簸,请大家系好安全带,不要随意走动。"

哪知她话音刚落,机身突然剧烈地抖动,像高烧的病人打摆子,又像大客车碾过石头滩,发出很重的隆隆声。我的头皮一紧,脊背一麻,全身的肌肉也随之绷紧,身体不由得擎得直直的。乘客们突然间安静了,这时机身猛地下沉了,头上的机舱板、身下的座椅咔嚓嚓直响,机身呼地往下坠,座椅往下突然一坠落,人好像悬空了。我的脑袋嗡一下蒙了,心脏好似气球般飞起来,口腔里冲出一股难闻的土腥味。

俗话说:出门三分灾。我在出门前就多想了一些事,把工资本、银行卡拿了出来,虽然上面数额仍让人羞涩,但我还是唤来正在用手机恋爱的女儿,喊来沉迷在电脑游戏里的儿子,很小心地把密码透露给了他们,亲娘似的贴心嘱咐(后来想想,我确实是他们嫡亲的亲娘):"不到万不得已,别把密码告诉你们的爸爸。"而后深情地挨个儿拍拍他们的肩,孩子们拿着本和卡,各自一头雾水地走了。我坐在床边继续想,孩子他爸也的确是他们嫡亲的亲爹,就站起来,趿拉着鞋,伏在正在做饭的丈夫耳边,很用心地把银行卡密码重复了一遍。

他脸一冷,洗菜的水飞溅我一脸。他说:"胡闹!别去了!退票!"

吃饭了，他也不喊我。但是，第二天早上，他还是把我送到了开往机场的客车上，只是，自始至终没说一句话。

我紧紧地抓住前头的椅背，见身边的男女老幼惊恐万状。

几乎所有人都"啊"了一声，年轻女人的"啊"声，还要高而长一些。

飞机归于平稳了，所有人的身体和心脏都归了位。机舱内一时乱哄哄的，大家都在谈论刚才的一瞬。高空中集体下降，区别于工作中的集体升职，这有些意思，只是飞机很快就稳稳落地了，地面上的灯火，闪亮着扑来。

双脚落了地，身体被地球磁力稳稳地吸引。看他们松弛的表情，好像没有人去想刚才突降的原因，每个人的脸上，都看不出发生过什么，毕竟什么事情都没有发生。

地窝堡机场大厅亮如白昼，地板砖光洁如水，我推着行李箱滑行，犹如漂在水面。落地的旅客纷纷开机，接电话和打电话，那语调都让我有种陌生中的新奇感。他们有的说普通话，有的相当于普通话，更多的是无法听懂的非普通话。我新奇而无知的表情，就像一个没出过远门的孩子，虽然我早不是孩子了，但我得承认，我的确是第一次出这么远的门，而且还是独自一个人。这让我心中升起小小的骄傲，别人也许会鄙视我的故作天真和孤陋寡闻，但我不会。

我真心想多听几耳朵他们的谈话，就低头猫腰一路追着他们的手机走。这时，才想起"落地请开机"，急需给昌吉州文联李主席、《回族文学》买社长打个电话。

电话很快接通了，李主席的声音仍旧亲切而儒雅，他说："欢迎你阿慧，买社长已去机场接了，我在饭店给你接风。"暖暖的都是春风,这暖暖的关注,足够我这个中原普通小作者感激一生。

2008年,那时昌吉州文联李主席还担任着《回族文学》的主编。他们中一个叫小黑的青年编辑,从自由来稿中选中我的一篇散文《羊来羊去》,并在当年的第四期刊发。那时,我第一次知道,这是全国唯一一本以"回族文学"命名的纯文学刊物。2010年,这篇散文竟获得了第四届全国冰心散文单篇奖。今年9月,《羊来羊去》又荣获首届《回族文学》奖。

这让我这个只埋头写文,不看重发表的草根作者,从此有了"作家"的名号。我对昌吉州,对《回族文学》,对新任社长买玲,对主编,对所有的编辑,都怀有深深的感恩,这也是我选择在北疆昌吉,寻找、采访河南拾棉工的主要原因。这里有我文学的根。

夜,黑沉沉地压过来,寒气扑过来亲热我。河南中原10月的天气,平和而温暖,新疆的夜已经相当寒了。我有些潜在的欣喜,挂着行李箱拉杆,仰着脸迎接风。买社长微笑着朝我跑来,一张清秀的脸,一声亲切的呼唤,连同胸前跳动的红丝巾,一起定格在我的记忆中。

小轿车在地面的行走很稳当,公路两边彩灯烁烁,我的眼里心里都溢着光、流着彩。从地窝堡机场到昌吉市,只有二十公里,我和买社长刚开始说话,司机小何就把车开到了。

李主席已在饭店门口等,我一看,等我们的还有副主编王老师,还有一个瘦瘦的年轻人,他就是唐大。

菜已经点好了,四菜一汤,鸡鱼肉蛋都有,盘子很大,比我家的菜盘大了两圈,每一道菜都红红的,冒着香气。

买社长拿起筷子不断催我:"搛菜,搛菜。"

大家也这样劝我："搛菜,搛菜。"

我听懂了,原来是让我夹菜吃。我拿起筷子就"搛",还用河南话劝大家："叨菜,叨菜,都叨都叨。"

大家都笑,指着菜说："叨,叨。"

心和身体在热情中放松,这才发现胃里很空,先"搛"一块馕包肉,外焦里软,满口酥香,一点都不辣。那红红的菜色,除了红辣椒,还有红番茄,醇醇的香,我的筷子一直"搛"到最后。

吃饭间,我慢慢捋顺了这次的行程。得知李主席已经跟下边的五家渠文联联系好了,我就决定明天先去五家渠。而后拜托唐大,近期联系那位老乡叔叔,我最后一站去他那儿。唐大人爽快,说："没问题,我联系好通知你。"

副主编王老师,品评作品的目光一贯很"毒"。

他问我："这次采访拾棉工,准备写什么题材?"

我含糊地说："也许还是散文吧,或者是纪实文学,或许什么也不是。究竟怎么写,写什么,说实话我自个儿心里没底,就等抓回来东西再说吧。"

王老师说："对!跟着感觉走,一切随心做,抓回来就是好东西。"

这让我想起家乡人的一句老话:出门一把抓,回来再分家。

买社长在对面的宾馆,帮我安排好了房间。房间里暖烘烘的,服务员告诉我,新疆每年都在 10 月 15 日供暖。今儿是第一天,我正巧赶上,暗自欢喜:运气不错,余下的路,也会很顺的。

床铺也暖暖的,一躺下,乏劲就上来了,身子软塌塌的。思想飞来飞去,今早我人还在老家周口,晚上就躺在八千里外的边疆了。

离家远了,离拾棉的老乡却近了,心情莫名地激动着。

离乡的第一夜,睡了一个无梦的好觉。

我比新疆的太阳起得早,撩开窗帘一角,见灰蒙蒙的天幕,刚醒开一道细缝,似一条鱼乳白的脊骨。

往一楼餐厅跑三趟。第一次是七点,我噔噔地跑下去,一看,餐厅门从外边紧锁着,人家还没有开门呢。第二次是八点,一推,门开了,穿整洁制服的女服务员微笑着告诉我:"对不起,还没到进餐时间。"我连忙微笑着退出,不顾肠胃的鸣叫,很矜持地坐在床边等。第三次九点半,餐厅大门洞开,吃饭的人很少,菜也很少,摆放的各种餐盘几乎空掉了,我举着筷子来回走,餐厅服务员微笑着说:"客人,您来晚了,马上要撤餐了。"

第一顿早餐,没找到节奏。

买社长站在宾馆门前的阳光里,脸上一层柔润的光,她还带来了司机小何。上车前,她帮我系好脖子里的围巾,目光里满是姐姐般的牵挂。

她柔声地安排我:"阿慧,小何送你到五家渠,剩余的路你自己当心,遇到困难随时电话联系,我随时派车接你。"

我喉头一紧,眼睛热辣辣的。

还是松开了买姐姐的手,带着温暖,上路。

这路真是好路,油光闪亮,很容易使人联想到,草原黑骏马那油亮的皮毛。小轿车无声地滑行,路两边闪过越来越多的空地,像随意铺展的桌布平整地敞开着。也许是刚收过蔬菜、庄稼的缘故,裸露的土地润乎乎的新鲜。还有不长庄稼的荒地,一片片只长树和草,树比草高,草比树多,让我这个爱土地的农村孩子心生妒忌。多想带领曾经是"地主"的族人来新疆啊，拥有这般广阔土地的人，才真正配得上"地主"这个名号。

司机小何说："这地算大啊，真正的大块地你还没见过。"

我一想，对呀，这路两边没看见棉花呀，有棉花的地，才真正白云般大啊。

车在五家渠劳动宾馆门前停下，一栋坚实的新式小楼，李主席正站在台阶上等我们，他结实的身材更显得高大。这些天我们通过几次话，彼此在电话里熟悉了，我一边和小何道别，一边跟随李主席进了大厅。

我把所在单位周口市文联的介绍信，恭敬地呈给李主席，还出示了身份证、中国作协证。李主席把它们摊在沙发扶手上，很仔细地看过了。

午宴设在劳动宾馆二楼，李主席说，他还请来了两位领导。我们刚在桌前坐定，两位领导就来了，李主席介绍说："这位是五家渠宣传部高部长，这位是新湖农场杨政委。"

交谈中，高部长突然用河南话问我："你是河南哪里的?"

我惊喜，用家乡话回答："俺是河南周口哩。"

高部长也随着我说了句周口话："俺也是河南周口哩。"

那话，那音，标准、地道的周口人。

李主席和杨副政委小声地笑。

我按捺住惊喜继续问："您是周口哪里的?"

高部长配合我说："俺是周口淮阳的。"

我坐不住了，霍地站起来，说："咦! 咋恁巧? 俺从周口一蹦子跑到新疆，一抬头看见个领导，一问还是俺周口人，感觉没离开周口一样,你说这世界多奇妙。"

高部长也觉得有点巧,他说:"我三个月前才回了一趟淮阳,家里老母亲还健在,还和你们县委马书记吃了两顿饭。"

如果说在半小时前,我心里还有飘忽感,风中的风筝似的不知要飘向哪里,这会儿心里有了底儿,这底气来自高部长,这位在此当官的家乡人。我说:"马书记去淮阳上任前,在市文联任主席,是我的老领导。"

高部长也说:"那么巧!"

服务员把菜端上桌,仍然是四菜一汤,看来新疆招待客人都是按标准来的。李主席见我半天不动筷子,他带着歉意说,这附近确实没有清真饭店,点的菜都是我能吃的。我说,我最爱吃的是白水煮鸡蛋,用电水壶煮的最好吃。李主席就赶紧安排服务员煮鸡蛋。我说:"两个足够。"

李主席说:"多煮几个,要柴鸡蛋。"杨副政委说:"阿慧作家还是蛮真的。"

老乡高部长对杨副政委说:"要照顾好俺这作家老乡啊,她是回民,吃饭讲究。"杨副政委也学着我俩用河南话说:"中,中啊! 恁放心吧!"

大家一起笑。

现在才真正体会到"心砖落地"的感觉,昨天飞机落地,我的心却没有落地,这会儿才算真正踏实了。

临走,杨副政委对我说,明天他要到南方参加一个培训班,时间比较长。他说:"我已经安排过新闻科的小张了,她很快会跟你电话联系。这些天,司机老胡的车和人都听你调配,你想去哪儿他就送到哪儿。"

我说："那我不成了李副政委了？"

他说："对着哩。"

第二天早上，老胡师傅开车来接我，问我去哪儿。我说："去新湖农场总部。"

胡师傅说："好啊，走吧。"

车子行驶在油亮的马路上，道路两旁的树木一排排涌过来，如一群身着彩裙、粉墨登场的美艳女子。榆树一棵棵敦实地站着，树干粗短，枝丫发育成一个蓬松的圆。树下的绿荫也是圆圆的，风摇下榆树青青黄黄的叶片。有几头黑花奶牛早已等在那里，晃着短尾巴舔舐地上的树叶，风不止，牛们一时半会儿还不能吃完。车子一晃，一排白杨树金灿灿地压过来，杨树穿成黄金甲的模样，片片金叶色彩明艳，亮得让我睁不开双眼。杨树的枝条刺破天空幽蓝的包浆，有大朵的白云飘过来，任性地铺开。

10月的北疆，每走一步，都会掉进自然的画框，太阳光在路面肆意地跳跃。我的眼睛，还没有做好接受视觉盛宴的准备，目光竟有些惊慌失措。

视野更加宽阔起来，天和地，陡然大得无遮无拦。连路边的芦苇棵，都长成小树的样子，顶着满头锡白色的芦花自由摇摆。

胡杨树一片片长在荒野，躯干黧黑粗糙，看起来像一群不拘小节、胡子拉碴的汉子，即使枯黄了枝叶也挺拔地站立，一副不向寒秋低头的架势。树下的野草、野花蓬勃地生长。

胡师傅说："这就是胡杨树。当地人说它，一千年不死，死了一千年不倒，倒了一千年不朽。"

　　　　　　大地的云朵

我想起家乡老人常说的一句话:事物仿主。就是说事和物相似于主人的品格,这胡杨树,也仿照了新疆人坚毅、坚韧的性格。

路面也更加的宽阔,胡师傅开车很虎狼,一扭超过一辆车,一扭又超过一辆。小石子在车轮下发出嘣嘣的脆响,又在路沟边听到几声沉闷的跌落。

看起来文文弱弱的老师傅,性情里竟也豪放不羁。他说:"习惯了,这路我跑了大半辈子。"

我问:"师傅,您家是哪里的? 是怎样来到新疆的?"

他说:"我是苏州人,十八岁当兵到新疆。"

苏州我去过,那可是人间天堂。

我问他想家吗,师傅说:"怎么不想? 我在这儿一待就是四十年,再有两年就退休了。退休后打算带上老伴,回南方老家住上几年。"说完,一声长长的叹息,又说:"只是我苏州的老爹老妈,临了没能见上一面。"

不敢去看胡师傅的脸,我的眼眶慢慢积蓄了两包水,不敢眨眼睛,怕它跑出来被胡师傅看见。

一眼看见,路旁竖有蓝色路牌,上面几个鲜红的大字,如一排跳动的红心:"新湖人民欢迎您!"

我的心忍不住狂跳,下车拍下几张照片,我喊着:"新湖农场,我来了! 河南姐妹,我来了!"引得过路司机伸长了脑袋。

大车一下子多起来,新摘的棉花装满车厢,呼呼地驶过去,一辆接一辆,朝着新湖的方向。野外的风,好像被野蛮的汽车撞疼了腰,它生气地揪下车厢缝隙里的棉花,一把把地甩到路边的野草棵上。

草棵上开满了白棉花,道路两边也是两溜雪白。

我说:"像下了雪,到处都是棉花啊!"

我有下车捡拾的冲动,还想带上我的学生,集体开车来捡。

做棉被也行,做棉衣也行,这么多的棉花,这么多……

我不断地咂嘴,说:"真是可惜了,怎么没人捡呢?"

胡师傅说:"家家都有地,忙着呢,哪里顾得上?"

路面突然变红了,星星点点的红,像燃放过鞭炮的红纸碎屑。我正奇怪,两辆大车呜呜开过,满车冒尖的红,是新疆的红辣椒成熟了,一路飞撒着。路边干枯的草棵,又挂上鲜艳的红。我说:"草也挂了红果啦。"

路面上的辣椒碾碎了,我可惜得不行,又要下车去捡。

我说:"这辣椒炒鸡蛋很好吃。"

胡师傅说:"那能吃多少呢?"

我说:"用盐腌上也好吃。"

胡师傅吸溜一下嘴,笑了,笑声辣辣的。

新疆就像一个美丽而大气的王后,它富贵得让人眼热心跳。

路过共青团农场,胡师傅兴奋地告诉我,春天时,中央领导来了新疆,专程来到农六师考察现代农业装备,在棚子里,看到了整齐排放的一台台农业机械。中央领导还来到共青团棉田,查看地膜下的灌溉情况。

胡师傅一指右边的棉田说:"这就是共青团农场的棉田。"

我也兴奋起来,商量着让师傅停车。

我随即下车,跨过路旁不宽的土沟,小路上一层薄霜似的白碱,踩上去松松软软,脚后腾起一股面粉似的白烟。我蹚进棉田,传说中的新疆大棉田,真真地敞亮在我面前。撑开眼皮使劲地看,棉田的尽头是天，天的尽头还是棉田。天尽头的白云漫上来，像雪白的棉田翻卷起来，和蓝天衔接。所有棉棵上都举着棉朵，所有的棉棵都吐着白棉，那白棉花就开得无边无垠了，整个大地，都被这柔软的白淹没。一时间，我心尖颤颤，不会呼吸了。那架势，好像整个世界的白雪都落在这里了，又好像天上所有的白云都铺在这里了。

　　我举着相机啪啪地拍照，又请求胡师傅帮我拍。我在棉田里站定，想摆一个帅气的 pose（姿势），但在"白富美"的棉朵面前，我始终没有帅气起来。

第二章

老乡，俺来了

高楼和人多起来,有着中原小城的感觉,一条小沟的两边,树木苍翠,垂柳青青。

新湖农场到了。

一个年轻的红衣女子站在办公楼门口,端庄雅致,棉朵般洁净。猜得出,她就是杨副政委提到的新闻科科长小张。

小张科长热情地领我上了二楼办公室。当听说我要下到棉田找寻拾棉工,她瞪大一双小鹿似的眼睛说:"那太苦了,阿慧老师您能行吗?"我说,怕苦我就不来了,你放心安排吧。她出去查了查档案,告诉我四分场住有不少河南拾棉工。

仿佛嗅到了家乡姐妹熟悉的气息,我兴奋得直冒汗,提包就走。

小张笑眯眯地劝我说:"是这样,阿慧老师,今天下午四点钟,总部有个工作会议,正好四分场敬书记也来参加,等会议结束后,我送你去四分场。"

又是那么巧、那么好的事,又兴奋得我出了一身汗。

在场区清真小吃店,小张科长请我和胡师傅,每人吃了一大盘炒拉条,香、软、筋、滑、辣,很正宗,在我们河南吃不到这味。小张科长说:"多吃啊,到了分场就没这条件了。"

吃过饭出来,离总场开会还有一段时间。小张科长提议说:"这样吧,阿慧老师,我和胡师傅,领你去看古尔班通古特大沙漠吧。"不敢相信,此时,我已经离这最著名的沙漠很近很近了。

的确很近,下了公路,上了石子路,眼前就是沙漠了。这里的天空似乎也有些泛黄,地上的黄沙也把西边的太阳变黄了。

一条沙石铺就的小道,伸向大漠深处,好似金色巨人的灰腰带。我们的车子嚓嚓嚓往里行进,很久了,不见一只鸟、一个人。只有一簇簇的杂草和零星的枯树。胡师傅说,不熟悉沙漠的人都不敢朝里深入。

小张科长让车停下,我第一个下车,抓一把黄沙,让它烫着我的手。沙丘,女人肚皮般的柔韧,望得久了,眼睛的虚光里,那肚皮有频率地起伏,沙丘有了呼吸。踩一排脚窝上去,细沙簌簌地轻响,一回头脚窝平整如初。

红柳稀疏地站着,树枝一色的暗红,叶子疏散开如轻纱飘舞,每一束小叶和柏树叶极为相似,如绿中透黄的绣针,在深秋的风里飘逸地柔长着。它们高过了人的头顶,根部露着斑驳的裂痕。我手捻细叶,忍不住感慨:红柳,这树中的奇女子,竟选择沙漠的怀抱,世世相守,不离不弃。

趁小张科长凝视红柳的瞬间,我啪地按动相机快门,拍下她红柳般美丽的侧影。

快出沙漠时,一群大绵羊像是从黄沙里冒出来,摇头晃脑地走。黄沙地面,一丁点的油绿也没有,看上去没有什么可吃的,但羊们始终低头啃吃,两张肥厚的嘴唇翕动着,在地皮上深情地舔吃着。我开车门下车时,惊动了羊,它们齐刷刷地朝我看,走得远些的羊,就硬生生地扭着脖子瞅,有点像接受检阅的兵,这让我有点受宠若惊。我抖着手,拍它们的专注,焦距放大羊的眼睛,瞳仁里竟有人的淡定,那是寂寞和辽阔赋予羊的修行。我还没拍完,羊们径自走了。三百多米远的沙丘旁,一个瘦小男子皮影般挪动,带子紧束着细腰,身子像断成了两截。一根羊鞭扛在肩头,鞭杆挑起西斜的太阳。羊们看见了,不紧不慢地朝主人聚拢。我追上去拍照,只拍到几张肉肉的羊屁股。

出沙漠不远,路边的杂树丛中,现出一片楼房,也有砖瓦平房。小张科长说,这是三分场九连的场地,就驻在古尔班通古特沙漠里。其实,我们农六师整个被沙漠包围了。

九连的棉田接地连天,一架大型采棉机在棉田里停泊,如一艘没头没尾的绿船。

我很想近距离地瞧瞧这现代化的铁家伙,就下到地里,见这绿家伙走过的地方,棉棵都是红褐色,采棉机如一把剃头刀子,把一头白发都突突净了,瞬间露出红褐色的头皮。

我走到采棉机旁,见铁家伙仍停在那里不动窝,原来是机器出了点故障,有人趴在车底下修理。一个精瘦的男子一旁看着,他左手臂上戴一个红箍,我转着圈看到三个字:安全员。他说,他是灭火员,示意我看公路上的一辆罐车。罐车的车厢装满水,以防机械采棉时起火。看来,机械采棉会有一定的风险。

采棉机又开始干活了。经操作员的允许,我爬上高高的驾驶室,低头看,有种一览众"棉"小的意思。采棉机轰隆隆前行,我居高临下,看见车底部伸出一排大铁齿,沿着田垄,慢慢升起,从根到梢,把棉花吞进大嘴,棉棵被吞噬得哗哗作响,又从车屁股一排排吐出,棉棵上绽放的白棉,被吃得一朵不剩。白棉连同棉叶,还有地皮上的薄土,都被一股脑咽进车肚。

高高的驾驶室,可没那么享受,又闷又热,机器把人震得发抖,扬起的尘土,阵雨般地打脸。我沿着梯子下车,下得不够专业,一脚踏空,只听几个人一起惊呼。我的脑袋,眼看离棉花棵子很近了,但没有一头扎下去,一条腿卡在了横梁上,大腿一阵冒火的痛。我咬着牙微笑着走,一步步挪向地头。

坐在小张科长的沙发上，一条腿疼得麻木，好在只是皮肉伤，忍一忍就好了。楼道里响起脚步声，一个人高门大嗓地说话。小张科长进了屋，我赶忙站起，随后进来一个中年男子。他穿浅灰色小暗格西服，个儿不高不矮，人不胖不瘦，看上去清爽精干。知道这位就是敬书记了，就连忙上前恭敬地问候："尊敬的敬书记好！"

敬书记一进门就坐在我对面的沙发上，听小张科长介绍我的情况。他直率地插话，说有的人到他那儿，逮着拾棉工问这问那，乱拍乱写，很不像话。小张科长说："阿慧老师是位作家，写散文小说的，跟那些小报记者不一样。"我赶忙递上我的介绍信，敬书记这才明朗了一张脸，他站起来爽朗地说："老乡，走吧。"

我这时才知道，这位四分场的敬书记，连同美丽的小张科长，都是河南人，祖籍一个在漯河，一个在许昌，都是我的家乡人。这两个地方我都熟悉，离周口很近。

随处可遇的河南老乡，竟让我一时迷糊，我到底是在新疆呢，还是在河南？

拉上行李就走，那快乐劲，活像一只秋后的老蝴蝶，扑扇着一对老翅膀，一路掉粉渣。

一辆半截头车呼隆隆开过来，敬书记招呼小张科长和我："上车吧。"自己坐在了副驾驶的位置。后边座位上有一片湿湿的印迹，我用手一摸，并不湿，陈旧的老渍，我坐上去，跟张科长并着肩。一扭头，靠里还坐着一位女子，说话的声音甜甜的，她随车赶集市采购米面蔬菜。我的行李箱，同刚采买的新鲜蔬菜一起，待在了敞开的车斗里。

总部门口有个露天市场，买的卖的，热热闹闹，酷似家乡的小集市。只是这里很特别，太阳快落山时才开市。因为是收棉季节，所有人都在田里忙着收获，直到晚上才回家吃饭睡觉，就如河南的收麦季节。所以，这时的集市，是一天中最热闹的当口。

司机将车停下，一个人下车去了集市。敬书记随后下了车，说小王腰不行，一个人扛不动，挤进人群不见了。不大会儿，他俩抬着一袋大米出来了。

敬书记路上给人打电话，每一个字都像冰雹落铜锣，当当地响。他说："没呀者，走者，啊呦，开会讲撒呢?"（当地方言，音似，不解其意）

他接下来的几句我听懂了："你不在办公室啊？哪儿了？谁撒（当地方言，句末助词，意类"啊"）？人家一个作家采访他，抓紧时间给我联系，咱们的老乡，抓紧时间给我联系，好!"

电话挂掉。

听出来了，敬书记是在给我安排吃住，还有明天要采访的人。心想，这书记，看着怪冷淡，其实很热情，是位办实事的基层干部。

车子继续向前走。

四分场的路不远，拐几个弯就到。接近分场时，一个贫瘠的地弯里，隆起一大片坟包，落日下灰突突的，很凄凉。

小张科长说，这里睡下的，都是老一代建设新疆的人，每个兵团都有这样的坟地。他们年轻时来这里，年老了回不去，就永远待在了这里，这里是他们的第二故乡。小张科长的爷爷，也长睡在了新疆的土地里，他老人家是最早来新疆的河南人。

眼前一座整洁的办公大楼，坐东朝西，楼前一条宽敞的大道，两边垂柳婆娑，柳丝青黄。没有人工院墙，自生的芨芨草、荆条树，围成一道自然的院落，春有花，夏有绿，秋有果，冬有致。

车子没在前楼停留,拐到后边的一个小院,一座年代久远的筒子楼,几位分场领导已在楼前等候。

敬书记站在门口说:"请进。"一行人来到了一楼的最里边。

走进小屋,就像走进了学生时代,两张小木桌,三张单人床,同初中时的学生宿舍一模一样。

有人抱来新被褥,敬书记一边帮助铺床一边说:"我们这儿条件艰苦啊,作家老乡别嫌弃。"楼房的确有些破旧,水泥地面脱落得斑驳,但小屋有暖气,感觉很舒适。有这么一个落脚地儿,我已十分的满足。

隔俩房间,是敬书记的住处,再靠边是副场长的住室,除了整洁些,里面的布局与其他房间没什么区别。

黑洞洞的走廊,让我有穿越的感觉,小时候的领导干部就是这个味道。

小张科长和胡师傅回总部了,他们的车灯一闪就消失在了黑暗中。

几个人回到我的小屋,敬书记送来一个电水壶,指指走廊的尽头说,小餐厅那里有自来水,可以接来烧水喝。餐厅大厨提一桶水过来,我一看,正是同车回来的甜美女子。敬书记说:"以后想吃什么跟小王说。我已经安排她,给你专门整个干净锅灶。"我心里很感激。小王说,她值班时也住在这里,可以串门说话。

这时副场长过来送我一把手电筒,他是四分场的正场长,但人人都叫他副场长,因为他姓副。他风趣地说:"这辈子永远都是副的了。"

手电筒在我手里明明灭灭,这才明白,筒子楼没有卫生间,想方便,要走出大门向左五十米,一条大路的边角。妈呀,我最怕的事情还是来了。

先让大厨小王带我走一趟。一出楼道,寒风就从黑暗中蹿出来,我一连打了几个寒战。紧挎小王的胳膊,双脚摸索着走,手电的光柱里,密集的杂草丛更加神秘。从厕所回来,像做了一场噩梦。

敬书记提过来一个大塑料桶,他说:"这破桶本来打算扔掉的,现在对你还有用。"我一看,大桶的边沿,果然烂掉巴掌大的一块,但已经很难得。我想,这可用得着,你扔了我还会捡回来。

小屋的门没有暗锁,里面连插销也没有,敬书记拿起一根带弯头的细钢筋棍,在门后比画说,从里面绊上就行了。那情景,使我误认为,我的奶奶还活着。

我真诚地谢过领导们,敬书记在门口一摆手说:"我们几个场领导都住这儿,轮流值班,很安全,放心休息吧。"我心说,没有什么可怕的,胆小就不会来这儿了。

早上七点我习惯性醒来,起床开门,见楼道静悄悄的,走廊里,一个昏黄小灯睡意蒙眬,知道自己又起早了,值夜班的领导们还没起床,就小心地退回屋,将房门关上。重新躺床上,闭眼休息,不想又迷糊上了。迷糊中听到副场长喊:"吃饭了。"我赶忙起床,端着自备的碗去餐厅,心想,又差点误了饭点。

我进去时,敬书记、副场长都在,还有两位司机。我发现两位领导竟然各自端碗盛饭,厨师小王只顾在灶上忙碌,两位司机也都站着不动。我也只好端着碗,自个儿盛了一碗米粥。大家围坐在一张圆桌旁吃饭,看起来很像一家人。

桌子上有两盘菜,一盘是咸菜,另一盘还是咸菜,看来是兵团自已腌制的,红绿颜色很好看,我在市场上没见过。他们喝粥吃咸菜,我也吃咸菜喝粥,只是,我这客人比他们多了两个白水煮蛋。

敬书记说:"吃吧,老乡。"我却无法张开嘴巴,心里有着大大的意外,新疆生产建设兵团的领导,竟然吃得这么简单。

吃过饭,我习惯性地站起,只见敬书记端着空碗去自来水管那里刷,就这么一个水龙头,副场长排在后面等待。排上刷碗的队伍,我呆望着他们的后背,不住地感叹:时间并没有让这些军人或军人的后代有什么本质的改变,也许,只有新疆建设兵团的领导干部,才是这样的。

敬书记安排司机送我去四分场八连,他说已跟李大义联系好了。我背上小包说:"书记,我这两天不回兵团住了,让小王师傅别做我的饭了。"下了台阶,我笑笑说:"也好省下几个鸡蛋,要不母鸡们太辛苦了。"敬书记没笑,一瞪眼说:"撒(当地方言,意类"什么")?你还真住啊,那里能住吗?那环境……"

一条路通到八连,那么近,不足八里。大门口向东,面朝公路,两扇铁质大门敞开着,一个男人在路旁吸烟,脸色青黑,五官端正,身材敦实,穿一件迷彩棉衣,有些英武气,一看就是有些经历的人。司机说,他就是大工头李大义。

李大义见我们的车开过来,猛吸口烟,扔掉烟头,上前打招呼,一张嘴,白烟比他还热情,率先跑出来,他在烟气里说:"欢迎老乡。"我说:"给李老板添麻烦了。"送走司机,我就随李老板进了院子。

眼前是一处真正的土院,三面都是土坯房,中间一个大水池,水池里没有水,却长满了一人多高的芦苇,一棵挨一棵,密实地站着。浅黄色芦苇叶,深黄色芦苇秆,顶上一簇灰白的芦苇花,阳光下蓬松

着。小时候,老家门前长满芦苇,深秋开满雪白的芦苇花,很是迷人,至今难忘。但这芦苇长在院子里,还是少见。我用手机拍下这意外的风景、别样的风情。

芦苇坑边扯两道绳子,绳子上晾晒的衣服在风中晃悠,衣服的主人,正是我日夜寻找的。终于找见停歇的"大雁",我急问:"咱老乡呢?"

李大义又抽上一支烟,他说:"去棉田了,有二十里。"

我说："那么远?"

李大义说："没事,我送你。"

一辆大摩托在门前突突地响,像一匹性情暴躁的黑马。李老板戴上安全帽,我刚坐上后座,这"黑马"就突的一声,一尥蹶子上路了。不大会儿,我总闻到一股酒味,车子跑快了酒味就淡,跑慢了就又浓起来。想想,肯定不是摩托车喝了酒,而是这位李老板喝酒了。刚吃了早饭就喝酒? 一想到这儿,我的小心脏跳动得就有点不安了。这李老板的"酒驾"确实有点出神入化,摩托车轱辘仿佛不挨地皮,冷风揪扯着我脸蛋上的两坨肉,通电似的向两边甩,那感觉,像是下一秒钟,这两块肉就不归我管了,被风吹回后边的兵团了。紧接着,我的鼻子嘴巴也没知觉了,也是别人的了。

一老汉穿着翻毛的羊皮袄,半拉身子压在路边的沟坎上,十来只羊散在身边,自顾啃草。羊是中原少见的绵羊,个个都穿着羊皮袄。李大义冲路边放羊人"嘿"了一声,算是打招呼,我见老汉支了支身子,举了举鞭子,张了张嘴巴,说了句什么,李大义的摩托车"呼"一下过去了,那句话就丢到了半里外。李大义没听见,我也没听见,只有老汉和他的羊听到了。

拐上一截子黄土路,路两边是两人高的大土堆,车和人这才慢了下来。上了一道坎,李大义一只脚支住地,下一个坎,他就两只脚支地,摩托车费力地哼哼着,刚才还是匹黑马,这会儿成老牛了。我心里不落忍,就说:"我下来吧,怪沉的。"他说:"没事,就到了。"眼前突然间开阔,一望无垠的白棉花,一排大雁似的拾棉人,是我千万里追寻的河南乡亲。我突然有些眩晕,不知是因为激动,还是因为晕车。

李大义的摩托车绝尘而去,我沿着田埂悄悄靠近老乡们。没有人说话,只听见摘花时的唰唰声,蚕吃桑叶似的紧凑。没有人看我,他们的眼睛,单单为眼前的棉花而生。我在他们身后,走一步,站一下,不知该前走还是后退,我站在田埂上有些尴尬。

我深吸一口气,朝前紧走几步,用地道的河南话喊:"老乡,俺来了——"他们显然听到了乡音,纷纷站起来朝我看。

第三章　朵朵棉花遍地开

我走近一位大姐,她戴着遮阳帽和大口罩,无法看清她的模样。我满怀热情地喊了声:"大姐。"

她抬头看看我,眼光一闪,就又暗了,她在口罩里闷闷地说:"咋喊我大姐哩,我没你大。"

我"噢"了一声,脸上热辣辣的。

我连声道歉,说:"对不起,对不起。"推推鼻梁上的眼镜架说:"你看我这瓶底厚的大眼镜,把你的年龄给放大了。"又蹲着挪两步,凑上去轻轻地问:"请问,你今年多大了?"

她说:"骂年了。"我一听,真是自家人,连俗语都一样。我们周口老家,常把四十五岁那年叫"驴年",驴子毕竟不是人,听起来像骂人,所以称"骂年"。这么一说,我比她大三岁,忙改口叫了声大妹子。

她的口气明显温和了,她问:"老乡,你来这儿弄啥哩?"

我忙说:"我是来新疆找你们的,咦,可没少费劲。"

她上下看了我几眼,说:"找俺弄啥?看你也不像拾花哩。"

我夸她说:"咦,大妹子真是好眼力。"说着举起了照相机,正要按快门,她把身子一蹲,脑袋埋在棉花棵子里,说:"别照!别给俺照相片。"我又被她吓一跳,忙把相机放包里,小心地问:"为啥不照相呢?你摘棉花的样子可生动,我免费给你洗,留个纪念。"她上下瞅瞅自己说:"我这打扮像个要饭的,上了电视丢咱河南的人。"我心里起了一层浪,很大一阵子没平静,原来这大妹子是这样想的。

旁边一个年轻女子接话说:"可不是哩,村里人要是在电视上看见了,还不笑话死俺。他们会说:'还以为你们在新疆多光鲜哩,谁知都摆弄成这样子。'"

我说:"这样子怎么了!别看你们这会儿穿得不好看,挣的钱可好看着呢!那粉红色的大票子,哗啦啦的,美得很。"

旁边一个姐妹咯咯地笑,说:"老乡你真会说,对着哩,就是这个理儿。"

我一下子轻松起来,自己举了举拳头说:"融入集体很顺利。"感觉已被正式批准了,接受贫下中农再教育。

大妹子仍不放心我,问:"老乡,你不是电视台的,那你是干啥的?"

我说:"我是作协的。"

话一出口自个儿就笑了,好像专门学人家贾平凹先生似的。果然姐妹们都笑起来。

大妹子"哦"了一声说:"是鞋厂的啊,老乡,你也会做鞋?"她拿眼睛上下打量我,说:"咋看也不像做针线活的人。"

我不好意思说自个儿是作家。刚发表了几篇小短文,怎算得上作家呢?就拐个弯说:"是专门坐家里写作的。"

旁边那个年轻女子听明白了,拍手说:"啊,咱老乡是作家哩,是写俺们怎么拾棉花,以后拍成电视剧吗?"

心想,我哪有那本事,但还是笑着点点头。

姐妹们似乎安稳了一颗心,也多了一些小兴奋,低头弯腰拾棉花,田间又一阵唰唰响。

我干脆把包放在棉棵上,加入拾棉花的行列。这块棉田看上去有两千多亩,棉株粗短,高不过人的大腿。我捡拾时,腰部的弯度很大。棉朵肉嘟嘟的,活像一个个睡熟了的小鸡仔,抓在手心,有高烧的感觉,仿佛还有丝丝心跳,这感觉很奇妙。我仰面看头顶的太阳,只一眼，就泪流满面。那光芒如同千万根烧红的钢针，扎得我的眼睛一阵热麻麻的痛。脊背像背着一团炭火，从脖颈到腰间，火灼灼的。

我嘟囔说："这新疆的太阳真是欺负人。"

"这哪算热？俺初来时那才叫热哩。"大妹子说，她们9月份来时，新疆正是"秋老虎"。那时棉花叶子还绿着，花枝子缠着腿，迈一步都费劲。她说："第一茬棉花，多开在根底下，腰弯得要断掉。不像这二茬花，满枝子都开了。但最难以忍受的是太阳的毒辣。中午，三十多摄氏度高温，汗水顺着脊背流，连裤腰都湿了半截。每天喝五公斤（即五升）的水，还是渴，喉咙眼冒火。捂上大檐帽子、大厚口罩，可是就这还免不了被阳光晒伤，一摸脖颈子，满手是皮。"

大妹子摸摸自己的脖颈，然后摘下口罩让我看。我看见她脸颊上，有两块膏药似的黑斑，耳朵也黑紫了，有点像晒卷了边的棉花叶。

心头莫名地酸疼了一下，这么重的晒伤，一个女人该经受多么大的磨砺。

说实话，大妹子真的显老相，怎么说都不像四十五，说五十五都有人信。最起码我信。

我帮大妹子捡了小半袋棉花，也没戴帽子和口罩，一张脸晒得像红灯，大妹子越来越不忍心了，就主动告诉我她的一些事情。我赶忙沿着棉花垄子取回包，掏出记录本和笔，在太阳下一字一句地记录着。

一　焦阳下的拾棉人

一朵花　"财迷女"魏桂花

魏桂花,女,四十五岁。生育一儿一女,女孩二十一岁,大三学生;男孩十二岁,念小学六年级。丈夫在家附近打工。

大妹子魏桂花说:"李大义你认识,就是送你来的那老板。他每年召集大家来,他老家也是咱周口的。"

她说:"俺来就是想抓俩钱。"

魏桂花直率得让我惭愧,我和同事都想当官,但说出来的话,却是不想当官。

魏桂花说:"俺好命,儿女都争气,学习成绩好着哩。女儿在山东济南上大三。本来分数已经挂着一本线了,怕不保险,被挤掉,就上了二本学校。儿子在封闭学校上六年级。男人在县城打小工,一年收入一两万。他挣钱不多,但离家近,能顾家。俺家的几亩地都承包出去了,没地种了,俺两口子就成了闲人。可是咱不能闲,也闲不起啊,都年纪轻轻的,一把子好力气,不干活弄啥?再说,孩子们都等着使钱哩。我给医院开过电梯,一个月开不了几个钱,倒把自

个儿开晕了。一天到晚在电梯里,像装在罐头里摇晃,我下班晕得都走不成路。后来就不干了,给人做鞋垫,纯手工,一天不抬头地做,才挣三四十块钱。"

她喘口气说:"这几年,村人都兴盖楼了,有的盖两层,有的盖三层,装修得明晃晃的。可是俺家里还是老房子,我结婚的时候,俺老公公给盖的三间平房,破鸡窝似的趴趴着。"

我说:"你也想盖楼房?"

她摇摇头说:"不想。别说没钱,有钱也不使到房子上,先供俩孩子上学哩。"

我问:"怎么想起来新疆了?"

她说:"村里有人要来拾棉花,有的来过几次了,劝我说:'出去转转呗,拾花可挣钱哩。'我一听有钱挣,就立马报名跑来了。"

我说:"看来你是第一次来新疆拾棉花。"

桂花说:"是的。头三天累得我爬不上床,一接俺男人的电话就掉泪。儿子一接我的电话,也在那头哭。你不知道,儿子没离开过我的手,双方父母都去世了,两个孩子都是我一手拉扯大。

"我想家想得睡不着,好不容易睡着了,梦里都是家。可是,早起一进棉花地,满地的花开得喜死人,每一朵棉花都是白花花的钱,抓一把是一把。这会儿,苦也不想,累也不想,儿女丈夫都不想,就想抓钱了。"

我笑她:"真是个老财迷。"

她也不生气,说:"真的,老乡,俺真是来对了,在这儿挣钱多,我一天拾个六七十公斤花,老板一斤出一块钱,俺一天就能抓个一百多,一个月就是四五千,两个多月的棉花季子,咋说也能挣个万把块。"

她欢喜地说:"你不知道老乡,前两天,俺男人打电话说,女儿想考研究生。我一听高兴得直拍大腿。你想啊老乡,研究生啊,搁从前那可是个大秀才。就对他说,让她考,可着劲考,闺女上到哪儿,咱就供到哪儿。缺啥也不能缺孩子上学的钱,小孩子上出来了,是小孩子享福,咱把累受过了,小孩子就少受。"

她看看我手里的笔,说:"俺就喜欢有学问的人,就巴望孩子比俺强。就像电视里演的那样,年轻人在大机器跟前一坐,手指在键盘上一呼啦,就把很多大事给办了。俺孩子要是能有那本事,俺两口子不吃不喝也高兴,梦里都会笑出声。"

大妹子自个儿笑出声,震得棉花朵子直颤悠。

这时,棉花地一阵骚动,许多人从花棵里站起,收拾棉花包。大妹子魏桂花说:"该称棉花了。"

果然见一辆大汽车停在棉田里,绿色的车头,后面挂一个大车厢。可能它早就候在那里了,只是我没有注意。我帮魏桂花把半包棉花倒腾到一个大包里,俩人使劲地往下压,这包马上就成了喝饱水的老牛了。大妹子身子朝下一蹲,棉花包朝肩上一扛,弯着腰往汽车的方向走。棉花棵子唰啦啦一阵响,我站在原地流着汗喘息,只看到一个移动的大花包,和花包下两只移动的脚。

几十位拾棉工,各自背着沉重的大花包,吃力地朝汽车挪动。有的姐妹,背了一包,又折回去背第二包。她拾的棉花比别人多,来回背包的趟数也就多。

太阳下,我的一双眼睛虚飘着,那带拖斗的大汽车,瞬间变成了一只白胖大蜂王,成群的"小蜜蜂",扛着装满"蜜"的大口袋,嗡嗡地朝蜂王飞过去。

被踩平的空地上,放一个大台秤,还有一根由两个人扛的大秤杆。地老板挨个儿称棉花,记录斤数。我挤进去,见一个女工大姐,正往本子上记数字,名字后面还有编号,编号的后面是斤数。后来才知道,大姐是队长,义务为拾花工记账,同地老板一天一对账。

大妹子魏桂花排在六十八号,她悄悄地对我说:"俺这编号真不赖,六是顺,八是发,俺六十八,顺又发。"

我笑她:"你还信这个。"

她说:"信。你没见今天的棉花数,俺多了二十斤,那是你帮俺拾的。"我一算,半天才拾了二十斤,挣二十元。

大妹子说:"明天给老板说说,也给你几个棉花包。大老远跑来了,多少挣俩路费。"

"财迷女"真是掉进钱眼里了。我头摇得像拨浪鼓,说:"我怕当全连第一名。"又说:"倒数。"

大伙儿又各自归垄,许是背棉花包耗费了不少力气,一时无人说话,棉田虚软下来。我本来打算去找那个记账的大姐,可是走着走着,就走到了大汽车跟前,看准东边车轱辘下,有一片诱人的阴凉地儿,我坐在地上就不走了,背靠汽车大轮胎,身心有着松散的快乐,偷笑几声:"呵呵,歹毒的太阳,一时半会儿你是找不见我了。"

这人一放松就犯困,我倚着汽车的大轮胎,做了一个散发着橡胶气味的梦。我走进一个密不透风的大树林,每棵树身都缠了一圈白丝带,我伸手去摸,却把手指粘住了,看上去白乎乎的,有股刺鼻的橡胶味。我正在梦中皱眉头,听到有人喊:"老板来送饭啦——"

我睁开眼,云朵被太阳晒散了,羽毛似的到处飞。地气蒸腾的热浪,在远处的棉棵上,形成几道透明的水波,哆哆嗦嗦地抖动,像人害了疟疾。

一辆机动三轮车突突地开来了,一直开到大汽车旁边。一股黄白的尘烟,从土路一口气追来,带着阳光的激情,在我的身边打着旋。

我捂着鼻子站起来,把橡胶和土腥味暂时隔断。李大义正从车上卸下两只桶、一布袋馍,我赶忙跑过去帮忙。

李大义掐着腰朝远处喊:"吃饭啦!"声音粗粝,有股粗野和霸气。

姐妹们立马丢下活,小溪归海似的朝这里聚拢,边走边从包里掏自带的碗筷。说是碗,其实是铝盆,老板统一配发的,一人一个,就我没有。盆里有浮土,姐妹们用手一抹拉,筷子在胳肢窝里一夹一抽,就去打饭了。地上并排放着两只大塑料桶,白桶盛开水,蓝桶盛饭菜,我细看,两只都是带盖的涂料桶。

李老板亲自掌勺,说是勺子,其实是塑料水舀子。每人一舀子菜,一舀子正好一小盆。菜是冬瓜炖肉,冬瓜多,汤也多,肉不多,但毕竟有肉,大家伙儿蹲在棉棵里吃得很香,旷野有股食堂的味,馍菜里有股阳光的味。

这才发现有三个男性拾棉工,他们躲开女工们,吃得不声不响。

大妹子魏桂花端起饭碗正要吃,发现筷子不见了,她在编织袋改制的包里翻了翻,没有找见,可能是漏到棉花地里了。我正替她发愁,她啪啪折了两根棉花秆,一双天然的筷子就有了,又从布袋里抓起两个馍,吧唧吧唧吃起来。我也从看不出颜色的布袋里,抓了一个馍。这馍比我的脸还大一圈,我有些矫情地对大妹子说:"这么大,我哪吃得完呀。"她顾不上搭理我。

我没有饭碗,就没有吃菜,即使有碗,这菜我也不吃,我蹲在地上啃馍。没想到,馍馍竟然那么香,只几口,一个大馍就下肚了。胃里还空出一大截。我拿眼角去扫馍布袋,那布袋瘪瘪的,看起来没有什么内容了,就伸长脖子瞅姐妹们,她们显然比我有经验,一只手抓了两个。大妹子魏桂花手里的大馍馍,眼看就要掉地上,却始终没有掉下来。袋里、地上都没有馍,我最终只吃了一个。

李大义走到我跟前，歉意地说："送饭时才知道老乡是回民，对不住啊！你吃这个吧。"大手里两个青皮大鸭蛋。剥开皮，一口咬到蛋黄了，流油，咸咸的香。大妹子魏桂花，这时才专心地看了我两眼，她拍拍地上的空棉包，让我坐上面，别蹲着，她自个儿坐在土地上。

午饭时间很短，没有人舍得浪费。他们站在水桶旁猛喝一气，再把自带的大塑料瓶子装满，急慌慌走了。留下一片压倒的棉花棵，几个屁股印。

李大义老板开着三轮准备走，他问我："老乡走不走？等会儿就冷了。"

我看看太阳，还那么火辣，就说："不回。"李大义就开着三轮突突突走了。

姐妹们拾花的速度，越来越显出差距，有的已经跑到了大前头，有的还在后面吊着，不像初时排成大雁似的一字线，前行的队伍有点乱。

还想去找记账的大姐，发现她在最远的地边，我在棉花棵里走得磕磕绊绊，花枝子还不时扯上衣角不让走，我空着手出了一身汗。

大姐没戴大口罩，我仔细地端详了她两遍，确定这回不会错，就亲热地喊了声："大姐。"没想到她比我更亲热，说："累坏了吧，妹子。"

我说还行吧，就下手帮大姐拾棉花。她说："歇会儿吧，你不戴手套，手指头受不住。"我也发现了，这么热的天，他们都戴着线手套，有的露指头，有的指头也不露。

我说："戴着手套抓不住棉花啊。"

大姐说："第一年都这样，习惯了就好了。"

我问大姐来几次了，她说："除了1989年公家组织的那回，这五年一次都不少，年年来拾棉花。"

我说："我想知道你的故事。"

她一笑说："俺能有啥故事。"

大姐笑时，脸上有一对酒窝窝，虽然被褶皱网络着，但还是很迷人。

二朵花 "酒窝姐"瞿美娟

瞿美娟，女，五十五岁。生育两个儿子、一个闺女，都已成家。她是个小队长，老拾棉工，连续五年来新疆，年年都带来不少能干的大姑娘、小媳妇。老伴患哮喘，常年吃药。

"酒窝姐"瞿美娟说："孩他爹身子不扎实，干不了重活，我二十岁嫁到他家，没少受累。生三个孩子，没坐过囫囵月子，该种地种地，该干活干活。"

她看了看棉田里的姐妹，小声对我说："俺那两个儿媳妇都是厉害主儿，俩儿子一个比一个怕老婆，我和他爹住老宅子，不给他们添麻烦。"

"酒窝姐"跟我说着话，双手仍然飞快地忙着，动作之快与她的年龄极不相称。只见十个手指上下翻飞，只听一阵窸窸窣窣，一把把棉花就团在了她手里。我看直了眼，不敢出手了。心想，这哪里是拾棉花，分明是变魔术嘛。我还给魔术起了个名字，叫"空中取棉"。

"酒窝姐"说:"这哪算快啊,前几年拾得比这多,这两年手脚慢了,一天拾个一百三十多公斤,二百六七十块,去年一天能挣三张红叶子,哗啦啦的大票子。"

她右手在耳边甩了甩,好像听到了票子响,表情很受用,酒窝深得能盛水。我第一次知道,有人拿百元大钞当"红叶子",这个比喻真贵气。我可爱的拾棉乡亲,他们微弱而不卑微,惜财而不拜金。

她给我算了算:"一个棉花季是两个多月,能抓个一万多块,顶在家一年的收成。在咱老家，哪个地方也挣不了这么多。"

我问她不累吗？她说："咋不累？浑身骨头疼，躺床上翻不动身子。拾花都是爬着走。"我低头一看，不禁一阵心疼，"酒窝姐"两腿跪地，一寸寸往前挪腾，幸亏两排棉花垄之间，铺了一层白色塑料薄膜，本来是保护棉花幼苗的，这时却保护了姐妹们的膝盖。我暗自感激种棉人，他们的无意成了善举。

我潮湿了一双眼睛，问她，吃那么多的苦，为什么还干？

"酒窝姐"说："不给儿女增加负担，趁自个儿还能动，多抓俩钱，老伴吃药打针、柴米油盐，不伸手给儿女要了，还要攒钱养老。俗话说得好：谁家有，不如自己有；两口子有，还隔着手。俺不给孩子们伸手要钱，有钱了再给孙子买这买那，这样俺活得硬棒，老了也招人待见。"

让自己的晚年硬棒、有尊严地活着，是"酒窝姐"瞿美娟来新疆的目的。"酒窝姐"系在腰间的棉花袋子越来越高，高过她的胸口，她依靠棉花包站立，棉袋支撑着她的疲惫。

我上前按了按，袋子里的棉花塞得实实的，摸上去有些硬。没想到软蓬蓬的棉花，还可以那么硬。

我嘴甜地说："大姐，你年轻时候，肯定美得像花。"听了这话，她的黑脸颊上酒窝一闪。

她笑："啥花？老柴火棒子花。"

我也笑："老柴火棒子花也是花啊。"

太阳斜到西边，离地平线越来越近，远处稀稀落落的树丛，变幻成黯淡的小山丘、低头的骆驼、仰首的牛，瞬间太阳成了清晰可以直视的蛋黄，在天边溶溶的橘黄里渐渐下沉。身下的棉田一时黯褐了,棉朵竟然成了蓝盈盈的绒团。弯腰、直起的拾棉工们,如一个个精致的剪影。天说凉就凉了,寒气由棉花棵子根下簌簌向上蹿动,从姐妹们的裤筒下爬上小腿、大腿;从姐妹们手背上爬进袖筒,直钻进腋窝;在姐妹们的眉眼上、鼻翼上、嘴唇上爬着,又顺着黑黢黢的领口钻进胸口。姐妹们开始一件件地加衣服,先加毛衣,再加棉袄,等天完全黑下来时,她们连军大衣都穿上了。我虽然有所准备,但还是觉得羽绒袄太薄了。

"酒窝姐"说:"新疆温差大,早穿棉,午穿纱,抱着火炉吃西瓜。"

这谚语,我在书上看到过,但真正到了新疆的田野,才有真切的体会。

下午的劳动成果,过秤,装车,那大汽车的车厢满登登。早上车厢还空着,一天的光景,这半截棉田就空了,经过拾棉工一双双的手,棉花都跑到四个轱辘的车上了。汽车大灯一照,棉花壳子都空张着嘴,一副想哭的样子。

姐妹们却是欢喜的。她们一坐上另一辆半截头车里,就开始说笑,计算着今天抓了几张"红叶子"。三个男士也开口说话了,声音嗡嗡的。有人掏手机给家人打电话,有人掏个苹果咔咔啃着吃,冷风里有股苹果味。我扶着车帮站在车上,铁车帮冷冰冰地直粘手。大妹子魏桂花递给我一个小苹果,那苹果被她暖得热乎乎的,我一路暖着手,一口也没舍得吃。

一车人回到住处,老板娘和一个当地妇女,已经做好了晚饭。简易棚里两口冒烟的大铁锅,一锅面条,一锅开水。拾棉工们端来盆子,舀热水泡手、洗脸、烫脚,没有多余的水洗澡,手和脚必须得泡一泡。"酒窝姐"说,一天下来手指头都是硬硬的,摁到热水盆里泡软乎了,才能拿筷子吃饭。

大家伙儿端着饭碗盛面条,我伸头朝锅里看,面条已熬得只成面,不成条,一锅粥似的。大家端着碗蹲在墙根喝面条,呼噜噜一碗,呼噜噜又一碗,喝得脸上汗津津的。我仍旧啃馍馍,这次脸皮厚了些,吃一个拿一个。老板娘给我冲了一茶缸鸡蛋水,我感激地接过来,一口气喝下去,肠胃一路快乐地叫。这鸡蛋水,怎么品都比在家时好喝,这还是鸡蛋吗? 天鹅蛋才是这个味道。

"酒窝姐"手拿一个紫红的洋葱,一层层啃着吃,嚼得咔嚓咔嚓脆响。

她说:"这皮芽子就馍很好吃,你试试。"

我纠正说:"这是洋葱。"

她笑,指指那个新疆女人说:"跟她学的,新疆人都这么说。"

我说:"咦! 才来了几天连文化都融合了。"

"酒窝姐"没接话,新疆女人走过来,扇动着长睫毛问:"你俩说我撒呢么(当地方言,"什么"的意思)?"

我忙站起来对她说:"俺俩撒呢么也没说。"

老板娘给我收拾好了一个单间,我说要和姐妹们一起住,老板娘把我拉到一边,小声说:"那可住不得,没有下脚的地方。"

我说:"不会吧,我试试。"

一迈进门槛,一股说不出来的气味扑来。我止住脚,抬眼看,一个五六间屋子长的筒子房,没有一扇窗户,紧靠两边墙,一拉溜摆放三十多张高低床。中间的过道,满地都是盆盆罐罐,还有纸箱和鞋子。还有人,双脚泡在盆子里,湿了一片地皮。

见我进来，有人招呼说："来来来，坐坐坐。"连连拍打着身边的床铺。床铺花花绿绿，堆着各色衣裤。"酒窝姐"站起来，拉着我的手说："坐我这儿。"

我在"酒窝姐"床边坐下，气味有些浓重，有些复杂，我在田间采访时就闻到了。记得当时我问："那你们怎么洗澡啊？"

大妹子说："洗啥澡？在哪儿洗？没洗过，用毛巾抹抹就妥了。"我问："你们来这儿多久了？"

她翻着眼皮一算说："明天整四十天。"

听到这儿，我又立刻站起，来回走两步，又走回自己的良知，拿定主意坐下，掀开大姐的被子，狠狠地说："我今晚就跟你们睡了。"

姐妹们一个不小的意外，我也意外地得到两个酥梨、三个苹果、一把葡萄干。

我边吃边酸酸甜甜地说："你们比俺老公还疼我。"

送葡萄干的女子说："那俺比不上你老公，他给的东西俺可给不了。"

大妹子骂她说："你个没出息的货，又想老公了吧。"

女子一撇嘴说："你不想？"

大妹子魏桂花扭头看门口，说："不知道。"

她一说不知道，大家伙儿都"哦"了一声，说："知道了。"

我还没有悟过来，问："知道啥了？"

大家一起笑起来，"酒窝姐"点着我说："妹子，你白喝了一肚子墨水。"这下我也知道了，伸手点了一下她脑壳，她也点了我一下，一屋子女人笑得东倒西歪。一时间，我感觉就像坐在河南老家那光溜溜的打麦场。

姐妹们渐渐沉入梦境，我无法入睡，身子酸痛得难受。听见小老鼠在地上窸窸窣窣，屋外的风呼呼呜呜。

对面下铺的姐妹，突然翻一个身，伸手朝旁边抓，嘴里说："抓呀、抓呀、抓不动，哼哼……"

把邻居抓醒了，"啪"地打了她一巴掌。

"酒窝姐"在被窝有响动，一声又一声，我捂紧被头，憋住，不呼吸，终于憋不住了，深吸一口气，是不太新鲜的皮芽子味儿。

李大义老板在外边喊时，我才找着睡觉的感觉，只听他突然一嗓子："起来吃饭了！快起来！"

有人气得直哼哼，说："周扒皮。"意思是说，李大义就像《半夜鸡叫》里那个坏心眼的老地主。

"酒窝姐"起身穿衣服，朝她"嘘"了一声，说："别让他听见。"

大家闷闷地起床，走路还在睡梦中，我也跟在后面摇摇晃晃，像踩在棉花包上。

摇晃到屋外，更像是梦境了，天黑洞洞的，土坑里的芦苇影影绰绰。

我一夜没暖热，出门打哆嗦，寒气上来抱住腿，顺腿向身上走，浑身立马凉个透。

老板李大义威严的身影清晰可见，他站在厨房棚子的灯光下，一手夹烟，一手掐腰。那烟头一红一灭，一股烟刚吐出，就被冷风扯走了。

从北边一排土坯房，陆续走出一群姐妹，我都不认识。李大义说："这是二队的，昨天你采访的是一队，每个队都有六十多号人。"

这时，十几个男同胞也从东南角宿舍里出来了。他们在老板的注视下,洗脸,吃饭。半锅炒白菜,一笼大馍馍,一锅热面汤。

没有见到老板娘和帮厨的新疆女人,李大义吐出一口烟说:"她们忙午饭和晚饭,早饭我来做,让她们休息会儿,一百三十口子的吃喝,也够她们累的。"

李大义对我说:"无论饭菜好坏,我都让大家吃热的,凉菜不敢做,馍、菜、汤都放在煤火边。他们出去得早,回来得晚,这天那么冷,人都冻透了。"

果然,热饭吃到肚子里,寒气就不敢近身了,人开始有力气说话了,白烟从嘴里一股股冒出来。

天还黑乎乎的,我就和大家伙儿一起爬上半截头车,开往昨天的棉田,另一车人开往向西的小路,一会儿就隐在夜幕里,不见了。看看表,正好六点钟。

冷风趁着车速来薅我们的头和脸,我和姐妹们像羊似的挤在一起。土路一高一低,身子一起一落,差点把刚喝的热汤,热乎乎地吐出去。

"酒窝姐"抓住我冰凉的手,我俩睡了一夜,感情就有些不一样了。她说:"你跟来干什么,又不抓钱,白受洋罪。"

我说:"就想跟你们在一起,值。"

她不解地看天,嘟囔一句:"还有这样的人。"

一到地头,黑云从东边的天空层层散开,就像剥一只煮熟的大鸡蛋,天很快就露了白,棉花地一片白茫茫,棉花好像使了一夜劲,该开的花全开了。

队长"酒窝姐"开始分田垄,按号分,昨天二十号把地边,今天就该二十一号了。一般都不愿意拾地边的棉花,一是棉桃结得少,二是人车过得多,把开出的白棉花给挂没了。但也有好的时候,棉朵比地中间的还繁密,这就看运气了。一个人今天拾多拾少,跟花垄的好坏也有关系。但是,"酒窝姐"从不打马虎眼,挨着谁就是谁,亲戚邻居不偏心。所以,花垄子分得很顺。以棉垄间塑料薄膜为界,大家很快各自归垄,大雁似的一字排开,开始了一天的辛苦。

一夜寒露,棉田湿漉漉的,棉朵上一层薄霜,手指一捏,冰凉入骨,就像捏一个蓬松的冰球,手指肚冰得生疼,手套很快就湿透了。

我说:"太阳出来再拾花就好了,人就少受些罪。"

一旁的妹子说:"这会儿的棉花压秤,受点冷怕啥?"

噢,这可没有想到。

她说:"同样一大包棉花,中午的一包才四十来斤,早晨的这包一上称,六十斤还冒高。"

她看我的目光有点得意。我发现她的五官挺好看,高鼻梁,大眼睛,眉毛弯弯的,一笑两排小玉牙。

我说:"妹子长得一朵鲜花似的,老公怎放心让你出来啊?"

她一甩头说:"他管不了我,我是来减肥的。"

三朵花 "减肥女"贺全美

贺全美,女,二十八岁。生育一个女儿,六岁,念小学一年级。丈夫经营一个中型超市,生意很好。

贺全美在县城开了一家美容院,她人漂亮,性格直率,美容院经营得也不错。

我说："一看就知道,你被老公宠惯了。"

她哈哈地笑："我就是这脾气,心里有啥就说啥,不说急得慌。一次,坐在小板凳上吃饭,俺说了一句什么话,俺老公就说,小美,你张开嘴就能看见板凳腿。我问啥意思?他说,直肠子呗。"

我笑："你这肠子真够直的!恁两口子还真幽默。"

她说："是的,我对自己的生活很满意,但就有一条让我自卑。"

"自卑啥?"我问。

她说："肥胖。"

我上下端详她,说："不胖啊,看起来还没有我胖呢。"

她说："你没见我刚来时的样子,胖得走不动,吃饭都气喘,就我这一米六的小个子,一百七十二斤呢。"

我惊,妈呀,这的确有点胖。

贺全美说着从棉棵子里站起来,解开粉红的皮带,一手拉扯着裤腰,说："你看看老乡,我这裤腰松的,能装下一个胖孩子不?"

姐妹们也接连站起来,纷纷朝她裤腰看。她笑嘻嘻地扯住裤腰,转了一个圈,有些炫耀地说："你们看是不是?"

"财迷女"魏桂花说："可真瘦不少。我看别说是胖孩子,连你老公都能装得下。"

棉田里又响起一阵笑,嘎嘎,咯咯,嘻嘻,哈哈,笑声奇形怪状,把天上的云彩都吓散了。

我有些偏胖,对减肥有兴趣,就问她："减掉多少斤?"

她更来了兴致,刚蹲下,又站起来说："刚来那阵子掉膘慢,一天二三两,跟没减一个样。半月后,一天瘦半斤八两。这四五天里,一天减掉一斤肉,刹不住车了。昨天往棉花秤上一站,你说俺还有多少斤?"

我和姐妹们一起问:"多少斤?"

"减肥女"激动得脸色紫红,好似上半身的血都集合到这里了。

她说:"一百四十六!"

大家伙儿也惊住了,纷纷说,平时只知道她瘦了,不知道瘦了那么多。

"减肥女"成就感大发,说:"一家伙掉了二十六斤肉,半扇子猪哩。"

她猛地想起回民的忌讳,连忙朝我摇手说:"啊,不对不对,一只肥羊哩。"

我连忙向她摆手说:"不要紧,就是个比喻嘛!"

来新疆捡棉花四十天,"减肥女"减肥二十六斤,这很有意思。这几天,我的衣服也悄悄地在变大,穿在身上咣咣当当。我开始幻想,回家后先买一条细腰小裙子,在镜子前美美地扭一扭。

"减肥女"和我幻想的尺度差不多,她说:"我打算把拾棉花挣的钱,统统用来买衣服,往美容院大堂这么一站,看哪个龟孙还敢说我胖。"

原来这爱美的女老板受过刺激。

我正为她幸福着,听见她又说:"可是这里也让我很烦恼。"她双手托着胸说:"这对宝贝也瘦了,扁塌塌的,在胸罩里直晃荡。我回去要丰胸,还要把这张黑脸美白了。"

她拍着胸脯说:"必须的。"

我被她弄笑了,这妹子真是个宝贝。

她站起来捶捶腰,又蹲下拾棉花。我问:"来减肥还干得那么有劲,为什么?"

她说:"我一开始也是这么想的,干活就吊儿郎当。结果,小队长每天公布拾花斤数时,倒数第一的总是我,连上年纪的大妈都比我强。俺面子上挂不住啊,一使劲,棉花的斤数就上去了,肉的斤数就下去了。"

说笑间,姐妹们已经捡拾了四五十米,这时,太阳已升到树梢高,棉朵的湿凉消失了,热度慢慢升起来。

"减肥女"突然说了声:"开脱了!"

我一看,捡拾过的棉棵上,挂了不少衣裳:军大衣,花棉袄,还有保暖裤。

我又惊,转着眼珠说:"没见你们啥时脱的呢。"

"俺是脱熟练了,我示范给你看。""减肥女"说,"大家注意了,我开始脱了。"

我猛然发现,十几米处有个男拾棉工,就提醒她:"小声点,有男士。"

没想到她一点也不在乎,反而大声说:"看呗,我叫他叔哩。"又朝他喊,"是不是啊叔?"

她叔在那边呜啦了一句,就隐没在了棉棵子里。

太阳又高了,阳光又毒了。棉棵上衣服又多了,有毛衣、秋裤,还有棉鞋和马甲。

有人学赵本山:"她婶子,你脱了马甲我也认识你。"

她婶子立马接上:"是哩,都是一个村里的,你穿上马甲我也认识你。"

"酒窝姐"这时也说话了:"也别说,这一热一脱可利落。"

"减肥女"说："我卸掉身上一大块肉，一天比一天轻巧，拾棉花更利索。"

她一高兴，顺嘴又说："棉裤一脱，啥都不说；赶紧拾花，票子哗哗。"

大家都夸："还怪顺嘴哩。"

"财迷女"魏桂花高声说："你这肥也减了，钱也挣了。真是屙屎逮虱，一举两得啊。"

"减肥女"小腰一掐，说："那可真哩。"

棉田里的风景有了色彩，棉棵上的衣裳，红黄蓝绿。

"减肥女"的棉棵上，挂着一双翻毛皮鞋，我低头一看，她穿着袜子在薄膜上走，手脚都轻快。

午饭按时送来了，菜是清水豆腐汤。早晨老板就对我说，他专门为我清清锅，干净，让我放心吃。大家伙儿都拿出碗盛饭，我也自带了个小布包，从里面掏出老板娘送我的大茶缸，排队盛了饭。

咸咸的汤，豆腐味很醇。"财迷女"魏桂花拍拍棉花包让我坐，她发现我已经坐在地上了。姐妹们吃过饭，拍拍屁股拾花去了，我也拍了拍，拍出一股尘烟。

李大义老板不知冲谁发火了，声如炸雷："想干就好好干，不想干就回家。看这棉花都摘成大花脸了，主家能愿意吗？吃饭眼放光，干活马虎汤！"

没有人跟他吵架，大家赶紧返回去检查。

我走近"减肥女"说："李老板怪厉害啊。"

"减肥女"说："这人倒不坏，他不吵，地主发现也得吵，还要扣棉花斤数，他这是为老乡好。就说每天早上他都叫起床，起床时大家都骂他,到了地里又都感谢他,拾得多,花也重,挣钱多。咱姐妹那么远来了,不就是想多挣俩钱嘛。"

这女子倒会理解人。

我去地头包里取茶杯,见李大义倚着一棵野榆树抽烟,那烟圈一个接一个打着滚,翻滚得空前绝后。

路过"减肥女"的棉垄子,我问她:"日后回到家,这好不容易减掉的肉,再长回来了该怎么办呢?"

她说:"那俺明年还来拾棉花。"

四朵花 "光棍男"刘欢

刘欢,男,四十二岁。无儿无女,至今未婚,光棍一个。

我把刘欢当作一朵花来写,是下了决心的。在浩浩荡荡的拾棉队伍里,男拾棉工为数不多,但他们融入棉田里,同样是棉花的一部分。一株棉棵上有雌花雄花,一块棉田里有男花女花。

刘欢就是我要表的一朵雄花。

他就是"减肥女"称作叔叔的那个人,其实他们村庄很多人都叫他叔,连眉毛胡子都棉花一样雪白的老人,见了面也会叫他叔。

他说:"没办法,哈巴狗站在粪堆上,充大呗!谁让俺辈分高哩。"

这刘欢老实着一张脸,人还挺会说。

其实,刘欢人长得倒周正,个头也不低,在农村也算是中等,怎么会娶不上媳妇呢? 我疑惑。

　　我才问了他几句,他就开始冒大汗,顺着下巴滴水,他的紧张让我有些过意不去。我放下相机和记录本,背对着阳光,倒退着走,一把一把帮他拾棉花,拾得拿不住了,就双手递给他。他也双手接住,每接一次都说声谢谢。

　　渐渐地刘欢说话也顺畅些了,他说:"你拾得比我快,男人干这活拿捏人。"

　　我一看,这棉棵还没有他小腿高。

刘欢说,他弯着腰拾花,头勾得像豆芽菜,只一根烟工夫,脑袋就充血,两眼冒金花,白棉花变成金花花。那腰就酸疼得不是腰了,是一截子老柴火棍,一折就断似的。蹲在那儿拾花,比站着舒服些,时间长了也受不了。小腿肚子鼓胀得血脉乱蹦,双腿发麻,像过电似的。

这一天下来,拿捏得浑身疼。刘欢说:"不是活累,而是不畅快,说实在的,还不如去建筑工地出大力、干重活舒坦。"

我问他:"来新疆拾棉几次了?"

他说:"今年是第二年,去年俩月挣了一万三千元,算了算,还是比在家挣钱多。"

我说:"抓那么多钱回去,是娶老婆吗?"

刘欢的反应却像被蝎子蜇了似的,他白了脸色,连连摇头,说:"俺不想结婚。"

事情原来是这样:刘欢的媳妇定得早,那时他才十二岁,就跟邻村的女娃定亲了。女娃比他小六岁,才上小学一年级。但刘欢喜欢这个"小媳妇",上学替她背书包,放假帮她家干农活。结果他高中没考上,"小媳妇"却初中毕业考上了市卫校。刘欢到砖窑厂拉砖,还往建筑工地送砖,积攒的钱给"小媳妇"送到城里,一直供养她中专毕业。毕业后"小媳妇"又考上了一所大学,刘欢仍旧把打工的钱,一次次寄到省城,哪知人家大学一毕业,就跟别人结婚了,刘欢这才傻眼。那时,刘欢已接近三十岁,村里同龄人的孩子都能打酱油了。

刘欢说:"她回来办喜事,我跑到家里去看她,在门外坐了一夜没敢进。那阵子我不吃不喝不睡觉,下着大雨朝外跑,坐在地上让雨淋,心里的大火日夜烧,怎么也浇不灭,快把我整个人烧成灰了。"

我说:"你那时就没想到她会离开你吗?"

他说:"咋没想到哩,村里人也劝过我,别再供她钱了,早晚竹篮打水一场空。我就是不信,我就是对她好,心想,人又不是狼,哪能那么心狠呢。"

刘欢的眼睛还是红了。时隔那么多年,那"小媳妇"仍是搁在他心头的一把刀,时不时割一下,仍是要命的疼。

没多久,有人给刘欢介绍了一个女人,女人离过婚,有一个五岁的男孩,男孩留给了男方,女人提着个小包,就在刘欢家住下了。家里有个洗衣做饭的,刘欢的日子开始热乎起来。他感激女人的好,就把在工地上掏苦力挣来的钱,一分不留地交给女人,谁知女人存起来,一分不留地给了自家的孩子。刘欢跟女人吵了一架,就把那女人吵跑了,再也没有回来。

刘欢说:"有那么几年我不愿意相亲,一说要见面,心里就发怵,双腿跟面条一样软。"

有一个姑娘还是让刘欢动了心,比他小十二岁,两人一个属相。姑娘眉目清秀,文文静静,一口好听的四川话,让刘欢着了迷。姑娘来河南给表姐看孩子,想找个可靠的人过日子,她觉得刘欢这人还不错。

这回刘欢要明媒正娶了。他按当地的规矩给姑娘下了聘礼,"干礼"(现金)三万一,寓意是万里挑一。首饰是"三金"——金戒指,金耳环,金项链。"湿礼"不计,大鱼大肉随心意。

好日子定在 2012 年 10 月 1 日,结婚前一周,刘欢新郎官打扮,进城找姑娘打结婚证,哪知姑娘和表姐都没影了。房东说,她们三天前就退房走掉了。

听到这儿,我扔掉一大捧棉花,在原地来来回回地走,棉花枝条把我的衣裳扯挂得刺刺啦啦响,我心口像堵了一块大石头。若不是故事的主人公亲口讲述,我无论如何不相信,这些都是真实的。假如被写成小说,读者会说这全是作者瞎编的。

刘欢的故事其实还没有结束,他说,他明年还来新疆拾棉花,借人的聘礼钱还没有还完。

刘欢还是光棍一条。

我走向地头,面前是条被废弃的水渠,没有了水,水渠就是死的,但芦苇让它活着。两条高高的渠墙,站满高高的芦苇,干涸的渠底被芦苇排满,是那种纯粹的黄。风来了,芦苇掀动一阵黄风,如水的波涛,水渠就有了黄河的模样。

太阳落山后,雾气大起来,棉田一片朦胧。寒冷劈头盖脸地扑来,我在地头跺着脚,却跺出几声狗叫,叫声很远,也很短,好像被寒气冻紧了。

李大义老板也随着大卡车来了。姐妹们仍没有收工的意思,我渐渐没了耐心。疲劳沿脚底爬上了头皮,我昏头涨脑地钻进驾驶室。寒气小了些,但仍冷得彻骨,我抖着身子,后悔没在天黑前离开。

田野里突然闪闪地亮了,不知从谁开始的,一个接一个,半块棉地都亮了,灯柱时短时长。我有着不小的意外,贴近车玻璃去看,黑黢黢的田野,点点灯光晃动。

我忍不住跳下车,摸索着走过去,见拾棉工们的额头都顶着一盏小小的矿灯。矿灯照见的不是深井中的煤炭,而是黑暗中柔软的棉朵。光柱聚焦在面前的棉花上,高挑的白色棉朵,跳着如梦如幻的芭蕾舞蹈。

拾棉工们在棉棵里或蹲或跪,瞪大眼睛,同灯光下的棉朵平视。没有人说话,连棉花枝叶都疲沓无声,只有他们疲惫的呼吸,和若有若无的哈气。他们似乎把仅有的体力都凝聚在指尖。我听到,棉絮从花壳中抽出时细微的咝咝声;我看到,在光柱里飘飞的细小粉尘。

每一朵棉花,都被拾棉工手指抚摸;每一把棉花,都被拾棉工手心温暖。

我有些明白了:为什么"手采棉"要比"机采棉"贵重? 除保持了原始的棉质外,更重要的是,棉花和人有最本真的情感。

夜空幽幽,星星眨眼。拾花的乡亲,头顶矿灯,肩扛棉包,歪歪扭扭朝卡车走来,远远望去,一亮一亮,像落在田间的星星。

我流下泪来。

晚饭后,我和老板娘闲聊。她人长得清秀,说话细声细气,同她老公李大义的性格截然相反。

老板娘原在乡镇一家工厂当出纳,现在给自己丈夫当会计。丈夫李大义以前在乡武装部上班,十来年前,当地政府组织农村剩余劳动力来新疆拾棉花,车接车送,地方领导带队出行,李大义就带领一队人马来到芳草湖。后来政府不再统一组织,李大义又回到原单位上班。可是一到秋季,不断有乡亲上门找他,让他联系去新疆拾棉花。这时,芳草湖总场打电话,让他立即组织一批拾棉工来新疆,李大义就带领一百五十人来了。

后来,几经周折来到新湖农场,在这个兵团废弃的土院安营扎寨,一住就是八年。

老板娘说:"管百十号人吃住两个多月,可不是件小事情,时间长了什么事都会发生,李大义原来不喝酒,现在天天喝,不喝顶不住。"

正说着,棉帘子一动,进来几个人,除了我认识的刘欢外,其他都脸生。

刘欢向我点一下头,对老板娘说,他这几天胃疼,让老板明天买点药。老板娘赶紧走到桌子前,在本子上记下了。刘欢说,药钱先记账。老板娘说,这平常的小药不要钱。

一个矮个子妇女,问她要的鸡蛋买没有。老板娘从桌下拉出一个纸箱子,取出一兜生鸡蛋,妇女付给老板娘二十元,说了声:"不欠账啊。"提着鸡蛋出去了。

一个女子瘦瘦的,来取她的药,取过就走了。我没看清什么药,老板娘也给她记了账。

还有两个妇女,不买东西,在门后找插座,把自己的小矿灯通上电,俩人就蹲在地上叽叽喳喳说着话。

"酒窝姐"端着碗进来,一边用筷子当当搅着碗里的生鸡蛋,一边进里屋找暖水瓶,倒一碗开水出来,一股好闻的鸡蛋汤味。"酒窝姐"自己找个地方坐下了,呼噜呼噜地喝,就像坐在自家的厨房。

这时过来一个姑娘,小棉袄红艳艳的,就像一个新嫁娘。她有些羞怯地对老板娘说,她想买几斤苹果吃。老板娘说,苹果没有了,进了一箱卖完了。

她还问:"明天还去镇上买吗?"

老板娘说:"一买就得一整箱,天冷不好卖。"

姑娘失望地转身走了,刚要掀棉帘子,老板娘叫住了她,从里屋拿出两个红苹果递给姑娘,说:"我留给自个儿吃的,你拿去吧。"

姑娘捧着闻了闻，笑得很开心，她说："那就记我账上吧，走时一起算。"

老板娘一摆手说："记个啥？送你的。"又拍拍她的肩膀说："能吃就好。"

老板娘看着她的背影说："这孩子，怪心疼人哩。"

她接着说："他们小两口一起来拾棉花，刚结婚三个月，前天发现怀孕了，送到镇上一检查，有三十来天了，正反应呢。"

我说："那还不回家？初孕多娇贵啊。"

老板娘说："人家小两口，一商量，说不回了。"

我心疼了一下，说："这孩子真不容易。"然后对老板娘说："你白天忙做饭，晚上忙杂事，也够累的。"

她说："老乡，你也不容易啊，在这儿吃不好睡不好，还挨热受冻的。我跟李大义说，咱这个姐，是不是想在退休前提级工资，要不来这儿干啥，受洋罪。"

我一摇头说："不受罪，挺开心。"

这是实话。当紧挨着姐妹们，躺在高低不平的大铺上，我突然间找回了遗失的童年。也是在乡下，也是这样的土坯房，冷风不时带动树枝，敲打门窗，大板床上铺着厚厚的麦秸草，我们一群孩子羊羔似的挤在一起睡觉，梦和梦连在一起，延续着白天的嬉闹。

长大后，我常常在能触到白云的高楼里，孤独地呆立，交叉着双臂，拥抱着自己。

当我和拾棉花的姐妹们，在田间毫无芥蒂地说笑时，那么多清凉的氧分子，随着我的快乐，排着队进入我的肺。我能想象，它们欢快地掀动我近乎凝滞的肺叶，任性地上蹿下跳。

我站在无边的棉田，松开了一贯紧抱的胳膊，打开双臂，做一个深呼吸，从脚底到头皮，是那种完全彻底的透气。

我站起身朝外走，老板娘问我："你今晚还住大屋啊？"

我说："还住。"

她进里屋给我抱了一床新被褥，军绿色的，很软和。

早上吃饭时，一个高个子妇女，端着碗蹲在我身边，说："作家老乡，你啥时候也来俺二队地里逛一逛，不能只待在一队啊。"

我一想，对呀，就马上说："一会儿就随你到二队逛一逛。"

二队的棉田不太远，我坐在车斗里颠了几颠就到了。棉棵子比一队地里的高，到我腰窝。高个子队长说，棉花的品种不一样。

早晨没有阳光，拾棉工都捂着大棉袄，没人捂口罩。

一眼扫见，旁边这个姑娘有些面熟，细看，认出是昨晚那个刚怀孕的新娘。

我轻手轻脚走过去，问她："昨天的苹果好吃吗？"

她一愣，看了我一眼，又歪头看旁边的小伙子，然后看自己拾花的手，轻声说："还可以吧。"

五朵花 "夫妻花"张小平、黄亚平

张小平，男，二十二岁；黄亚平，女，二十二岁。这是一对新婚小夫妻。

我一听他们的名字，就说："小两口的名字都有'平'，挺有缘的嘛。"

新郎张小平一歪头,冲妻子叫了声:"小平。"

黄亚平在棉棵里伸腿踢了他一脚。这一叫、一脚,有点故事。我老猴子似的蹲着不走,夹在小夫妻中间拾棉花,左抓一把给新郎,右抓一把送新娘。这棉花送来送去,竟送出了玫瑰的效果,小两口争着跟我说。

两年前的一天,张小平的爸爸到服装厂看儿子,小平一下班就朝门口跑。父亲在人群里招手,喊他:"小平,小平。"

他正要张口,旁边一个女孩子尖着嗓子答应:"唉,唉,我在这儿。"蝴蝶似的跑去了。张小平莫名其妙地跟过去,女孩子这才发现认错了人,低头就跑,一头撞到了张小平。

我说:"这一撞,就撞成一家人了,还真有喜剧性。"

黄亚平解释说:"他爸爸的声音,猛一听很像俺爸,俺爸也叫我小平。"

张小平就羞她:"一上来就认亲,谁知道你是谁呀。"

黄亚平站起来双手去打他,手里的棉花飞到棉棵上,张小平嗷嗷讨饶。

我忙着帮他们捡拾,猛想起,这女孩子的肚子里还有个孩子,就立在中间喊停。

我像一个家长说:"你们俩还是回河南吧,怀孩子可不是闹着玩的,又是初孕。"

那个丈夫说:"家人也是这意思,可是她不肯走。"

没想到妻子挺倔,说:"还没抓到钱呢,回啥?"

张小平和黄亚平,都是单亲家庭的孩子,都跟着爸爸长大。结婚时,小平爸爸东挪西借,给儿子在乡镇小区买了一套房子,但已无钱装修,只简单地铺了地板砖就成了洞房。听说新疆拾棉花很挣钱,小两口一商量就报了名,打算在这两个多月挣个两三万,回去把房子装修了。

小洞房亮亮堂堂,小日子和和美美。来新疆的火车上,小夫妻幸福地憧憬着。

没想到,刚来四十多天,黄亚平就怀孕了,小两口单纯的拾棉生活,变得复杂起来。

　　　　　大地的云朵

黄亚平告诉我："合同上有规定,要是在拾棉期中途离开,老板只按五毛钱一斤付费,正好是收入的一半。另外,往返的路费得自己掏出来。那就不剩几个钱了,房子装修就泡汤了。"

张小平说："身份证都不在个人手里,老板统一管理了,给我们买保险,订火车票。"

没想到那么复杂,我也觉得事情不是那么简单了。

小夫妻还是选择留下。

黄亚平说："再坚持二十来天,俺俩就能揣着钱回家了。"

我纠正说："不是俩,是仨。"

他们俩一愣神,随后埋头咦咦地笑。

望着西边撒满白云的天空,我默默祈祷……不知何时,脸上湿淋淋的。

这时,有人喊我："老乡,老乡。"

我顺着声音找,一个女子在远处招手。我蹚着棉棵朝她走去,空棉壳咯咯唧唧一路响。

女子一见我,就把脸上的大口罩摘下了,她掀动厚厚的嘴唇说："老乡,俺有冤屈,你来给俺评评理。"

女子像面对法官似的陈述："俺叫郭凤仙,今年三十一……"

六朵花 "水仙女"郭凤仙

郭凤仙,女,三十一岁。生育两个儿子,大儿子十三岁,在封闭学校念初中;小儿子四岁半,交给婆婆照看。丈夫买辆小半截头车,常年给人送货,挣钱不多,但能天天回家,郭凤仙就放心出来拾棉花，今年是第二年来新疆。

　　丈夫两代单传，郭凤仙给他家生了两条根，在公婆跟前腰板硬，平常说话也气势。

　　郭凤仙拾花很快，双手呼呼生风，说话也带风。她说："你看啊老乡，昨天中午，大家伙儿都正拾棉花，地老板来了，开着个小轿车，一直拱到棉地里，咔嚓一下，从俺的布袋上碾过去了。俺一看，吃饭的铝盆没碾坏，新买的头灯碾碎了。我说：'老板啊，你得赔俺个头灯啊，今晚摸黑干不成活啦。'你猜她咋说？"

　　我问："她咋说的？"

　　郭凤仙厚嘴唇一抖说："她说：'你放路上弄啥？活该碾碎。'你说这是啥话哩。"

　　我也觉得地老板不该那么说，正要张口说几句，郭凤仙的唾沫星子溅到我嘴角，我感觉一凉，没有去擦，等她低头拾棉花，我赶紧抹一下，其实不用抹，太阳已经晒没了。

　　郭凤仙气鼓鼓地说："俺一听就火了，站起来指着棉田说，你看那是小车走的路吗？幸亏是个包，要是个人你也从上面碾过去吗？"

　　我问："后来呢？"

　　她说："她转身走了。走到后边，指着我的棉垄说：'你过来，看捡得毛烘烘的，是个撒样子，就这样糟蹋我的棉花吗？你回来，给我重新捡一遍。'我气得直发抖，站着不动，我说：'俺是来拾花的，不是来受气的。'后边的一个妹妹，赶紧帮我捡干净了。"

　　郭凤仙眼里噙着泪，说："她还不罢休，称棉花的时候，她说：'七十五号扣除二十斤棉花。'老乡，二十斤呢，大半包棉花哩，我一上午白干了,我气得大哭一场。"

我越听越来气,憋了一肚子的火,若是真如郭凤仙所说的那样,我还真得见见这位女老板。

说着说着,女老板开着小车来了。她个子不高,瘦瘦小小。我站起来,朝她走过去,却被郭凤仙一把拽住了。

她说:"老乡,算了吧。想想她也不容易。"

我问:"你这么快就不委屈了?"

郭凤仙说:"俺一见她,心就软了。她儿子半年前骑摩托车摔死了,独子,刚满十八岁。"

我心里一惊,又看那老板,娇小一女子,焦黄着一张脸,强打精神似的站在那儿。郭凤仙说:"俺捡棉花是为俩儿子,她辛苦种棉花也是为儿子。辛苦了十八年却落了个空,这棉花地再大又有什么用?代替不了亲骨肉啊。都是当娘的,俺知道她心里多苦啊。"

说完,郭凤仙忍不住吧嗒吧嗒掉眼泪。这大大咧咧的女子,竟哭得像朵水仙花,可真应了她名字里那个"仙"字。

午饭过后,太阳光依旧暴烈。我拎着包走到田埂,选中一块阴凉地儿,铺开两张报纸坐下,全身的骨头咔咔乱响,像缺了油的机器,每一丝肌肉都疼,我一阵龇牙咧嘴。

一棵野生小榆树护在我的头顶,在这无人的荒野,自生自长的小榆树,成了我此时的依靠。它浑身的叶片,都被深秋染成了让人心动的鹅黄。我抬头看时,它跳下来贴上我的脸颊;我低下头时,它悄悄地黏上我的头发;我摊开记录本,刚写几个字,它就飞下来捣乱,我啪地把本子合上,它就成了金蝴蝶的翅膀。我出溜在小榆树底下,抱着本子做了一个金蝴蝶的梦,梦里没有疲劳,没有心酸,没有疼痛。

晚饭的时候，郭凤仙端着碗和我挤在一起吃，她厚嘴唇笑成鸡冠花，说："老乡，你猜怎么着？"

我问："怎么着？"

她声音里带着笑，说："那二十斤棉花，老板一两也没扣。"

眼前呈现女老板瘦弱的身影，棉田蒸腾的热气里，她一脸寒冷地站着，一颗慈善的心却怦怦跳动。

洗漱完毕，大家伙儿都各自归屋睡觉，只剩那对小夫妻在灯影下说话，我小心地退到暗处，抱紧肩膀和凹坑里的芦苇待了一会儿。张小平把黄亚平送到北屋门口，取下披在妻子身上的棉袄，目送她进屋后，这才披上棉袄离开。南屋到北屋不足十五米，却是这对新婚夫妇最遥远的距离。

进屋的瞬间，我突然迷惑：新郎在男宿舍，新娘在女宿舍，白天十四个小时都在棉田里，他们是怎么怀上孩子的？

一进大屋，"酒窝姐"就说："妹子啊，你跟人私奔一天了，俺还以为你今晚睡二队了呢。"我说："俺这不是又私奔回来了嘛，分开一天还真是想你们。"

我把脑袋捂进被窝里，把小夫妻怀孕的事小声说给"酒窝姐"。"酒窝姐"说："办这事还能难住人？一出大门就是大棉田。"

还想再问，又有些担心"酒窝姐"吃的皮芽子，就赶紧把头伸出来，可劲出了一口气。

姐妹们身子一挨床就呼呼大睡了，我却在给两个"小平"的孩子起名字，那股操心劲，有点像他们的母亲。叫新生、新怀、新花，还是新仁？反正这个小生命是在新疆的土地萌生的，名字得有纪念意义。

正笑自个儿无聊,听见一个姐妹大声说:"没明没夜地拾棉花,不拾啦。"

一会儿又有一个姐妹说:"美琴的棉花真好,气死我了。"

梦话说得那么清晰,俩人像唱戏。

一起床,姐妹们都看我,眼神有些不一样。她们说,夜里听见我喊妈妈,喊了好几声。我无论如何不相信,都几十岁的人了还唤妈妈。她们都说真喊了,看来老乡你是累坏了。我端盆出来了,她们还在后边说:"怪可怜的。"

灰蒙蒙的天地,路边的树还在做梦,我还是坐上半截头车,去了二队的棉田。

走过一个姐妹的棉垄,又折回来。

我问:"听口音,妹妹你不是河南人啊,家是哪里的?"

她操着南方口音说:"我就是河南人啊。"

旁边一姐妹说:"她嫁到咱这里了。"

女子这才说,娘家是贵州的。

我说:"那么远,你怎么嫁到俺这儿来了?"

她仍然慢条斯理地说:"因为你们这儿的男人帅啊。"

我觉得,这女子是在给我打太极。

我试探着问:"你家老公对你肯定很好,他不舍得让你出来吧?"

女子却说:"既然嫁来了,就要过下去,不能让人家看笑话。"

旁边那姐妹看了我一眼,那眼神里有内容。

抽空问了那姐妹,她伏在我耳边说:"她是被人贩子拐来的。"

七朵花 "被拐女"吴艳朵

吴艳朵,女,四十岁,贵州安顺人。十六岁被人贩子拐卖到河南农村。生育两个儿子,大儿子二十一岁,大学生;小儿子十三岁,初中生。丈夫是某个建筑工地小队长,老实能干。

我和"被拐女"吴艳朵面对面站着,这样,火热的阳光就更有机会直接侵犯到我背上,我犹如背负一团火。我把用身体换得的阴凉送给吴艳朵,也把大把大把的棉花送给她。有那么一阵子,我们俩相对拾棉花,谁都不说话,只听得空棉壳碰撞的声响。有几次,我伸出长长短短的目光打量她,都被她机敏地闪开了,娟秀的面孔很平静,微薄的嘴唇紧封着,像两扇紧闭的门,透不出、也挤不进一丝暖风。我脑子里翻滚着许多的问号,她是怎样被骗的? 为什么不报警? 新疆这么大为啥不逃跑?

但问出口的竟是:"你为什么来新疆拾棉花?"

吴艳朵沉默了很久,我耐心地等,看那双唇启开又关闭。终于等来一句话,她幽幽地说:"因为爱,才受苦。"

我惊诧,这么深刻的话,竟出自一个"被拐女"之口。又惊异,她是因为爱才被拐,还是因被拐才会爱呢?

我问:"小孩父亲对你好吗?"

她偏了偏脑袋说:"我和他没话说。"又轻叹一声:"婚姻就这样过了二十多年。"我凑近她,接近主题:"这么多年,你怎么不跑?"

她哀哀地说:"跑什么? 跑了还是得回来。"

吴艳朵的话语迟缓而凌乱，听上去缺乏基本的条理和连贯性。这样，她的故事就只能在我的理解下，代替她讲述了。

　　少女吴艳朵被拐卖到河南后，她哭过闹过寻死过，但还是活过来了。那个大她十二岁的老男人，始终沉默着，任她打，任她咬，从来不还手，一味地对她好。两年后，她生下一个男孩子，这孩子眉清目秀，活泼机灵。孩子两岁时的一天，吴艳朵突然接到一个电话，座机那头是爷爷含泪的呼唤。一个月前，她凭借记忆，拨通了镇上表姐家的电话，没想到，爷爷竟然辗转联系上了她。她丢下孩子，一个人逃出去，几经周折回到思念已久的家乡。那憨实的老男人，一个人找来了，又一个人空空地走了。但谁也没有料到，半年后，这个年轻的母亲，会发疯似的跑回河南。她在南方想念儿子，想得发疯，不说不笑，人越来越呆滞。吴艳朵又回到中原的家，几年后，又生下一个乖巧的儿子。

　　我随着这长长的故事，一颗心跌下深渊，又飞升到云层，终于摇摇晃晃着陆，我听见自己长长地出了一口气。

　　我俩又陷入沉寂，一时找不到该说的话。还是我先说："今年第一次来新疆拾棉花吗？"

　　吴艳朵说："第五年了，以前在其他连队干。"

　　我说："那你可没少受苦。"

　　她说："为了生活，没有忍受就没有饭吃。为生活坚持着，怕苦就等着挨饿。"

　　又是一通感同身受的话，我猜测她起码初中毕业。果然她说，她在老家失踪那年，正上高中一年级。

　　我急切地问："那你怎么被骗了呢？"

她又一次陷入逻辑混乱的喃喃自语,我不得不依靠我的些许想象,艰难地帮她捋顺。

　　那天的早上,在少女吴艳朵看来,与平时没有什么两样。山里的秋色正浓,远山如黛,涧水潺潺,红红黄黄的野果,在幽绿的树丛中点点闪现。吴艳朵背着竹篓,在山路上小鹿似的走着,马尾辫一走一甩,竹篓里的山果子随着她年轻的脚步一蹦一跳。再过一条浅沟,就到了小镇,小镇里住着她新婚的表姐,刚怀孕,她想趁星期天给表姐带去新鲜的山果子。吴艳朵边走边朝小镇望,她仿佛看见表姐,边吃果子边冲她笑。吴艳朵笑眯眯地朝前走,一辆摩托车"日"的一声开过去,差点挂上她的衣角。她停住脚,用手按住嗵嗵跳的小心脏,这时,那辆黑色的摩托车冒着黑烟,掉转头,突突叫着冲她开过来。她感觉头顶被人狠狠地砸了一拳头,醒来时,已在遥远的异乡。

　　我紧紧地攥住拳头,一把棉花几乎要攥出水来。"被拐女"吴艳朵有些烦躁,手里的棉花团被她撕成一缕一缕的棉条子,白花花地挂上棉棵,像电影里那骇人的招魂幡。

　　我挨近她,小心地掰开她的手,隔着线手套,仍能觉出她手指的颤抖。

　　我想用孩子来缓解她的伤痛,就问:"大儿子上的是一本学校吧?"

　　她摇头说:"是二本。这孩子读书肯下苦功夫,穷人苦读书,富人读苦书。"她大梦初醒似的说:"对了! 大儿子昨天给我报了个喜。"

　　我心头一喜,忙问:"有女朋友了?"

她嘴角微翘说:"他当上班长了,公开竞选的,他的演讲很精彩,全班支持率数他高。"

吴艳朵蹲下身飞快地拾棉花,说:"那时候我正沮丧,地老板刚扣我十斤花,说我捡得不干净。儿子一个电话,给我一个惊喜,一个安慰。"

我说:"所以你就把河南当成了家,随便放开你也不跑了,是吗?"她用力点点头。

一根母爱线,脐带般温热,将母子紧紧缠绕,一圈又一圈。

李大义老板来送饭,我让他把我捎回去。到了八连土院,我跟老板娘请个假,说今晚住兵团,回去洗个澡,明天再过来。

坐上李大义老板的摩托车,回到了四场总部。我让他进屋喝杯茶,李大义说,他要给拾棉工去买药,明天早上来接我。说完,骑上车就走了,柳树叶追着他的车轱辘,跑成一道黄烟。

一进后楼,见门前那两棵白蜡树的叶子全黄了,小院映得黄澄澄的。领导们吃饭出来,正巧在楼道遇见了。

敬书记说:"老乡体验生活回来了? 快去吃饭吧。"

我说:"在地里吃过了,回来休息一晚上。"

副场长说:"明天还去吗? 天气预报说这两天有雪。"

我一听两眼雪亮,说:"啊,太好了。"

敬书记说:"啊,你还好呢,影响收花,我们都急坏了。"

美女厨师小王,一见我就说:"姐,你黑了,瘦了。"

我照照镜子对她说:"也老了。"

这里仍然没有地方洗澡,小王帮我提了一桶水,我用电水壶一壶一壶地烧,凑凑合合洗了个澡,把小屋弄得像个养鱼塘。人一清爽,满足劲又来了,一满足,困劲就来了。一个人躺在有暖气的小屋里,该是多么的幸福啊,在家里我从没有这般满足过。

一躺下就起不来了,身子好像不是自己的,成了一摊水,思想还在田地里,收不回来。

晚上,催促自个儿爬起来,将身子拖到桌子前,就着小台灯,打开自带的小电脑,照着记录本上的采访材料,一个字一个字小心地敲。

敬书记来敲门,他一脸认真地问:"你带回来坦克没有?"

我一愣,说:"别说坦克,就是堂客,我也没有本事带回来。""堂客"是南方话,指女人、媳妇。

他用两个大拇指一挤,说:"我说的是这'坦克'。"我"哦"了一声明白了,他指的是虱子。我仔细一想,也有可能啊,那大铺,那么多人,那……

想到这儿,我就瞬间浑身不自在,站起来去翻衣服。

敬书记笑着出去了,走到门口说:"给作家开个玩笑。"

这老乡真逗,虽然出生在新疆,但骨子里河南人的诙谐幽默没有减。

敬书记人已经离开多时了,我却安顿不下来,敲一个字,身子就扭一下,一段文字打了老半天。

门外有人说话,高一声低一声,走廊里嗡嗡响。我醒来,见天还黑着,以为是在做梦。走廊里响起脚步声,我开门一看,几个人正在敬书记屋汇报,说是昨晚死了一个拾棉工。

一群人朝外走,我惊在了屋门口。

打电话给李大义老板,问他有没有时间来接我,临挂断时,才问："咱河南老乡没事吧?"他说："没事,都去地里拾花了。"

天阴沉沉的,没有太阳,看来真要下雪了。

小餐厅里,只有我和厨师小王两个人吃饭,领导们都去忙那拾棉工的事情了。听小王说,死亡女工是山西人,四十多岁,昨晚收工时,都称过棉花了,她晕晕腾腾地走,一头栽地上,抢救的路上就去世了,死于心肌梗死。

一个来抓钱的人,把自个儿丢在了抓钱的路上,她活蹦乱跳地来,却让家人来抱走了骨灰。

李大义来接我,我说出自己的想法,来拾棉花的老乡,一定要求他们去医院做严格体检,防止悲剧发生。

李大义说,各兵团不仅要求体检,还给每个拾棉工买了人身保险。

我走到一队的地头时,太阳突然出来了,满地亮堂堂。姐妹们忙着拾棉花,把昨日的劳累丢在了梦里。

我手拿相机喊："姐妹们,停一停,照合影啦。"

"好哩!"有人答应着,却没人停下来。

我又喊："老乡们,快来呀,少抓两把棉花啊,我是来和大家告别的。"

这下他们都来了,边走边问："老乡,你去哪儿? 回咱河南老家吗?"

新疆的大棉田,站满了我的河南老乡,他们笑嘻嘻地望着我,我的镜头拍下他们乐呵呵的影像。前面是摘过的褐色棉棵,后边是没拾过的雪白棉朵,拾棉工用他们辛劳的双手,改变棉田的模样,也改变着他们的生活。

回到四场,打电话给总场小张科长,让她帮我查一下,哪个连队还有周口籍拾棉工,她答应我下午回话。

中午想趁机休息一会儿,却怎么也睡不着,满脑子都是老乡们在大棉田拾花的身影,还有那笑嘻嘻的模样。几天的相处,刚熟悉就要分手。更有那可爱的"七朵花",我一个个念着他们的名字。

手机一阵铃响,小张科长的电话打来了,她说,六场有周口拾棉工,离四场不远,她明天上午送我去。

我高兴得一骨碌爬起来,赶紧动手收拾行李,又觉得还早,晚上收拾也不迟,就拎着相机出了门。眼看要离开四场了,这里的景物要用心看一看。

在两棵白蜡树下站了站,一周前我来时,它金黄的树叶还相当稠密,这时却稀疏得厉害,金叶子都铺在地上,奢侈地金黄着,我舍不得踩,站在一边拍照,快门"咔嚓"一声,金叶子又飞下了一片。

南边的小树林也全黄了,密集的树丛中有一条小路,延伸到深处,看上去有些神秘,但更多的是诗意。初来时,我想探探这小路,结果,一群绵羊涌过来,我就给羊们让了道。这时,我站在这路口,正要朝里走,一个男人出来了,还慌乱地扣皮带,我马上慌乱地躲开,觉得这小路确实神秘,却不再诗意。

走过一条柏油路就是农家住处,青砖平房,黑漆木门,两扇门半开着。门外靠左,垒砌一个长方形花坛。我放眼打探,没看见花草,葱和白菜却长得有些得意,全不顾鹊巢鸠占。那小葱,高过花坛半尺,嫩莹莹的,翠绿得过了头。我打算拔掉一根,不洗,用胳膊窝一夹,再一抽,咔咔嚼吃了,以慰藉我寡淡无味的嘴巴。我这样一想,真想夸自己一下,感觉我现在的思维和行为,真有点拾棉工的意思了,小时候在村子里的感觉,都灰扑扑地回来了。

心里一自在,身体立马放松了,步子的幅度就明显放大了。我甩开胳膊松松垮垮地朝大门走,眼看就要挨近那可爱的绿葱,就能闻到葱们那独特的味道了,我却一掉头,小心谨慎地走开了。就着裂开的门缝,我看见一条高挑着的、晃动的、毛茸茸的、灰白色的大尾巴。一时觉出那不是条狗,简直是只大尾巴狼啊。我迈着小碎步,假装很沉稳,以免惊惹了那"大尾巴"的坏脾气。约莫走出了三丈远,我这才小跑起,脖子里的相机受到镜头盖的撞击,咣啷咣啷有节奏地响。

我站在一片芦苇前,让自己喘足了气。打眼一看,前方有一片杨树林,树身子细高,直直地冲上天空,树叶有青有黄,像上了油彩,在半空中哗哗响。我举起相机咔咔地拍,镜头里好像有人影,从树下乱蓬蓬的草窝里站起了,先起来一个男的,又起来一个女的,各自整理着自己。我小心脏怦怦地跳,担心他们追着抢我相机,要抠出镜头里的他们。我假装什么也没看见,什么也没拍到的样子,搂着相机,矜持地走掉了。

不敢再乱走乱拍,我赶紧返回四场。关上小屋的门,暖气片吱吱地响,一会儿身和心都暖和了。

晚饭时,给书记、场长做了汇报,并辞个行,感谢他们对我的关照和收留。我们都不喝酒,都用稀饭代替酒,一人喝了两大碗,都喝得冒大汗。

饭后,随书记、场长参观了一趟前面的办公楼,这楼道铺瓷砖、刷白墙,整个儿看上去新崭崭、明亮亮,刚建好不久的样子,让人眼前一亮。二楼靠里一间是敬书记的办公室,房间不大,却整洁明亮,黑桌面上摆一盆绿萝,长藤垂地,有种清雅的美好。

我和副场长在对面沙发上坐下,我们不由得又谈到棉花。眼下棉花收摘时节,所有的事都大不过棉花的事,所有的忙都围绕着棉花忙,连空气中都弥漫着棉花的味道。

回屋后,手机上有一条新短信,是买社长发来的,告诉我新疆最近一周的天气,说天气变冷,让我注意出行和身体。

看着手机,我的眼泪下来了。

我给自己打气,回复短信:我还怕什么,这世界有你们。

不到十点,小张科长就来到了,胡师傅从车上下来,看到我说:"几天不见,挺好吧?"

小张科长说:"阿慧老师减肥了。"

这话我爱听,连忙说:"勉励,勉励,继续努力。"

敬书记、副场长把我们送到大门口,说:"明年还来啊。"

我说:"好,期待你们来河南。"

六场也不远,胡师傅开车一会儿就到了,场区挺大,办公楼也气派,坐西朝东。我们一到,领导就过来了,把我们迎到办公室。

张书记微胖,面相敦厚。听完小张科长的介绍,他立刻让身边的宣传干事小张,安排我的住处,又通知后勤,给我另买一套新炊具。我内心滚烫,说给领导们添麻烦了。

张书记宽厚地说:"别客气,有什么需要尽管说。"

他指了指身边的一位年轻干部,说:"刘明连长,也是你们的老乡,有事找他帮忙。"

刘明连长长得很板正,身杆子直溜溜的像天安门广场的升旗手。他自我介绍说:"我是周口淮阳人,欢迎你,老乡。"

又一个意外的惊喜,刚才还忐忑不安的我,现在就像站在自家的大客厅。

宣传干事小张和刘连长提着我的行李,送到二楼的小屋,小屋对着楼梯口,空间很小,七八平方米的样子。屋里有张小木床,有一套桌椅,有一个盆架,重要的是有暖气,还有一个电水壶,这已足使我幸福。

下楼来,领导们已在门外等候,上了车,一行人开往六场二十八连。两辆小车在地头停下,见一个人蹚着棉棵朝这儿走,一边走,一边跟我们打招呼。小张说,他就是这里的大工头张立,田里的拾棉工都是周口人。

公路和棉田隔了一道水沟,沟里没有水,长满芦苇和杂草。我们一个个过了沟,蒺藜和芦苇花,不失时机地沾上衣裤,每人身上都毛烘烘的。一个男领导,弯腰收拾裤腿上的毛毛刺,银灰西裤平平展展,连我都替他心疼,也从内心歉疚。

张立老板笑容可掬地说着话,满地的拾棉工都朝这里看,我用一口地道的周口话喊:"老乡,俺来了——"

马上有人应:"哦,老乡来啦? 中,中啊。"

送领导们过了沟,小张科长说:"要变天了,阿慧老师多保重。"

那表情,就像我一母同胞的亲妹妹。

两辆车远去,我走近拾棉花的老乡。

因为天阴,没太阳,这位大姐就没戴口罩,我就更直接地看到她的面容。除了拾棉工脸上常见的晒斑外,大姐的脸色草纸般焦黄。她说话慢吞吞的,鼻音很重,一副厚道老实的模样。

她指着前头的人,说:"她们手脚快,把我撇到后头了,我拾花慢得很,手疼。"说着,褪掉手套让我看。

我一看,直冒冷汗。

大姐的十个手指头,除了两个小拇指以外,其他八个指甲盖全掉了,刚长出月牙似的新指甲,裸露的大半截肉红霞霞的瘆人。我又起了一层鸡皮疙瘩。

二 冻得硬邦邦的柏油路

八朵花 "指甲姐"付二妮

付二妮,女,五十六岁。生育两个儿子,大儿子三十二岁,已成家立业;小儿子二十四岁,在南昌打工。丈夫五十七岁,在南京某工地做钢筋工,常年在外,收麦、种秋时才回家几天。

"指甲姐"说:"今年家里的几亩地包给人家了,老伴就不用回来了。我在家没事干,年龄大了,打工没人要。正好张立回咱周口招人拾棉花,俺就来了。咱老百姓闲不起呀,不是干这就是干那。大儿子不用管了,小儿子还没成家,还得花钱。"

她摇着头说:"现在,农村婆个媳妇可不得了,先盖两层楼,俺村

里有人都盖三层了。还得给彩礼,干礼就得七八万,少说也要四五万。女方要多少是多少,你少给了,人家闺女不嫁了。为了俩钱,为了子孙,多抓几个是几个。"

"指甲姐"的手指都用创可贴裹住,拾棉花时有点笨拙,但她双手不停,稳抓稳拿,不急不躁。

她说:"人家都说,老婆纺花——慢慢上劲。我这是啊,老婆拾花——慢慢抓。"我被她逗得直笑,我笑,她也笑。大姐的笑声有着浓重的鼻音,听起来像一架老风琴。

"指甲姐"他们四五十个拾棉工,跟随工头张立,坐火车来到这九连的田地。地里的棉朵还没有开,张立老板就给他们找了个活——搓葵花头。按天算,每人一天一百元。每个人腰里系个袋子,一手拿搓子,一手拿葵花头,使劲地搓,葵花子就掉进腰间的袋子里了。

"指甲姐"干这活不得方法,指头里扎满了葵花的尖刺。这活干了一天半,他们又给老板家打葫芦。这葫芦就是当地的西葫芦,嫩时可以炒菜吃,长老后打出里边的籽卖掉,据说葫芦籽加工后可做美容品。

"指甲姐"他们进入葫芦地,用棍子把葫芦从秧子上打掉,用脚一个个踢到一边,两个人一排,都朝中间踢,手脚配合,就像棒球加足球,运动量很大。劳动的人顶着三十多摄氏度的高温,挥汗如雨。

长的圆的灰的黄的西葫芦,在田间被踢成一行。老板按行给工钱,一行五十元,每行有七八百米。

这时,打葫芦机被大车拖到地里,葫芦机边走边打,葫芦籽当场装进袋子拉走,葫芦皮打碎后,直接倒进地里当肥料,滋养下一年的西葫芦。

"指甲姐"又打了一天半的西葫芦,夜里手指头一个个心脏似的乱跳。天亮一看,八个指头肿得像八个小灯泡,指甲盖被拱歪到了一边,脓水在指甲盖里面小鱼似的乱跑。轻轻一捏,血水就一股股地流出来。第二天又全出水了,指头肿得要炸开。一姐妹用缝衣针一个个帮她扎开放水,而后用创可贴粘住,第二天就下地拾棉花了。

"指甲姐"说:"头茬花开得雪团子一样,像大铜钱在棉棵子上挂着,一抓一大把。我一抓手一疼,咬牙忍住,抓着抓着就不疼了。头一天就拾了一百六十斤,一百六十块钱到手了。四五天后,一揭胶布,指甲盖掉一个,一揭,又掉一个。有的连着一点肉,一拾花又挂掉了。不到两天,八个指甲盖全掉光了。"

我寒心着,又后怕着,如果大姐被缝衣针扎成脉管炎,或者破伤风,那大姐还是这大姐吗?

大姐却不这么想,她想的事情都如棉花一般的美好。

她说:"夜里疼哭的时候,俺也想着回家,可是一想,人家张立又是掏钱买火车票,又是免费让咱吃住,刚来几天,还没给人家拾几斤棉花就走了,这对不住人啊,钱短人长哩。"

我问:"家里人不知道你指甲盖的事吧?"

大姐摇摇头:"哪敢给他们说?家人知道了还要来人哩,还把我领走哩,不说,都过去了。"

我蹲在地上说:"姐,我心疼你。"

她说:"这有啥?咱河南女人能吃大苦哩。"

我坐在"指甲姐"的身旁记笔记,把大姐的话原汁原味地记下来,眼泪却一滴滴滚落,把刚写的字洇了一片。

地头有人喊我:"老乡,作家!作家,老乡!"我自顾自面对着本子哭笑,没有听到。

"指甲姐"说:"妹子,老板喊你哩。"

这才听见有人喊,站起来一看,张立老板正挥着手说:"老乡,来家歇歇喝口水吧。"

我大声说:"不用了,谢谢啦。"

“指甲姐”说:“这老板比老板娘强多了。你没见,老板娘整天噘着嘴,那嘴能拴头老叫驴。”

我帮“指甲姐”拾棉花,很快就追上了倒数第二名。那女子长得粗粗大大,声音也憨憨实实,见了我也不陌生,活像在一个村庄生活了半辈子。

她说:“你看他们这新疆,除了棉花,其他啥花也没有。”

我看看身边没有其他人,才认定她是在跟我说话,可能她思考这个问题已经很久了,见个人就想说,这时正好见到我了。

我说:“我在地里也没有看见花,可能是秋天了,没花了。”

她说:“咱周口地里就有花,星星花,小菊花,狗尾巴花,啥花都有。”

我一下子明白了,这女子想家了。

她说:“俺来的时候,家里种的‘不死花’不知道死了没有。”

我弄不清什么是“不死花”,她比画了半天说:“‘不死花’就是不死花,人家都死它不死。”

我觉得这女子有点憨。

果然她边掰扯手里的棉花,边粗拉拉地问我:“你是来新疆找俺的吗?”

我摇摇头,又点点头,说:“是找你的。”

她一瞪眼说:“咦,找俺弄啥?你又不是俺男人。”

我被她噎得直瞪眼,“指甲姐”朝我努努嘴,小声说:“她是个憨子。”

九朵花　"憨女子"柳枝儿

柳枝儿,女。有一儿一女,女儿十几岁,在读幼师;儿子八岁,念小学。丈夫在老家附近建筑队干活。

"柳枝儿",我在本子上记下这三个字,感觉一股清鲜的气息扑过来,我咬着笔帽说:"好名字。"将柳枝儿般鲜活的目光甩向她,却怎么也诗意不起来,面前的柳枝儿矮矮胖胖,分明是一截柳木墩子。

"指甲姐"说,憨女子小时候并不憨,七岁时掉到水井里淹着过,村人救起,放在牛背上控水,缓过气了,人就憨乎了。"指甲姐"说:"柳树枝儿,插土就活,她这名字皮实。"

"憨女子"柳枝儿看起来很皮实,我正想问她男人,她竟然竹筒倒豆子似的说:"俺男人给人盖房子搬砖哩,俺闺女、小子都上学,个个喝钱的货。"

我正要夸她好命,她却不让我插嘴,自顾自地说:"俺在河南老家没少给人打工。在足疗店给人端过洗脚水,在服装厂钉过纽扣,老板娘嫌俺钉得不好,不让俺干了。不让干拉倒,离了你这茅坑俺还不拉屎了? 这不,俺就一蹦子跑到了新疆。"

"憨女子"柳枝儿突然捂住肚子,她拽下腰里的棉花包,一溜小跑去了芦苇丛,回来时脚步虚腾腾的。

她喘着粗气说:"俺一说茅房就想拉稀,这一个多月肚子没有好的时候。天天给老板要药吃,药也堵不住,说是水土不服。俺在家三天拉一回,在这一天拉三回。身上的力气没有少,还是可有劲,就

是耽误拾棉花。你看，俺跑出去一趟，人家超过一大截，她们都快拾到地头了，俺还在这半腰里。"

我说："少拾点棉花不要紧，要紧的是你这肚子，得赶紧治治。"

没想到她一瞪眼说："那可不中，俺得抓钱给儿子看病。"

我一惊，问啥病。她说："脑子里长个瘤子，医生说先吃药输水，过一段看看再开刀。"

这可是个大负担、大苦难。我紧皱眉头说："那可是要花一大笔钱,你们两口子该怎么挣啊。"

她又一瞪眼说:"能咋挣哩?俺一毛一毛地抓,一块一块地挣,只要手脚不歇,俺孩就有活命。"

我劝她说,儿子不会有事的,药物治疗一阵子,说不定就不用做手术了,再说,国家还有大病保险呢,没有过不去的火焰山。这次她没有瞪眼,低头盯着棉朵说:"都怪俺命硬,家里养啥啥死。养羊羊病,养鸡鸡瘟,就连俺栽在院子里的花,没等打骨朵就死了。连俺老公公也开地去了。"

我问:"开地?在新疆吗?开几亩?"

她又把眼一瞪说:"死了,在地底下干活哩!"

我吓得一哆嗦。

正巧"指甲姐"背着棉花包经过,她说:"别拾啦,吃饭了。"

我站起身一看,两个年轻人抬着饭朝这边走,身后是一片矮矮的村庄。我上前帮"指甲姐"抬棉包,二十几个拾棉工,蹚着棉花棵子都朝地头走。

这是一片空地,地上戳着小半截干枯的葵花秆。在我还没到来的时候,这里曾开满了金灿灿的大葵花,那花盘比胖媳妇的脸盘还大,一圈的大花瓣,就像是包裹着黄锦缎。这一大片的大葵花,就这样朝着天上的大太阳恣意地盛开。

我正在大葵花中迷醉,大伙儿呼啦啦围到了饭菜旁。一大盆煎豆腐,颜色黄黄白白很动人,豆腐比汤多,浓郁的香味很诱人。有人从包里掏出大碗开始自己盛饭,一勺又一勺,冒尖一大碗,又去竹筐里拿馍馍,一看是炸油饼,黄澄澄、香喷喷,刚出油锅的模样,下手就更猛。手指烫得一缩,却又立马伸出,拎一个饼在半空,一口咬个小月牙,两口一个大月牙,三口下去就剩半个了。

其他人也挤着盛饭,场面很活跃,把送饭的小夫妻挤到了一边,小媳妇的肚子脸盆一般大,丈夫把她拉到身后。两张仍显稚气的脸木愣愣的,看来他俩是第一次来送饭。

我正呆呆地看,"指甲姐"端着饭菜用胳膊肘碰碰我,说:"你的碗哩? 还不快去盛饭。"

我摸摸布包,掏出一只小碗,"指甲姐"挤过去帮我盛了,递给我说:"瞧你这小碗,像个鸡蛋壳,一看就不是掏劲的人。"

我端着豆腐闻了闻,"指甲姐"翻了我一眼说:"还不吃? 闻闻就饱啦?"

我说担心里边有大油。她扑哧一笑说:"俺来四十多天了,连个荤腥都没见。别说大鱼大肉了,就今儿这豆腐,还是大闺女上轿头一回。"

她指了指空地说:"这片地是老板种的葵花,收了不少葵花子,吃的都是新榨的葵花子油,想吃别的也没有。"

这时,"憨女子"柳枝儿扛着大棉包拖拖沓沓回来了,她把包往地上一蹾,浮土呼地腾起来,吃饭的人赶忙捂住碗口。"憨女子"端着大碗去盛饭,她弯腰看看盆,又看看筐,突然把碗一扔,一屁股坐在地上号:"俺的饭叫谁吃了? 咋没饭啦!"

我不安地看看自己的碗,那年轻的男主人白了一张脸,他不安地看着地上的"憨女子","憨女子"两脚轮换着乱踢腾:"俺就拉一泡屎的空儿,饭就没了。这下好了,肚里没食想拉也拉不出来了。"

她"拉"来"拉"去的,大家伙儿谁也吃不下了。我越想越觉得抢了人家拾棉工的份儿饭,就连忙端着碗送到"憨女子"面前。

男主人拦住我说："你吃吧，家里有，我带她回去吃。"

小夫妻抬着空盆走了，"憨女子"柳枝儿端着空碗跟在后头，裤子上的泥土一走一掉。

一群人又往地里走，有人从葵花莛子里急火火走过来。她五十来岁，穿一条黑色胖腿裤，花格子棉马甲，粉色围巾裹住头，围巾的两个角，在脑后一走一颠。她边走边喊，一口正宗的周口话："你说这像话吗？饭不等人盛就抢了，有人撑着，有人饿着，这像个啥？俺儿气得脸蜡白，俺媳妇气得在家哭，看你们都干的啥事？"

她在我不远处站下，胳膊交叉抱在胸前，右脚向前一步，脖子一探一探地说："今儿来人了，你们就给我办难看，让人家作家都写上吧，看看谁难看！"

地里没人吭声，大家各干各的活，好像什么都没有听见。

我听见了，明白她是专门说给我听的，就拍拍旁边的布包让她坐。她低头走过来，不坐，蹲在那儿生气。花白头发从头巾里露出来，眼角的皱纹像打开的折扇扇骨。眼睫毛倒是又密又长，随着粗重的呼吸，忽忽闪闪。

她转过脸对我说："你说说老乡，这是不是给我办难看哩。几天前，他们说，老板娘咱做顿豆腐吃呗，想吃豆腐了。我就跑了几个村，在咱永丰老乡开的豆腐店里买豆腐。听说你来了，我又用新榨的葵花子油，炸了一篮子油饼子，一人一个，算上你，还该余四五个。结果，你看看……"她两手一拍，啪的一声，又摊开。

我说："都是自家人，肉烂在锅里，吃多吃少这都不是个事，大家干活都起劲。"

老板娘说："说起拾棉花，咱周口人最死守，从天明到天黑，待在地里不停歇。一块地，一两天拾了个精光，这周边找咱拾花的地老板排长队，还有几家没有排上号。就是有个小缺点，不拘小节，缺少规矩，这是在咱自己家，要是在其他地方，怕人家背后笑话咱。"

我不由得对老板娘心生敬意，她提到"小节"，讲到"规矩"，是对家乡、对姐妹们更深层的爱。

我说："嫂子你讲话这么有水平，起码是个高中生吧？"

她揪住围巾的一角掩着嘴，笑的模样很羞涩，她说："说起来怕老乡你见笑，我满打满算才上了一年半的学。家里姊妹多，父母不让女孩上学，长大找个家嫁了就算了，让我在家照护俺弟弟。可是我就是想念书，天天背着弟弟去学校，站窗户后面听念书，听着听着就会了，用小棍子在地上写字。一个女老师看见了，问了我这，又问我那，没有我不会的，她就准许我背着弟弟来上学。我一年级上了一半，就直接跳到三年级，后来俺娘又不让我上了，嫌我没照看好俺弟弟。可是我爱看书爱读报，地上有个带字的纸片，我都拾起来念一念。我还学会了查字典，不瞒你说，自从1993年移民到新疆，往家寄的信都是我写的。教书的侄娃子说，俺姑写的信一个错别字也没有，用词造句很得当。"

我被她感动了，说："没想到嫂子你那么爱读书，现在没多少人喜欢读书了，他们都爱数钱了。回头给我个地址，寄书给你。"她高兴地拉着我的手，说："那可比啥都主贵。今儿听总场领导说，要派个作家来俺家，我又高兴又担心，担心俺水平低，让你看不起。"

我也拉上了她的手。老板娘的手骨节很大，手掌心涩拉拉的像砂纸。

天仍阴沉着脸，我和老板娘越谈越热乎，越坐越寒冷，她抖抖肩膀说:"刚才一生气跑出来,没有穿棉袄,这会儿怪冷的。咱回家边做饭边说吧。"

我催促她快回去穿衣、做饭,自己站起来去追姐妹们的背影。这时,大路边的杨树一阵喇喇地响,黄树叶纷纷飘落,冷风扫过来,我浑身一激灵。

刚来到地边,就听见一个女子在说话,声音清灵而温柔。我轻轻地走过去,见她一手抓棉花,一手打电话,白口罩在右耳边晃荡,她说:"好,乖儿子,妈挣钱了给你买。你妹妹呢? 唉! 妞妞,妈也想你啊。好,买棉袄。吃饱饭,妈妈记住了。好好听爸爸的话……"

她脸上的笑容生动,长睫毛颤颤地抖,小白牙亮晶晶。挂过电话,她的笑容仍没有收起。

我趁机问:"是孩子的电话吧? 小孩的爸爸没出去打工?"

女子说:"俺老公身体不太好,人家患'三高',他却是'三低'。"

我问:"三低?"

她说:"可不是嘛! 血糖低,血压低,还有一条,个子低。"

这女子真幽默! 我一笑,她也笑了,笑容很朴素。

她说,她让男人在家看孩子,自己出来抓几个钱。

我说:"你对老公真不赖。"

她的脸上又开花了,说:"俺俩是自由恋爱,他原来是在新疆当兵。我来这儿不光是挣钱,还有一个大愿望……"

说到这儿,她故意卖了个关子,脑袋埋在棉花棵子里偷偷地笑。

我故意催她:"看把你美的,心花开得比棉花都大! 到底是个啥愿望嘛。"

她咯咯笑一阵,站起来脆声说:"就是要看看俺老公当兵待过的地方,还想尝尝新疆的大盘鸡。"

十朵花 "追梦女"李爱叶

李爱叶,女,三十二岁。生育一儿一女,儿子十岁,念小学五年级;女儿七岁,念小学二年级。丈夫患有低血压、低血糖等病症,很少出外打工。

爱叶说:"俺家这几年过得不太容易,我生儿子时剖宫产,医生又经验不足,拿孩子的胳膊当腿,拉几下没拉出来,就又去拉腿,结果延时八分钟,多花八千块。也没跟医院打官司,咱农民胆子小。孩子缺氧了,在暖箱待了好几天。大姑姐守在暖箱房外看孩子,婆母守在病房看护我。俺老公楼上楼下地跑,一会儿顾怜孩子,一会儿又顾怜我。我手术时做的全麻,麻药过去了还不醒,躺在那儿不会动,咋喊也不吭声。大人小孩都在那儿躺着,俺老公吓得直哭,怕老婆孩子都没了。"

爱叶说着声音直发软,那一次的经历仍让她心颤。

有了儿子,小两口的日子更加甜美,把自家田里的活计打理完,就精心打理自家的小院。东西边种菜,正中间栽花,房屋后养鸡鸭。爱叶说:"虽说三间平房有点破,可是俺不缺吃,不愁喝,小日子过得可滋润。"

爱叶蹲在棉花棵子里,笑嘻嘻地看我,饱满的脸颊红通通。我被她的甜蜜感染着,说:"真想去你家住几天。"她说:"你来嘛!自家养的有土鸡,让俺老公给你做新疆大盘鸡。"

　　爱叶收到男友第一封情书里,就提到了大盘鸡。那时,他刚入伍到乌鲁木齐不久,他好像边吃大盘鸡边给她写信,信里有股很强的麻辣味,这很像男友的性格。爱叶从那一刻起决定嫁给他,家境不好,个子低,她都不嫌弃。爱叶说:"他在新疆部队三年,信写了一箩筐,我在他信里知道了天池山、博格达、大沙漠、胡杨树,还有葡萄干、哈密瓜。真的好向往,真想来看看。"

　　我问:"那你怎么没来探亲?"

她说:"家人不同意我和他交往,俺妈就生我一个女儿,哪儿也不让我去。他本来可以留在新疆,后来决定复员回家和我结婚。"

我说:"真羡慕你们!"

爱叶说:"儿子两岁时我又怀孕了,一查是女孩,俺俩高兴得不得了。整天眼气人家扎小辫的闺女,这回俺也有了,就忘了生儿子时的难和疼。结果,到月份了,还是生不下来,肚皮上又挨了一刀,女儿也跟她哥哥那时一样进了保暖箱,我又是全麻喊不醒,俺老公又差点吓掉魂。女儿满月后,他不声不响地去做了绝育手术,说不能让我再受苦。"

我说:"真是个大男人。"想起刚才的电话,就问:"是你家老公打来的?"

爱叶说:"他才不打哩,都是叫儿子女儿给我打,孩子们说的话都是他教的。'叫你妈买个厚棉袄,辣椒别多吃,太上火,新疆气候干。'他在这儿待过几年,啥情况都知道。俺老公心里有我,就是嘴上不表达,俺妞是他的传话筒。他会爱不会说。"

我说:"我也听见了,是叫你买棉袄,吃饱饭,别累着。"

爱叶脸一红,像朵大牡丹。

我把一大抱棉花塞给爱叶,问她:"你来新疆都看见了啥?"

她一仰头说:"看见了大火车、大太阳、大棉田、大云朵、大西瓜……"她突然像诗人有了灵感似的停不下来了:"大杨树、大芦花,还有俺老公踩过的大脚印……"

我的眼睛一阵潮热。

爱叶的大眼睛也湿漉漉的,她对我说:"新疆是我梦开始的地方。"

我对她说:"看样子你还要继续梦下去。"

她点点头说:"是的,明年和俺老公一起来。"

老板娘在地头喊:"老乡妹子!"我一回头,见她在向我不停地招手。

随老板娘进了她家,一扇大门咣当当推开,一只小白狗汪汪着扑上来,亲吻我的脚,被老板娘教训了一通,它扫兴地后退着走开。院子真大,怀疑到了篮球场。大门里停了两辆大车,长相怪怪的,我在中原没有看见过。老板娘给我介绍了,我也没听懂,大概明白一辆是翻地的,一辆是播种的。再往里走,是一座坐北朝南的大房子,东头加盖七八间土屋,西头一溜三间门朝东的灶屋,灶屋门口搭一个大木棚,一口大铁锅冒着热气。

一棵大柳树低垂着长枝条,很女性地站在当院,我忍不住拉拉枝条,揪一片柳叶贴在眉毛上,一股凉凉的感觉。柳长了一树的好眉毛,散在地上也妩媚。

西南角一片翠翠的绿,我扬起眉毛去看,一畦畦的菜鲜滴滴的。有小青菜、大白菜、白萝卜、红辣椒、红番茄,还有细细的小嫩葱。我想起棉田边大片大片的空地,就冲老板娘喊:"原来是可以种菜的,怎不把那些空地都开出来种菜呢?"老板娘指了指自家的菜地说:"这一小片菜地就花了我好几年的力气,新疆的土地盐碱大,土地深翻后,得用淡水泡上三年,把地种熟还得三年。"

我收住自己的无知和天真,再看这片绿菜时,多了珍爱,多了敬重。

我帮老板娘做晚饭,她蒸馍,我炒菜。菜是白萝卜,院子西南角绿莹莹一片，现拔现吃，鲜灵灵的。我就着水管，洗了一大盆白萝卜，手指头被冰成了胡萝卜。在柳树下大案板上，使劲地切呀切，切了两大盆萝卜丝。大锅支在棚子下，我挥舞小铁锨似的锅铲子，在大铁锅里上下翻飞。眼瞅着我把太阳炒下去了，把星星炒出来了。满天的星星密匝匝的，在头顶上一闪一亮。

劳作一天的拾棉工，背着沉重的棉花包，也背着闪亮的寒星回来了。主人家的小白狗，甩着尾巴迎上去汪汪地叫，不远的人家也传来狗叫，狗的叫声被远远地传递。

大木板桌旁，女工们围成一圈吃晚饭，只是没有看见"憨女子"柳枝儿，我和老板娘急急慌慌朝棉田走，寒气越走越重，我紧抱自己的肩膀走。黑乎乎一个人影，在棉花棵子里蠕动，走近了，见"憨女子"两手不停地拽棉桃，拽不动的，就趴下去用嘴咬，嘴里不断地发出声音，"嗨咦"一声，咬掉一朵，跟前的大包高过她的肩膀。

老板娘和女工们房屋的灯都熄了，棚子下灯光还亮着。"憨女子"柳枝儿正在揪棉桃里的白棉花，她不时地用棉袄袖子擦鼻涕，每擦一次，鼻腔就很响地吸溜一声，她左手捏棉桃，右手抽棉花，棉絮脱离棉壳时发出干燥的嘶嘶声。她将棉花一把把塞进大棉包，空空的棉壳顺手丢到锅灶旁。棉花包慢慢地高起来，棉桃包一点点矮下去，空棉壳把她一点点埋起来，她身子一动，棉壳一阵寂寞地空响，像一堆灰褐色喑哑的小风铃。

耳边响起"憨女子"的那句话："俺一毛一毛地抓，一块一块地挣，只要手脚不歇，俺孩就有活命。"

莫名地想哭，我揉揉发酸的鼻子，抬脚朝棚子下走，想给柳枝儿帮帮手。这时，吱呀一声门开了，老板娘捧着新炒的葵花子走出来。

我俩就着星光嗑瓜子,她望着"憨女子"的背影叹了一口气,说:"那儿子不是柳枝儿亲生的。"

"什么?!"我问。

我囫囵吞下一粒葵花子,咳嗽得眼泪止不住。

老板娘说:"是她在足疗店捡来的私生子。"

想起小时候的一个夜晚,我和下放到农村教书的母亲,一起下晚自习,四周漆黑一团,母女俩仰脸看星星,那夜幕上闪闪的小星星,像一群孩子挑着红红的小灯笼。

我问妈妈:"深夜的星星为什么这么明亮呢?"

妈妈说:"因为走夜路的孤苦人,需要它的温暖和照亮啊!"

老板娘安排我住他们儿子的新房里,她说:"那屋有暖气,别看白天那么热,夜里降到零摄氏度了,有时还要低。你拿笔杆子的人顶不住。"眼前闪现中午送饭的那对小夫妻,还有小媳妇待产的大肚子,我就一连串地摇头。

老板娘问我:"那你想住哪儿?"

我看了看东边的小土屋,又看了看棚子下的柳枝儿,说:"我住她们屋,睡柳枝儿的铺。"

正好柳枝儿收工了,我们仨一起进了小土屋。小土屋可不小,里面空间大着呢,五六个房间,被一个个土墙隔开,一张张小木床连成一个大通铺,铺前有桌子,还有一套破沙发。

灯一亮,把姐妹们惊醒了,有几个还没睡着,趴在床边,探着头看我们。我感到一片白花花的,很刺眼,原来她们都没有穿内衣。

我说:"你们……不冷吗?"

她们一个个直着眼，把我看得很羞涩，就像我没有穿衣服，一个说："冷啥？那么多人出气儿。"

"指甲姐"露着半截膀子说："干活累了一天，晚上也好让身子松快松快。"

老板娘把一床半新的大被子，放在柳枝儿的床铺上，对我说："你就睡这儿吧，今晚凑合下。"

柳枝儿一噘嘴，把被子推到了一边，憨憨地说："俺不跟她睡。"

我的脸腾一下热起来。

老板娘一冷脸说："为啥？"

她用手比画我，比画她，又比画床，说："她那么胖，俺那么胖，床那么瘦……"

我一下子笑起来，这"憨女子"倒掂量得清。

"指甲姐"撩开被子，让我睡她旁边，我把被子抱到沙发上，拍拍扶手说："我就睡这儿啦！"一股尘烟把我呛得直咳嗽。

睡在墙角的一个小姑娘，很轻巧地溜下床，她把我的被子抱上去，柔声说："姨，你睡我这儿，沙发太脏啦。"老板娘也说："冲门口睡怪冷的，病了可就麻烦啦。"

在屋门口，我倒了盆热水正洗脚，小姑娘披着棉袄出来了，把一双鞋子放在我脚边，小猫似的说："姨，换上我的鞋子吧，是新的。"弓着腰，小猫似的跑回屋。

这是一双绣花鞋，手工纳的千层底，黑呢子鞋帮，黑色鞋襻，鞋头绣一朵大红牡丹花，两片绿叶，两只粉红蝴蝶，振翅欲飞的样子，很像刚才那小姑娘。

我舍不得上脚，提着绣花鞋回到屋，小声对小姑娘说："你的绣花鞋真好看!"她碰了碰旁边的女子说:"这鞋是俺姐送我的。"

十一朵花 "绣花女"莫鲜灵

莫鲜灵,女,二十六岁。生育三个男孩,双胞胎儿子四岁;小儿子一岁半。丈夫在广东打工,一年回家一次。

我在棉花棵子里找到莫鲜灵,她长着一张娃娃脸,一双单眼皮紧绷绷的很耐看。她说:"那双绣花鞋是俺婆婆做的,来前婆婆在我包袱里塞了三双鞋,三双鞋绣的花都不一样,牡丹的那双我送给了堂妹,还有一双在包袱里。"

她说着去看自个儿的脚。我也看。也是带襻子黑布鞋,虽然鞋上蒙了一层尘土,但那朵芙蓉花仍开得红艳,层层丝线套色,外浅里深,两只蜻蜓一飞一落。

我自幼喜欢绣花,却又笨手笨脚,捏绣花针就像拿根木橛子,只觉得沉和笨。今天突然看见绣花鞋,喜欢得像是眼里长了手,我说:"好美的鞋,好巧的手。"

莫鲜灵说:"我二十岁嫁过来就跟婆婆学绣花,绣些小孩子的猫头鞋、肚兜,女孩的绣花鞋,拿到集上卖,换点零花钱。你看,这两只蜻蜓是我绣上去的,怎么看也没我婆婆绣得活泛。"

我说已经很不错了,只是不明白她婆婆为啥让她带那么多鞋,她说:"来时婆婆安排我,两双鞋要替换着穿,干活时,千层底的布鞋最养脚。留一双送给老板娘,怕她给我穿小鞋,受委屈,吃不饱。"

我心里一阵热,说:"你婆婆真疼你,为你想得真周到。"

这"绣花女"说："俺婆婆跟俺亲妈一个样，待我亲得不得了。她只生了俺老公一个孩，婆媳妇就像养闺女。俺娘也就我一个闺女，在家也是娇惯得很。俺老公公在集上割点肉，她舍不得老两口炒炒吃，非得等我回来了才做吃。"

"绣花女"咽口唾沫继续说："俺娘儿俩对脾气，心里都藏不住话，有时俺俩同时说出一句话，说了一起笑，俺老公公赶紧关上门，说俺娘儿俩是一对大憨瓜。"

"绣花女"莫鲜灵忍不住笑起来,棉花枝子乱摆动。

她见我一直往本子上记录,就干脆站起来说:"我第一次怀孕老公不在家,我扛着大肚子回娘家,娘家有人和我玩,一住半月不回去。俺婆婆来看我,背了一包棉衣服,还有一双大棉鞋。当时才进九月,天还不太冷,一村子人都笑她。她说这是刚给我买的,看穿上小不小,不合适回去换。临走还塞给我二百块钱,让我多买好吃的。谁知第三天就落了一场雪,那雪飘得像棉花片子,一村人都说我好命,投奔一个好婆婆。"

她回忆说:"怀孕六个月时,我身子沉得走不动,以为吃得太胖了。上医院一检查,医生说是双胞胎。我不信,说别开玩笑了,医生说没开玩笑,真是一对双生。俺婆婆高兴坏了,趴在地上直磕头。我想望一儿一女,可生下来都是儿子。俺还是想闺女,怀了第二胎,一生还是个儿子。婆婆劝我说,来个啥是个啥,儿子就儿子,咱刘家根子多,户就大。"

她接着说:"老公长年不在家,一大家子都用钱,三个孩子的防疫针打一次就是二三百。婆婆说,不吃不喝也得打。我生双胞胎时患过肝炎,婆婆不让孩子吃我的奶,仨孩子全是喂奶粉。俺婆婆熬夜绣花卖,俺公爹把老宅子上的树都卖光了。我心疼俩老人,就来新疆拾棉花,婆婆舍不得我受苦,熬了几个通宵,做了三双绣花鞋。"

我说:"你婆婆厚道得像棉花,她的心花一样美好。""绣花女"好像没听懂,但她还是用力点点头。

我想起另一双绣花鞋,就问起昨晚那个小姑娘,"绣花女"说:"她叫莫多多,是俺堂妹。"

十二朵花　“耳环女”莫多多

莫多多，女，十七岁，初中毕业，在家务农。

我走近她，她连忙把自己藏进棉棵里，像只鸵鸟顾头不顾腚。我知道这孩子有意躲着我，就蹲下去轻轻地叫："莫多多，小多多。"她在里边哧哧地笑，棉枝缝隙里，一张稚气的小脸喜盈盈的。昨夜，这心善的小姑娘，主动让我睡在她的旁边，她侧着身子，贴着墙边躺，尽力把自己缩成一只小兽。后半夜时，她突然翻了个身，细长的手臂搭上我的脖子，呻吟了一声，弱弱地喊："妈，妈。"我不动，她又喊："妈妈。"我轻轻地拍拍她的背，她突然又翻向墙壁，响起轻微的呼吸。

我再也无法入睡。

此时我不跟她提喊妈妈的事，就说："让我猜猜，你为什么叫多多呢？"她小嘴一噘说："因为嫌我多余呗！"

刚听她堂姐莫鲜灵说，多多的妈妈一连生了两个女孩后，就一心巴望着能再生个男孩。几年怀不上，后来怀上了，生下来还是个丫头。她爹看看仨女娃，说了句："太多了。"甩手找人喝酒去了。妈就给她起了个名字叫多多。

多多告诉我："大姐出嫁那年，俺爹病死了。那阵子，二姐正在上海上大学，我在县城上初中，家里只剩下俺妈一个人，她不吃饭，光干活，动不动就跑到俺爹坟上哭，人瘦成了一张黄表纸，眼看着就走不动了。我放假回家陪着妈，家里地里的活我都干，开学的时候，

我不去学校了,退学在家陪俺妈。我本来学习就不好,一心想让俺妈好,世界上的人很多,亲妈只有她一个。"

　　这孩子乖得让人心疼,想起她梦中唤我"妈妈",明白这孩子是想妈了。想想,我女儿十七岁时还像个奶娃,十根手指葱白似的,从没沾过洗衣做饭的水,家里人每天轮流给她往私立学校送饭。可是,十七岁的莫多多,却一个人来到新疆的大棉田,一天十四个小时不停地拾棉花。我理解她梦中的呻吟,那是一个女孩子超强度的劳累,她还是朵娇嫩的小花,她还没有真正长大。

我问:"妈妈怎舍得让你来?"

她连忙摆手说:"是俺自己要来的。俺收拾好包袱,跟着鲜灵姐就上了火车。"

我发现莫多多的小手干活时真灵便,十个手指头像在电脑上敲键盘,快得我几乎看不见。她跟前的棉花包越来越鼓胀,比她的小细腰要粗上十多倍。我上前帮她拖大棉包,像拖一头淹死的小牛犊。

这时,我看清了小姑娘的手,我把它们拿到自己手里细看,拇指、食指各裂开两道口子,边沿已经变黑,看得见里面鲜滴滴的红肉。伤口张着嘴,活像随时等候被鲜艳的血液填满。手面上有几条大的划痕,有深有浅,有旧有新,崩开的细纹像密集的鱼鳞。我忍住欲出的眼泪,俯下脑袋,轻吹孩子的手面,让暖暖的热流安抚她的伤痛。

多多却嘻嘻地笑出声,她说:"姨,好痒痒哩。"

望着这无边无际的棉田,看着拾棉工日复一日的劳作,我禁不住问多多:"这样的日子枯燥吗? 面对棉田棉花四十多天,你感觉不烦躁吗?"

这孩子却又嘻嘻一笑,说:"不烦的姨。这棉花好看着哩,有四个瓣的,也有五个瓣的,每一朵开得都不一样,怎么看都看不够,有意思着哩!"

没想到会是这样,望着眼前这个花季少女,想想也是:花看花,哪有看够的时候。

我问多多:"每天能拾多少斤?"

她说:"五六十斤呗。"我知道她说的是公斤。一算,大惊。"多多,你比一个老工还手快,一天能挣一百二十元啊。那这两个多月的棉花季,你就能挣七八千块喽!丫头,那么多钱是留着买嫁妆吗?"

小多多腾一下红了脸,说:"俺还小哩!嫁妆钱俺妈一天天攒着哩!大姐二姐给她的钱,她一分也不舍得花,说给俺盖个两层楼,招个上门女婿,给她养老送终哩。"

我说:"你妈的打算真完美,她生你这个多多真不多。"

多多说:"我要给大姐二姐每人买个新手机,她们的手机都不好。还要给俺妈买对金耳环,俺村里的妇女都戴金首饰了,连最老的祖奶奶,指头上都有金镏子,俺妈身上啥也没有。俺妈说过,千打扮,万打扮,不戴耳环不好看。我就下决心给她买对大耳环,我天天多拾花,天天不缺工,多抓一把,俺妈的金耳环就大一点……"

我朝着老家的方向流眼泪,对多多妈妈深深的羡慕和妒忌,像小虫子一样啃噬我的心。我使劲地翻手机,希望能翻出女儿的问候短信,哪怕是仅仅一条,也足以让我得到安慰。

老板娘在地头摆摆手,我蹚过棉棵子走向她,她让我帮她做午饭。

灶屋案板上一大块面团,老板娘说:"今天咱们吃面条。"我一听很高兴,还真是好久没吃面条了,家乡人爱吃面,估计地里的姐妹会更高兴。

墙角有一架轧面条机,满身灰尘地站在那儿,老板娘端半盆热水来擦洗。我揣摩,这台机器很少发挥作用,老板娘很少做面条吃。

案板上的面团,让我有点手痒痒,就捋起袖子去盘面,结果只在面皮上留下两个手掌印,这面太硬了。老板娘说,是我力气太瓢了。她上来一摁一个坑,只几下大面团就软和了。她说,新疆的麦面弹性大,糖分大,吃着筋道,做拉条子最好。我说,蒸馍也好吃,我一口气能吃俩大馍,在老家只吃一个。

说着说着,就说到河南老家,说到了新疆移民,说到了她的名字——赵月清。

十三朵花 "移民女"赵月清

赵月清,女,五十四岁,原籍河南周口。1993年移民新疆,生育三个儿子,大儿子二十九岁,已婚;二儿子二十六岁,在西安读研究生;小儿子二十二岁,在云南读大学。丈夫在新疆种二百多亩棉田。

我对老板娘说:"才知道你的名字叫赵月清,真好听。"她正在案板上揉面,抬手遮住脸,说:"以为你不是叫我哩,多少年没人叫我这名字了。"

我俩一起轧面条,机器呜呜响,但没影响她说话。

她说:"这名字还是那个女老师给起的,是她把我领进教室,上了一年半的学,我没有上够,就让我的孩子替我上。大儿子干活多,把他耽误了,老二、老三都上出来了,一个研究生,一个本科生,我什么'生'也不是,可是他们都是我生的,也美着哩。孩子们的课本我也读,文科书都能读懂。"

这就是赵月清跟别人不一样的地方,我说:"我不叫你老板娘了,叫月清。我说月清,在老家过得好好的,为什么移民到这儿呢?"

"移民女"赵月清

她说:"当时也说不清为啥,就是想换个地方活。咱家有句老话,叫树挪死,人挪活。我就是想换个地方生活。"

面条轧好了,一把把摆在案板上,像整齐的白线。做中午饭还早,我俩并排坐在棚子下说话。

想起二十年前的事,月清说:"那天我对俺男人说,公家让移民哩,咱村里有三家谈过话了,咱也去吧。那几年,日子过得不称心,大嫂经常找俺家的事,原因就是,俺老公爹让俺男人接班当工人了,没让她男人去。她每天比鸡骂狗,俺男人压服着我不让吭气。我憋屈得要死,对俺婆婆说:'这没日月的光景,我不想和你儿子过了。'俺婆婆哼了一声说:'买个鸡拴在鳖腿上,飞不了你,也爬不了他。'过是过,可是我一心想离开家。"

她继续说:"俺男人考虑了一夜说了一个字,去。他高中生,比我有文化,早就想出去闯一闯。天一亮找到领导,很快就批下来了。一起来新疆十七家,安徽、山西、陕西的都有。来到各分一间房,门口盘个土炉灶做饭,冬天盘个火墙取暖。

"初来新疆时,一看那么大的田地,我就喜欢得直蹦高。地连着天,天挨着地,俺的心扑棱棱开花了。咱中原地少人多,这儿地多人少。干活让除草,那草棵子长得像小树,跟铁锨把子一样粗。开始我不会干,就用铁锨铲草棵子。队长说:'你这是骗谁呢?光铲草,不除根,过几天还得铲,你这不是白费劲嘛。'我就一棵一棵刨草根。几天下来,胳膊腿都肿了,一摁一个坑。一瘸一拐地赶回家,一看,三个娃娃挤在房门口,都歪着小脑袋睡着了。那是等大人回家,等累了就睡着了。那时,大儿子八岁,二儿子五岁,小儿子才一岁半。大人出去干活,小孩子就没人管了,大儿子就像个小大人,照看俩弟弟,饿了他们就做饭吃。第一次做饭,烧柴火把锅烧干了,直冒黑烟,幸亏我回来了,差点出大事。

"棉花出苗后需要水,几天浇一次,那时候,不像现在有滴灌带,只看见满地的黑胶管,不见水,水从胶管滴进棉棵,省水又养苗。那时候,水从毛渠里走,毛渠,咱老家叫水渠。毛渠流的都是天山雪水,凉得很,水深到人胸口。要浇哪块地,就在地头扒开个水口。那一回,我下力太猛了,一家伙把水口子扒大了,那水呼一下冲过去,把沙土地冲开一大段,俺男人喊人用土堵,一铁锨土扔水里,一股烟没影了。他就拉上我的手,俺两口子并排坐水里,旁边人赶紧用草捆子塞,用石头堵,用土填。总算堵上了,把俺两口子拉出来,俺俩成了两只大泥猴,身子都冻硬了。

　　"还有一次给北地浇水,棉花棵子长到半腰深,我正在地头刨草根,突然呼通通蹿出来三条狗,一条大的,两条小的,扫着我的裤腿跑过去了,眼珠子冒红光,身上的毛湿答答的。前边的人一片惊呼,狼!狼!我这才知道那不是狗是狼,咱平原老家哪有这家伙。狼跑没影了,我后怕了,腿一软歪到泥水里,半天起不来。

　　"棉花摘下来时,天已经很冷了,就像现在这时候。家里只有一个床铺,孩子们就睡在棉堆里。早上我做好饭,先去棉堆里扒孩子,看见一个黑头顶,一蓬头发,出来一个,一蓬头发,又出来一个,一口气薅出仨孩子,就跟接生一个样。

　　"对了,忘了告诉你,我还会接生哩。那两年,移民来了十七家,有八家生娃娃,都是我接下来的。可奇怪,这八个娃娃,都是夜间出生的,白天他们的妈妈,扛着大肚子还在地里干活,半夜就有人敲俺家门:'快点快点,嫂子要生了。'我慌忙穿衣,摸黑到他家一看,不是他嫂子要生了,是他老婆快生了。一眼看见小孩的黑头顶了,我生过仨孩子,这事有经验。一手按肚皮,一手护阴门,说:'屙!屙!使劲屙!'呼啦一下,娃娃出来了。是个男孩,哇哇地哭,小鸡鸡一撅,热乎乎地尿了我一脸。我用血手一抹拉,满脸血红,像个唱戏的。我就骂娃娃:'娘那屄,尿得还真高,还给我洗脸哩。'产妇哼哼着说:'你骂吧,他娘在你手里呢。'"

　　我忍不住想笑,但没有笑出声,拿笔在本子上做记录,郑重地写下三个字"月清嫂"。

月清嫂说："那时候，女人生娃娃像厨屎，顺溜得很。她们天天下地劳动，一刻没闲过。不像现在的小媳妇，一怀孕就不下床了，你看俺儿媳妇，待在后院不出屋，俺儿子天天伺候她。我一个人做一二十个人的饭，他爸爸开车给人翻地去了，这几天可挣钱。"

月清嫂扭头看看我，问："我刚才说到哪儿了?"我只顾唰唰记录，不抬头地说："生孩子。"

她说："末了，我还是遇上一个麻缠的主儿。扒开产妇腿一看，不是黑头顶，是一只小红手，还抓呀抓的。我的妈呀，吓得我冷汗哗地下来了，布衫子都溻湿了。这娃是要抓走他娘的命哦!我就轻轻牵住那小手，送回他娘肚里。正要伸手转胎位，谁知又掉下一只脚来，吓得我一屁股把热水盆子坐翻了。眼看产妇没一丝气力了，我说，你们骑上马去医院吧。她家人说:'那么远，会颠出人命的，嫂子你还是想想办法吧。'我一咬牙，一狠心，把胎儿转磨个头朝下，一按肚皮，孩子出来了。浑身乌紫，打了十几下脚心，这才哭出声来。"

我听得身上发冷，脸上发烫，很想喝口水，可是月清嫂不留给我插嘴的机会，她好像要把这二十年的经历，一股脑地倾泻出来。这倾诉的闸门一经打开，就像她亲自扒开水口似的，一时半会儿很难堵住。

我不想堵住，我只想倾听，我很想倾听。

月清嫂说："打那起我不再接生了，后来条件好了，生娃娃都去大医院了。"

她沉思一会儿说："作家妹妹，你说怪不怪?我接生的八个娃娃，现在都是大学生，我这双手应该是当老师捏笔杆的手，你看，我摸过的娃娃个个学问大,有文化,我说得对吧?"

我终于可以回答了,我说:"对! 很对! 赵老师。"

她用右胳膊掩嘴笑,伸出左手来打我。我一边躲一边想:我十八岁当小学老师,几十年没爱上这职业。月清嫂却想当老师,想了一辈子。

我向月清嫂投去敬重的眼神。她望着灰突突的天说:"这天恐怕要下雪了,千万别下大了,人进不了地,可就麻烦了。白花花的好棉花收不回来,那可是真要人的命啊。"

她说:"有一年下大雪,大片的棉花都没拾回来。还有一年……"

月清嫂又回忆起那场飞扬的大雪,给我讲了一个女人的故事。

十四朵花 "蜻蜓女"杨大秘

杨大秘,女,出事那年三十五岁,河南某县农村人。生有两个男孩,大概十岁。丈夫在家务农。

月清嫂说:"这件事发生在十年前,也是这个时候,正是拾棉花季节。这女子我也只见过一面,不清楚她是咱河南哪个县的。她来过我家,找她认识的一个拾棉工,当时就站在这棵柳树下,没说几句话就走了。单眼皮,薄嘴唇,挺白净的一个女人,出事后才知道她叫杨大秘。

"那时,俺家有百十亩棉花地,俺男人回老家领回十几个拾棉工,跟现在一样,给谁拾花,谁管吃住。那天一大早,王连长来我家问：'你们家的花工少不少？'我一听，身上直发毛，问：'咋回事？'俺男人也出来了，重新查了一遍人，说：'不少，还是十二个人。十个女工，两个男工。'连长骑着摩托车走了。

"没多大会儿，村里人说：西南地边杀死个人。我撂下手里的东西跑去看，公安已经用布条围起来了，一个女的躺在那儿，没头了。

"清早，雾还大着，天格外冷。连长骑着摩托车在地头转，看看哪块地的棉花开齐了，好派花工去捡拾。这时他发现，棉地边有个黑东西躺在那儿，就想，这是谁家毛驴卧在这儿，一夜还不给冻死？他以为头天晚上，毛驴找草吃，卧路边没回家。那时，家家都使毛驴车，喂的都有毛驴，我家也喂了两头。我也学会了使牲口、赶驴车。

"连长走近一看，是个人，没有头。连长赶紧回连队汇报。警察围住，勘查现场，挨个儿问工头，谁带的人少了。很快查到前头那家，他带来的人里，少了一个叫杨大秘的女工。三十多岁，有两个男孩。结果，这户工头家的十几个拾棉工全被带到连部去了。

"办公楼上，大灯泡在头顶上照着，公安人员对他们一一盘问。最后，只剩下了六个人，其中一个浑身发抖，头冒大汗。一审他就交代了，说人是他杀的。"

我惊住了，端起茶杯一口气把水喝完，月清嫂也喝了一大碗。一片金黄的柳叶在她碗里小船似的漂，她也一股脑地喝进去了，拿柳叶当茶叶在嘴里嚼。

我伸长脖子问："为什么杀她？"

月清嫂把柳叶咽下去，拍拍我说："你听我说。"

"这里边还牵涉另一个女人，她是杨大秘的大嫂，妯娌俩一起来新疆拾棉花。没几天，杨大秘就发现，嫂子晚上总是出大门，到野地去解手,一解就很久,有时她迷迷糊糊睡着了,旁边嫂子的床铺还空着。

"这天,刚吃过晚饭,杨大秘就瞅见一个男人站在暗影里,冲她嫂子咳嗽了两声就闪出大门了。不大会儿,嫂子裹着棉袄出去了。杨大秘跟随他们出了门,大雾里,这一男一女走得飞快,一晃就消失在棉田里。杨大秘蹲下身子,听见棉棵子一阵哗哗响,嫂子的声音像哭又像笑。杨大秘也是过来人,她明白了棉花棵里发生了什么事。你想啊……"

我想,在那个漆黑寒冷、大雾弥漫的棉田边,杨大秘又惊又怕又兴奋的心情是能够理解的。

但随着月清嫂的讲述,我对杨大秘的举动就不能理解了。

拾棉花的日子一天天平静地过去了,杨大秘静静地看了几场棉花地里的激情大戏,她不动声色地等待一个时机。终于,还有十多天就要回家了,老板已给他们分发了返程的火车票。

那晚,还是在那个寒冷的棉田里,杨大秘及时地出现在那对野鸳鸯面前。她对忙活一团的男女说:"你俩要是把棉花钱分我一半,这事我就烂到肚子里,回家跟谁也不说。"那嫂子和男人都连连说,好好好。

下雨天,不出工,那男人趁机到集镇上,揣回一把崭新的大片斧,还有一瓶啤酒和一包花生仁。天黑透了,寒雾起来了,棉田里混沌一片。晚饭时,嫂子悄声对杨大秘说:"钱的事,咱到外边去说吧。"

可以想象,杨大秘跟着嫂子一路走向棉田时,心情该是何等的愉悦。如果那对野鸳鸯兑现一半工钱的话,那她一个人就能挣两个人的钱,这可再好不过了。

三个人在棉田边蹲下,那男人摊开花生仁,打开啤酒瓶说:"该回家了,咱们庆祝一下。"三人举杯,杨大秘也喝了一杯,她问:"钱哩?钱咋说?"那人就转到她身后,用胳膊一勒她脖子,一斧子砍下去,杨大秘就不动了。她嫂子吓得连滚带爬地跑走了。

那男人交代说,他把杨大秘的头砍下来扔进水渠了,作案的斧子也扔水里了。沾血的衣服鞋子,怕扔渠里漂起来,就埋进了乱草窝。

公安干警在草窝里扒出了凶手的血衣和鞋子,在水渠里摸出作案的大片斧,只是杨大秘的人头始终没找到。沿着水渠找了几十里,还是不见踪影,只好把那具无头尸火化了,被家人带回了家——杨大秘以另一种方式回家了。

月清嫂说:"没几天就下了一场雪,那大雪片子飘得呼呼响,看不见天和地。人说,那女人的头,可能被过路的野狼吃掉了,她找不着头,有怨气。"

她嫂子被判了刑,那男人没多久就被枪毙了。问他为什么要杀人,他说,杨大秘太贪心,她拿到钱也绝不会闭口的。他和她嫂子一商量,决定让她永远闭上口。

听完月清嫂的讲述,我震惊得闭不上嘴巴。我说:"我想到出事地点去看看。"

月清嫂看看时间,解下做饭的围裙,说:"走,我带你去。"

从月清嫂家向西走,路过当年那个地老板家,向南一拐,眼前一大块棉田,一大群拾棉工在远处忙碌。月清嫂在地边停下来,用脚尖点着说:"就是这儿。"

这儿长着几簇干枯的杂草,与其他地方没什么两样,但这里消失了一条生命,让远在平原的两个孩子没有了妈妈。我站在曾经被一个女人的血浸过的地方,第一次感觉人性中的贪婪和残暴是多么的可怕。

我低声说:"回家吧杨大秘,带上你忏悔的灵魂回去吧。"

就这么看见一个小蜻蜓,银灰色的翅膀,银灰色的身子,像一架小小的飞机,在杂草和棉棵上起起落落。我惊奇,在中原从来没看见过这么小的蜻蜓,还是银色的,还是在接近冬天的寒冷秋末。

中午,我和月清嫂抬着大盆面条去送饭,姐妹们显然很高兴,端起大碗就吃,用筷子一挑,从左到右一吸溜,小半碗就下肚了。"指甲姐"挑起面条朝我挤挤眼,小声说:"沾老乡你的光,今儿还吃上面条了。你可别走啊,俺天天都能有面条吃。"

收拾好空盆回村时,"追梦女"李爱叶走过来说:"老板娘,白路根说想吃米饭了,哪怕一小碗也行。"

"指甲姐"接话说:"这孩子是南方人,吃不惯咱北方饭。俺两家是隔墙邻居,丈母娘整天嘟噜他。他媳妇对他好,整天给他焖米饭。"

我顺着李爱叶的目光望过去,一个瘦小的男青年,蹲在一个年长的男人旁边,正一根一根地吃面条,看那样子不是在吃,而是用门牙一段段地切。

来这里拾棉花的男人不多,这一老一少两个男人,干活吃饭又都默不作声,我就没能注意到他们。

但这个年轻人的名字我还是记下了,送完东西回来,我跨过棉垄,走近白路根。

十五朵花 "上门男"白路根

白路根,男,三十五岁,原籍湖南耒阳,入赘周口。儿子两岁,妻子刚怀第二胎。

这又是一朵为数不多的雄花,他见我走来,就主动取下口罩礼貌地微笑。可是,还有一个"口罩"长在他脸上,一块四方白印,一笑一动。白印以外的眼睛、下巴、脖子、耳朵都是黑红色。这是个面目清秀的小伙子,身材瘦长,看上去比实际年龄要小,初见他,就让我想起南方的竹子。他操着南方口音说:"我在湖南出生,现在住在河南岳母家,做了上门女婿。"

我说:"这里面肯定有一个很长的爱情故事。"他笑得很幸福。

他说:"白路根这个名字,是我爸爸找人按风水、笔画给起的,我一直在考虑这名字的含义。爸爸五十岁那年有的我,妈妈当时四十八岁。我有一个姐姐,比我大十八岁。我爸妈都是军人,身体都不怎么好。听说,喝满月酒时,一个战友叔叔说:'你们俩身体都这样,又生这么个小孩,这不是害人家吗?'

"果然,我刚满周岁,妈妈就心脏病复发去世了,还没过两岁生日爸爸也走了,我记忆里没有父母的印象。当时,爸爸的战友要领养我,姑妈不同意,她说,我是她哥哥唯一的根,也是他们白家的根。我就跟姑妈在广州生活,十二岁被姐姐接回湖南,报了户口,上到中专毕业,学的是普通车床专业。后来到深圳恒泰制衣厂打工,在那里认识了我老婆陈唤唤,我比她大七岁。

"上门男"白路根

　　"2003年，我和陈唤唤分到一个组，都是搞喷漆，那年她只有十六岁。开始我并没有注意到这个小女孩，只是默默干活，很少说话。陈唤唤却很活泼，爱说爱笑，经常在我跟前蹦来跳去，打打闹闹，在我眼里，她就是一个小孩子，人长得也好看。时间长了，我俩有了感情，知道她家在河南周口，家里排行老二，上有一个姐姐，下有一个弟弟。

　　"她家里人不同意她和我谈恋爱，说年龄相差太大，其实是嫌我没有父母，没有根基，怕她受苦，就把她叫回家了。一年没回来，也没有书信，但我相信，我俩的感情没断。后来，唤唤去广东东莞打工，离深圳很近。那一天，我坐车去东莞找她，她来深圳找我，我们在街口会了面，我俩都哭了。那一年，我俩一有时间就来回跑着，相互看望。2005年，我把唤唤弄到深圳打工，租房子住在了一起。那年唤唤十八岁。

"2006年后，我想多学技术多挣钱，就带着唤唤离开深圳到厦门，做了电镀工，唤唤在一家工厂做手机配件。快过春节时，唤唤怀孕了，我往河南打电话、写信，希望能征得她家人同意，让我俩结婚，可是得来的都是坏消息。

"我和唤唤只好去医院，把孩子做掉。那个春节，我俩是哭着度过的。

"那一阵子我心情很复杂，很痛苦。也理解唤唤父母的做法，谁不想让自己的小孩过得好呢？我就向唤唤提出分手，不想再害这女孩，跟着我没有什么幸福日子过，劝她放弃我。可是唤唤不同意，天天跟在我身后，说你去哪儿我去哪儿，受苦受累也跟着你。

"我从心底感觉很甜蜜。这中间，唤唤回过一次家，她妈妈打电话说家里有急事。唤唤一上火车，我就想她这次真的回不来了，但心里认定她一定能回来。两个月后，唤唤出现在我面前，她只带了点路费就跑回来了，身份证被她妈妈扣在家里了，那时买车票还不是实名制。唤唤是被家人拉去相亲的，说定了亲就去打结婚证。唤唤偷跑出来，回到我身边。我心里又喜又忧，知道女孩子得罪家人的严重后果。

"2009年的一天，家里又来电话催唤唤回去，这次是让我送他们的女儿一起回,说是他们家人要看看我,我一下子感觉有希望了。

"家里人招待了我,虽然晚上让我俩分开睡,但我心里已经很知足。

"唤唤的父亲找我谈了话,说既然打不散,你们就成了吧。给唤唤补了身份证,又开了户籍证明,把我俩送上公交车。一上车唤唤就哭了,那一刻,我也流泪了。"

白路根声音堵在喉咙里,我也鼻子酸酸的。我说:"你们俩真是不容易。"

稳定一下情绪,白路根继续说:"2010年,我带着唤唤回湖南领了结婚证,在父亲的老家耒阳办的婚事。父母只留下两间破房子,我俩在那里拜了天地。没有亲戚朋友到场,族人也没来几个,他们都出去打工了,搬到城里住了,只有一个堂哥帮我忙活,看上去他也很冷淡。

"我领着媳妇来到父母坟地,我俩把坟上的杂草清理掉,跪在那儿烧纸、倒酒,心里难过,止不住流泪。我只见过父母在部队时的照片,不记得父母的模样。我说:'爸妈,我是你们的儿子路根,这是你们的儿媳妇陈唤唤,我们俩结婚了,给父母敬酒了。请二老保佑我们在外健健康康,没钱慢慢来。请二老保佑我俩相亲相爱,不离不弃……'唤唤哭成一个泪人。

"我们在镇上宾馆开了间房,在那里度过了新婚之夜。我俩回到城里继续打工,工作虽辛苦,但感觉很幸福。没过多久,我老婆就怀孕了。姐姐有心照顾我老婆,让我们回来和她一起住,一起经营她的小饭店。可是饭店生意不景气,我只好又出去打工。老婆刚生完小孩,带孩子很辛苦。这时丈母娘打电话来,说事情已经这样了,你们就回来吧。

"2013年6月，我们一家回到河南周口，唤唤带孩子在家，我去厦门上班，还干电镀活，每月三四千。但我肠胃不太好，吃饭少，没力气。今年6月回来了，在家帮亲戚搞装修，没有活，挣不来钱。老婆又怀了第二胎，想要个女孩，做B超还是男孩，男孩就男孩吧，白家又多了一条根。但是负担更重了，我还是想挣钱，就来新疆拾棉花。老婆不让来，担心我身体吃不消，我说，先找个地方赚一点钱吧，赚一点是一点。"

白路根始终微笑着向我讲述，他在讲述中品味爱情带来的甜蜜，对于拥有这份纯真爱情的他来说，苦难的童年算不了什么，苦累的生活也算不了什么。

他说："我老婆勇气可嘉，她明明知道，嫁给我生活的路会很难走，但她还是历经八年的坎坷选择了我。她在经济上支持我，在精神上鼓励我，再苦再难也不放弃我，不放弃这份感情。我心里过意不去，感觉娶了她就像害了她一样，没有给她一个好日子，一个好的家。

"儿子的户口，本想在湖南老家落户，但想到老家那里没有亲人照顾，河南这里有父母，亲人多，老婆孩子不孤单，就落户河南了，把根留在这里。我一直在考虑父亲给起这个名字的含义，孩子户口落下了，我才明白过来，父亲是让我，无论根扎在哪儿，都要走好脚下的路，一步一个脚印地向前走。"

我把白路根的话，飞快地记录到本子上，他说："大姐，我和老婆有个理想。"

我抬头问他什么理想，他说："想在周口开家湖南湘菜馆。在姐姐饭店帮忙时,我学会了几道招牌菜。今年给丈母娘过生日时,我操刀露了一手,大家都说怪好吃。"

我说:"我也想尝尝,可惜你的饭店不是清真的。"

我俩正说笑,白路根的手机响了,他一看号就笑了,背过身去说话:"嗯,挺好的,天天吃白米,不累……"

我知趣地走开,手机里飘出一个女孩子的声音,细细的,柔柔的,纯纯的,似一缕轻柔的暖风。我忽然感觉到了春天,棉田里吹来一股爱情的风。

耳边响起冰心先生的那句话:"有了爱就有一切。"

做晚饭时,月清嫂在蒸馍馍的大锅里,专门给白路根蒸了一碗大米饭。这个未来的湘菜大厨,为这碗白米饭思念了四十多天。

吃过饭,姐妹们各自进行短暂的休整,舀热水洗头洗脚,暗影里清洗下身。没有专门的洗浴间,洗浴间就是大院子。零下(摄氏度)气候,泼水成冰,刚洗完头发,跑旱厕解个手,回来就像顶了一头细钢丝。洗好的衣服,搭在绳子上,不大会儿,就硬成了一张干羊皮,风一摇,咔咔地响。

我就着风洗了脸和脚,在没冻上之前往屋里跑。一双绣花鞋横在我眼前,"绣花女"莫鲜灵笑嘻嘻地说:"姐,别嫌弃,这双鞋送给你。"

我接过来,把绣花鞋从右手转到左手上,问:"给我的?为什么?"她说:"看你喜欢就送你了呗。"

走到门口她又说:"俺婆婆说了,喜欢的东西要送给喜欢的人。"

啊,我还是一个让人喜欢的人!低着头,我喜眯眯地进了屋。

坐在沙发上我端详这双鞋,仍是黑底黑帮黑襻子,但鞋头却绣着一朵大菊花,花瓣开得如张开的手掌,每一片花瓣的颜色都不一样。那柔长的丝线,描上柔长的菊花,赤橙黄绿青蓝紫,七片花瓣,七种色彩,似开在黑色天幕上的七彩烟花。那炸裂般的美艳,蕴含了绣花人浓郁醇厚的情感。

姐妹们入睡可真快,头一挨枕头就呼呼上了,这枕头是世界上最厉害的催眠器。

好像刚把被窝暖热,好像刚有了一个梦的开头,门外有人硬着声音喊:"起来啦! 吃饭啦!"床铺上开始有人翻身,揉眼,哼唧,发脾气,放小屁。昨晚,张立老板就安排要早睡早起,说是杨老板的那块地离村子比较远。可是没想到要起这么早,我看看手机,还不到五点钟,确实有点早。有人边提裤子边骂娘,含含糊糊,不知道骂的是谁的娘。有人说要回家,今天就走,一定得走。

吃了饭,提上包,水杯里灌上水,爬上两辆咚咚叫的大半截头车,就没人说话了。寒冷封住了每个人的嘴,留些热气在肚里,连下边的口都要招呼得紧紧的,不能随便乱跑气。

车灯一打,寒气像受了惊吓,一团团地乱飞,飞不远,绕着光柱转。

柏油路冻得硬邦邦的,车轮子碾上去,哒哒哒,一车人蹦跶个不停。

随着颠簸的节奏,有人哼哼了两声,那呻吟,是那种真实的疼,像惊动了肚子里的胎儿。我拿眼去寻摸,一堆女人挤成一团,你靠着我的肩,我抵着她的背,把脑袋埋在避风处,分不清谁是谁。低头想,这两天吃住在一起,没听说谁怀孕啊。怀孕事小,颠流产事大。正一个人瞎操心,抬眼见,车灯的光柱里晃入一条人腿,正疑惑,一晃又三条腿。再看是两个人的背影,厚棉袄,军大衣,围巾包着头,辨不出男女,胳膊窝夹着编织袋,双手插进袖筒里,踢踢踏踏沿着路边走。前头又有三个人,相似的打扮,听见后面有车响,纷纷回头望,六个眼珠闪烁成六个亮幽幽的白点,样子看起来有些诡异。我吓了一跳,曾被夜间蓝幽幽的猫眼吓到过,没想到,人眼也那么可怖。

陆陆续续又遇见十几个人,这是一帮拾棉工,他们住在附近村子,但依然起了大早,步行去棉田拾花。

车子拐下路,黑色正从东方悄悄退去,视野亮堂了,心情也跟着亮起来。车刚停稳,几个人就从车上跳下来,轻巧地落地,我没勇气学习他们的样子,就抓着车帮一点点向下溜。"追梦女"李爱叶从后面及时抱住我,说慢慢下,不要紧。我一看有人撑腰,心里有了底,一松手扑通落了地。准确地说,是李爱叶的后背落了地,我躺在她的肚子上。几个人哈哈笑着来拉我,又把身子底下的爱叶拉起来。李爱叶拍拍土说:"姐,你可比我的棉花包重多了。"大家又是一阵笑。

我俩这一摔,把大家伙儿昏沉的脑袋摔醒了,把天也惊动亮了。大棉田也苏醒了,一地的棉朵,咧着大嘴笑开了花。姐妹们各自占好自己的垄,"耳环女"莫多多,双臂一张,喊:"看我的棉花多好,像一地的白羊羔。"这孩子总是快乐着,眼里心里都是美好!我默默祈祷:漫长而复杂的人生岁月,别拿走这孩子的单纯和善良。

"憨妹子"柳枝儿却往远处跑,边呼呼地跑边解裤腰带,"指甲姐"冲她的背影吆喝说:"柳枝儿就你事多!刚开工就屙尿,懒驴上磨屎尿多。"

我心里放不下车上呻吟的那女人，就问"指甲姐"："咱这里有谁怀孕了吗？"

她想了想说："没有啊。"

我说："我在车上听到有人哼哼，或许是她身体其他部位出毛病了。"

"指甲姐"一拍手说："是她吧，陈银行。"

陈银行正在地中间忙活，穿着一件款式新颖的黑色羽绒服，我来到她跟前，说："看，为了找你，我的鞋子和裙子都被露水弄湿了。"

她取下口罩说："俺天天早上都湿身。"说过了，自个儿笑，笑模样很像宋祖英。陈银行五官很小巧，鼻子眼睛搭在一块儿很好看，人从上到下透着机灵劲，只是气色有点差，连嘴唇都青黄着。

我被她的"湿身"逗笑了，说："此湿身不是彼失身，太阳一出，衣服就干了。"

她笑得蹲下去捂住肚子，一只手阻住我说："老乡，你别再让我笑了，我肚子疼。"

我说："我还以为你怀孕了。"她又想笑，赶紧蹲下说："都多大年龄了还怀孕？跟俺闺女比着生吗？"

十六朵花 "玫瑰女"陈银行

陈银行，女，四十二岁。生育一儿一女。儿子二十二岁，在上海打工，已结婚成家；女儿二十岁，已出嫁。丈夫贷款买了一辆小货车，在家跑车送货。

"玫瑰女"陈银行

我说:"你家庭条件不错嘛!是因为你叫陈银行,家里开着银行吧。"

她说:"这是奶奶给俺起的名,她想让俺这辈子不缺钱。其实家里条件很一般,比上不足,比下有余,在俺村里还算中等吧。俺家新起了一座二层小楼,白墙红瓦,楼上楼下电灯电话,日子还算不赖。家里没人吃闲饭,儿子年前结的婚,领着媳妇去上海打工了。闺女也出门子了,生个小闺女才仨月。你说我还生个啥?给俺外孙女生个舅?"说完,又捂着肚子笑。

我也笑:"在车上听见你呻吟,还以为动了胎气呢。"她这回不笑了,说:"姐,你真心细!我身上来红了,一来半个月不消停,天天不断头,早上一起床,单子一片红,像开了一床玫瑰花。"

我说:"咦!还玫瑰花哩,你还有心思浪漫呢,这可不能开玩笑,你这流血可比柳枝儿拉稀严重得多。"

"玫瑰女"陈银行很淡定,她一边麻利地拾棉花,一边说:"老板娘领我去诊所看过了,说是上的环掉了。你说蹊跷不?我上环十来年了,在家它长得牢牢实实的,咋弄都不掉,一到这儿就自个儿掉出来了,还没完没了地出血。"

说到这儿,她想起另一个女人,就靠近我说:"李村来一个女的,叫绒线,睡我旁边铺上。到这儿的第一个晚上,我们在火车上都熬磨坏了,头一挨枕头就睡着了。我正睡得香,听见绒线'啊'的一声。我抬头一看,她身子底下血糊糊的,半截褥子都红了,差点把我染红了,绒线一张脸寡白寡白的。我也大叫一声,一屋子的人都醒了。老板开车连夜跑了四十里,把绒线送进诊所。医生一检查,说是环掉了,卡在血管壁,就引发了大出血。环取出后,绒线在诊所输了两天水,出血不多了,老板就赶紧把她送到火车上,让她回家治病去了。绒线来时三天三夜,在这儿只住了半夜,就又坐三天三夜的火车回去了。她一天棉花没拾,一分钱没挣,还差点丢了小命。"

我抓一把棉花傻站着,说:"还有这事?"

她说:"可不是,她来新疆这一趟,是屙屎屙到葱地里——不上蒜(算)。"

我说:"瞧你说话一套一套的,还歇后语呢。"

她一摆头说："按说她就不该来。"

我说："为什么？"

她说："她婆婆每年都来新疆拾棉花，那老婆儿手脚快还能干，哪年都抓个万把块。腰里一有货，老婆儿在家说话就气势，儿媳妇绒线看不惯，就对婆婆说：'今年你看家，我去拾棉花。'把孩子扔下就来了，没想到发生这种事。以后绒线这小媳妇，在婆婆跟前更不硬气了。"

她又朝我走两步说："老乡你猜咋的，绒线走后半个月，我下头也突然出血了，开始以为是例假，没想到，沥沥拉拉十来天，血的颜色鲜滴滴的红，身上力气像抽丝，一点点被抽走，手脚软得像棉花。这才找老板要药，去诊所看病，一看，也是环掉了。只是我比绒线幸运，那环顺当排出来了，只是子宫有炎症。我天天吃着药，花了二百多块了。这几天出血少些了，就是小肚子又凉又沉，向下坠着痛。刚才车上一颠簸，感觉子宫都要出来了。"

我头皮直发麻，说："那还不赶紧回河南，看你这脸色，青黄得像树叶，到底要钱还是要命啊？"

她说："起初我也打算走，可是想想咱来一趟新疆不容易，坐了三天三夜的火车啊。来时天还热着哩，绿皮车没空调，人又多，整个车厢满满的，都是拾棉工。过道里躺的都是人，横七竖八，没有下脚的地儿。上厕所像探地雷，一点一点往前探，一不小心踩上人的手和脚，乱骂乱叫唤。没让尿憋死，也被人吓死。那车上啥气味都有，让人出不来气，吃不下饭，睡不着觉。我天天趴在窗口边，看天明了，天又黑了，我的亲娘哎，这新疆咋会这么远，走到天边了吗？"

说起坐火车来新疆，我当初也有这计划，打算和拾棉工一起搭伙来,路上也热闹。但是时间不凑巧,比他们来得晚。为了赶时间,我就改乘飞机追来了。

陈银行说:"你说咱来一趟那么难,有个小病小灾的,能忍就忍了,人能留就留了。那么远来干活,哪能不干完就走。最起码不能一个人走,大家伙儿一个车皮拉来的,还要一个车皮拉回去。再坚持一二十天吧,有始有终,那才叫中(行)。"

陈银行手里的节奏更快了,说:"我这一天不急不慢地拾六七十公斤花,抓一百多块钱,好着哩!摸一块,是一块,拾一棵,是一棵,拾了还想拾,摸了还想摸,不摸白不摸。"

这哪里像个病人,人的精神力量有时真的很强大,大得让人不可思议。

陈银行指着前头说:"你看这满地的花都开着,多喜欢人啊!今天拾了,明天还想拾,手脚停不下来了。说实话,姐,我这心里矛盾着哩,肚子疼时,想着早一天拾完花,早一天能回家。一到地里,又恐怕把棉花拾完了,钱挣少了。拾着这块地,望着那块地,眼贪,心贪,手也贪,就是贪抓几个钱!"

我说:"你家有车有房,儿女也都成了家,按说你日子松快了,该去打个牌,跳个舞,为啥还那么拼着挣钱呢?"

陈银行一扬眉毛说:"人长脚就得不停地往前走,人长手就得不住地往上爬。刚有了几顿饱饭吃,就停下来不走不动了,那生活还有啥意思。我和俺老公说好了,今年把小货车贷款还完了,明年再贷款买个小轿车,我开着轿车来新疆拾棉花,把车头贴满玫瑰花。"

我被她离奇的想法迷醉了,直着眼对她说:"我想,那该是一辆新娘花车,车里坐着你这枚玫瑰旧娘。"

"玫瑰女"陈银行捂着肚子，鼓着腮帮子笑，说："俺不是旧娘，是老娘，俺都当姥娘了，哈哈哈……"

在这片广漠辽阔的土地上，我喜欢看见老乡们的笑，就像喜欢看天上的白云朵、地上的白棉花一样，这纯美而柔韧的白，不经意地还原了我灵魂深处的底色。

天上没有太阳，空气有些干冷，毛渠边几棵高挑的白杨树，把树尖上仅有的几片黄叶交给了风，树枝一阵紧密地摇晃，唰唰唰，我赶忙把头巾系紧，怕风像摘树叶似的摘掉我凌乱的发丝。

就这样，我弄丢了我的水笔。

蹲下去拨动棉花棵，在原地仔细地找，只见草秆棉秆，就是不见我的笔杆。这意味着，接下来的采访，我将无法用文字记录。虽然携带有录音笔，还有笔记本电脑，但我仍然习惯和信任用黑色水笔在纸上记录。与文字面对面，就像和拾棉工老乡面对面一样，让我感到温暖和踏实。但此时我丢失了我的笔，我的手和心，都似那股游动的风，寂寥而空荡。来新疆时，我特意准备了一盒黑色水笔、一个精致的仿牛皮笔记本。半个多月的采访记录，笔尖在纸上不知疲倦地游走，绵延出一行行持续不断的蜗牛爬行般的足迹，每一行凌乱无序的小黑字，无不散发着最原始的本真草木气息，我在这真纯的气息中，一天天回归真纯。

"我这儿有支笔，你看能用吗？"我听见一个沧桑的声音，随后看见一只沧桑的手，一支小巧的圆珠笔伸向我。我一下子认出了，他是"上门男"白路根的同伴，也是仅有的两个男性拾棉工之一。

我接过圆珠笔，有些意外，有些感动。我说："谢谢你大哥，这笔……"他说："哦，我用它记下每天拾到棉花的斤两，心里好有个数。这笔不太好,你先用着吧。"

看来这大哥,早把我满地寻笔的样子看到了,真是一个有心人。

十七朵花 "有心男"邓金国

邓金国,男,五十六岁。生育两个儿子、一个女儿。老大三十四岁,老二三十二岁,女儿二十八岁,都已成家立业,生儿育女。老婆二十多年前跟人跑了,至今杳无音信。

邓大哥看上去很老相,每根头发都挂霜,从根白到梢。他眉毛没全白,被额头上的皱纹挤压着,像干涸的沟渠里两簇荒芜的杂草。鼻梁仍高挺,散落几片灰褐色老年斑,一根白鼻毛从黑洞洞的鼻孔探出,迎着风,细微地抖。

我很想知道他老婆跟什么人跑了,但邓大哥没有说,他说棉花:"这块地的棉花不太好,看上去一片白,其实没全开。你看这棉桃,花瓣还闭拢着,就像一个人没笑开,嘴巴半张着。"我仔细看,真像他说的那样,棉朵大都半咧嘴,白棉花的软舌头还没有完全伸出来。我用大哥的笔,连忙记下大哥的话,生怕像我的水笔一样,一转眼掉进棉棵找不见。

我边记边说:"大哥你的比喻真形象,看棉花的眼光也精准,看来是个老工龄的拾棉工。"

邓金国点点头,说:"断断续续有九年了,最早是 2003 年公家组织来的,那时俩月多才挣千把块,可是钱比现在的钱值钱。我回去买了一头驴,犁地种麦全靠它。"

"有心男"邓金国

我说:"你真会经营小日子。"

他说:"有啥办法,日子到跟前了,人不能躲,扛上日子走,我就是这么一天天扛过来的。"

我记下"扛上日子走",突然想流泪,赶紧抹拉一下酸鼻子,把眼泪挡回去。

我想听邓大哥讲他怎样"扛日子",他却指了指地里的老乡说:"其实他们都明白这块地的棉花难拾,抠一天,还没有平时半天拾得

第三章 朵朵棉花遍地开 137

多。可是大家伙儿都不说,这地老板眼下日子正难过,他女人没日子了,前天从医院抬回家,还剩下一口气,儿女都从学校赶回了,守着妈。"

我惊讶,这地主也有难日子。邓大哥说:"因为年年来,我和老板都熟悉。杨老板是新疆本地人,人厚道,不爱多说话,从不短缺拾棉工的钱,一毛两毛也算上,可是他预支拾棉工的钱,十块二十都不要。他家今年没招人,老婆癌症要伺候。今年也该他不顺,4月份棉花刚出苗,新疆连续三天刮大风,气温降到零下几度(摄氏度),杨老板这块地的塑料薄膜被风揭开刮走了,一百多亩地的棉花苗全死了,他蹲在地头呜呜大哭。后来,又补种这新品种,棉棵高,棉桃多,可是今年又冷得早,花桃才半开就冻伤了。杨老板今年赔大了。"

我说:"那他还不如咱拾棉工哩,一斤棉花一块钱,都兑现,不差钱。"

邓大哥说:"可不是,他今年的日子还没有咱们好过。"

我站起来看棉田,也确实,今天大家伙儿的速度都不快,人在棉棵里走不动,连四分之一也没拾到。

我问邓大哥不拾棉花时都干什么活,他说:"这几年啥活也没干,在家给三个孙子做顿饭,他们的父母都出外打工没在家。以前,我给学校、机关加工桌椅板凳。"

我说:"大哥还会木匠活?"

他说:"我十二岁就跟舅舅学做木工活,十六岁就会给人打嫁妆。我二十一岁那年,在湖北黄石山沟给人打嫁妆,这家闺女叫罗春和,十九岁,找了个婆家是长江边打鱼的,说好了明年三月来迎娶,她爹就把我和舅舅请到家。那闺女个儿不高,一张瓜子脸很小巧,手脚可麻利,干活时不会一步步地走,都是一路小跑。在她家不到半个月,我发现这闺女一步也不肯离开我,一天到晚在我身边转。我拿刨子刨木条,她就帮我扫刨花;我刚打开墨线盒,她赶紧上去扯墨线;我才坐下喘口气,她就立马端来一碗茶。有一次,大家伙儿围着饭桌吃午饭,我端起碗用筷子一扒拉,扒出两个荷包蛋,一桌子人都看我,我吃也不是,不吃也不是,憋得脸发烫,像只下蛋老母鸡。"

我往邓大哥脸上看,想找见他当年那股幸福感。

邓大哥说:"有一天深夜,我躺在靠窗子的竹床上,看窗外树影在月光下摇晃。看着看着睡着了,梦里听到有人哭,我一睁眼,罗春和正坐在我床边,脸上的泪淌得跟水洗一样。她扑过来抱紧我说:'小邓哥哥,你带我走吧,除了你我谁都不嫁。'我吓坏了,推开她一个人跑到院子里,在树下坐到天亮。舅舅说:'金国,你快走吧,人家闺女有主了,不能等出事。你先走我掩护,这活我一个人干。'我就一个人走出山,刚搭上一辆大客车,那闺女突然站在我面前,我走一站她跟一站,一直跟到咱河南。

"在老家我们一连生了三个孩子,负担一天比一天重。我出门在外的时间越来越长,我想多抓几个钱,给春和和孩子一个好日子。没想到,她会跟人跑,连这男人是谁我都不知道。村里人都说不认识,听口音像是南蛮子。那年,大儿子十岁,二儿子八岁,小女儿还不满四岁,都是离不开娘的时候,可是他们的娘却没影没下落。我找到黄石,找遍湖北,又找到湖南……我在外边满世界找,女儿在家害了一场大病,俩儿子烧锅做饭,差点把房子给点了。我一跺脚,不找了,管他娘的嫁给谁,我只要仨孩子。哪儿也不去了,在家种地,养孩子,农闲时给人做些木工活,逢棉花季节来新疆拾棉花。

"可是最难最累的活,还是给女儿缝棉衣。我一双使斧子、拿刨子的手,去捏一根小细针,直难为得我满头冒大汗。那回我摆治了大半夜,好不容易把棉裤套好了,掂起来一看,一条裤腿厚,一条裤腿薄。没办法,拆了重做。这次把棉花放进秤盘里,一点点地称,分成两小堆,塞进棉裤腿,这样两条裤腿都一样薄厚了。"

我听得直冒汗,说:"你这爹当娘使,当得比娘都用心。"

我问邓大哥:"现在你的孩子都有孩子了,该为自个儿考虑了,怎么不找个老伴呢?"

他说:"这二十多年,不少人给我提过亲,可我一个也不见。你想啊,亲娘都跑了,后娘能靠得住? 后来,我把孩子们操持成家了,自个儿更不想找了。人家有德有望的好女人不肯改嫁,改嫁的又都看重彩礼。随着我年龄越来越大,就想图个清静,不考虑这事了,就这样安安生生地过日子吧。"

"安安生生过日子"是邓大哥最真实最朴素的人生愿望。

我说:"热也好,冷也好,平平安安就是好!"

这时,邓大哥朝西面一指说:"杨老板来了。"

一辆摩托车搅起一股田野的风,沟渠边的尘土散开又聚拢。我远远地见他下了车,瘦长的身影在地头虚飘。杨老板停下突突叫的摩托车,就像在田埂上拴好一头活蹦乱跳的驴。他从后座费力地拎下两只大饭桶,见拾棉工纷纷走来了,他转身走向远处的小榆树,蹲下,点上一支烟,两条长胳膊抱紧腿。

大家伙儿各自盛饭、取水、拿馍馍,围坐一起吧唧吧唧地吃。我拿一个大馍馍一点点揪着吃,不吃菜。改换了一口锅,我心里过不去。飘来一股股炒萝卜味,这菜味很熟悉,我在月清嫂家亲手做过,

　　　　　　大地的云朵

想来杨老板家也种了一院子的清脆大萝卜。"憨女子"柳枝儿蹲在我前头,她把大半个馍馍泡在菜汤里,却从碗底使劲往外刨菜吃,她刨出一筷子粉条给我看,嘿嘿地笑说:"细粉!还有细粉哩。"我探头朝菜桶看,一半萝卜一半粉条,不是稀汤寡水的那种,就朝厚道的杨老板投去感念的目光。

杨老板始终没有扭头朝这边瞅,他静静地蹲着。我少见这样的地老板,就想,他对拾棉工是懒散中的放纵,还是放纵中的懒散?他是焦急这眼前没开好的棉花,还是焦心家里即将落花的妻子呢?都有吧。这彻骨的寒,冰封了这个男人的心和口,在寒风中,他紧抱着自己的双腿取暖。

收拾好自己的碗筷,拾棉工匆匆走向各自的棉花垄,杨老板撤着膝盖站起身,脚步有些摇晃不稳。我把歪倒的空桶提起来,递给他,他伸手接住,没有说话。蓬乱的黑头发,缺乏睡眠的双眼,深眼窝里住着寒风。望着他骑车而去的瘦弱背影,我想说:朋友,这只是一场意外,一切都会过去的,一切都会好起来。

我走回棉田时,他们正谈论杨老板。

"玫瑰女"陈银行说:"我本来想好了,要对他说两句难听话。看他这棉花,猛一看一片白,拾起来可费劲,棉朵开得像蒜瓣子,抠得我手指头直冒血。天不亮就来了,到现在还没有抠满一袋子。要是在其他地里干,能多抓一倍的钱。可是我一见杨老板那作难的模样,就一个字也没有说出来。"

"指甲姐"付二妮说:"银行,你不说就对了,有些话说了就收不回来。人家老板日子遇上了坎,咱能帮一把就帮一把,他地里的棉花,趁雪还没下,咱拾回去一点是一点。别说人家按斤付咱钱,就是一分钱不给,咱也不忍心抛撒这神物。你看这白丝丝的棉花,是天神给咱的金丝、银线、身上衣,金贵着哩,糟蹋了有罪。"

我有些明白了,"指甲姐"付二妮,八个手指甲都磨掉了,但她没有停止拾棉花,这都是为什么? 我观察过,"指甲姐"拾过的棉垄最干净,几乎不落下任何一朵花,棉壳上没留丝丝缕缕的"眼睫毛"。她不仅是跟自个儿的指甲过不去,跟白花花的银子过不去,她其实是跟爱物惜物的本性过不去。她不知道"暴殄天物"这个成语,却把它化成空气,化成水,融化在她心里、魂里、日子里。她和无数个农民兄弟姐妹一样,把大地上的每一种庄稼当神物,当信仰,从骨子里敬畏它们,并深深地感恩。

我再看"指甲姐"付二妮时,感觉自己红了一双眼,也红了一张脸。我听见自己怦怦的心跳。

"有心男"邓大哥说:"这棉朵没全开也有好处哩。"

我好奇地凑过去问:"啥好处?"

他把一个棉朵指给我看,讲解时的神态,活像一位棉花技术员。他说:"你来看,这棉桃才咧开三分之一的嘴,从花嘴里掏出的棉花湿乎乎的,还有弹性,棉絮越扯越长,这棉丝就越白亮。这棉花好看又压秤,交到棉花厂杨老板不吃亏。要是咱再多下点功夫,把满地的棉花都抠完,说不定他还有钱赚。"

我眼睛一亮,说:"真佩服你了邓大哥,不愧是'有心男'。"

他没听清,问我:"啥?"

没想到,我一高兴就把私自给他起的外号喊出来了,一边赶忙摆手,一边后退说:"没啥,啊,大哥。"

退到一个年轻女子身边,她正热烈地讲萝卜,声音又尖又细。

她说:"在赵老板家,老板娘天天给咱炒萝卜吃,心想,今儿个这杨老板总会改改口味吧,没想到还是萝卜菜,吃得我光在花棵子里放屁,一步一个,一蹲一个,噔噔响。"

"耳环女"莫多多这丫头就咯咯笑,笑声比她还尖锐。那女子一斜眼说:"你这闺女笑啥哩?我这屁,要是能把棉桃子崩开也行啊。"

"玫瑰女"陈银行隔几道棉垄听见了,接话说:"闻免啊,你能把棉桃子崩开,那可再好不过了,咱拾棉花也省劲了,只是你别把裤子崩开了。"

"憨女子"柳枝儿也来劲了,她把眼睛瞪得溜圆,说:"咦,那俺婆儿媳妇,不用花钱请礼炮了。把礼花搁闻免的屁股上,她一使劲,咚一个,又一使劲,咚一个,再一使劲,咚咚咚……"

"憨女子"没咚咚完,人就咚咚地跑走了,她一边朝沟渠跑,一边解裤带。

"指甲姐"付二妮同情地说:"嘿,这一咚咚,又憋不住了。"

一地人笑得东倒西歪,连邓金国、白路根两个男人都笑得直不起腰。

我看见惹事人闻免笑得一张瘦脸变了形,两眼直闪泪花花。

十八朵花 "双孤女"闻免

闻免,女,三十六岁,出生俩月后父母双亡。生育两个男孩,大儿子十五岁,念高中一年级;小儿子十三岁,念初中二年级。丈夫给人开货车,收入不错。

"双孤女"闻兔

　　我说:"闻兔,你的声音好听,名字也好听。"

　　闻兔扬起下巴又笑了几声,两条细眉向额头飞,声音更尖更细更响脆,像能砸开一河厚厚的冰。听得出,闻兔是有意笑给我,也是笑给大家听的。

　　闻兔喘口气说:"是老奶奶给俺起的名,我出生俩月爹娘就死了,村人说我命毒妨父母。奶奶烧了香说:'叫兔吧,让老天爷免了这丫头的罪。'你说姐,我有啥罪,那时我还是个小奶娃,我能知道啥?"

我看闻免的双眉不飞了,在眉心拧成一个黑疙瘩。

我问:"你父母一起去世的吗? 怎么回事?"

她说:"我满月没几天,俺爸干活的工地需要人,就把俺妈带去了。后来有一天,老板找人往工地运一个三角形大铁架,上窄下宽,像个大铁塔,两层楼那么高,腿上装三个铁轱辘,人可以推着走。那时,俺爸妈正巧走到大门口,被老板顺势拦下了,又叫上一个男的,每人扶一条铁架腿,使劲朝工地方向推。新铺的水泥路平整整的,他仨推着还得劲,咕噜噜,咕噜噜,眼看着离那座新建好的大楼很近了,铁架顶突然被什么东西绊住了。前头那男人两手攥紧铁架腿,使劲往前怼,想把绊住的东西推开去,那铁架子被怼得直晃荡,俺爸妈担心这架子站不稳,歪倒砸伤人,就抱紧铁架腿。这时候,谁也想不到的事情发生了……"

我收紧了一颗心,不敢再去看闻免,低头见一个心脏似的小棉桃在我眼前晃。

闻免说:"俺老奶活着时,不能听谁提起我爸妈的死,她夜里满床打滚,说:'哎哟哟,免啊,我的心着了,我的肝着了,我闻见焦煳味了,我不能活了,我的乖啊! 儿啊……'"

闻免把奶奶的哀痛吞咽下去了,随着咽喉艰难地滚动,一声啜泣猝不及防地冲出来,大滴的泪珠砸下了,拖着晶亮的水线,划过灰褐色的棉枝,落进面前干涸的空棉壳,噗的一声响。我的心仿佛被这泪珠砸穿了一个洞,慌忙合上记录本,我不安地站起来,试图安抚这个被悲伤穿透了的孤女子。

她挣脱我的手说:"没事的姐,不要紧。"

我歉疚地说:"都怪姐了,触动了你的痛处。姐不问了,你别讲了,咱拾棉花。"

闻免擤了一把鼻涕,齉着鼻子说:"没事,你写吧姐,把俺爹娘写下来,留在你书里,作个永久的念想。我不会写,拿不动笔,一年级没上完,不识字。"

她叹口气,接着讲:"后来发生的事情,是工地上的俩人讲给俺老奶的,也是村里人,跟俺爸在一起干过活。当时,他俩正在旁边楼上搭脚手架,见三个人推着大铁架往这儿来,走着走着不走了,铁架子挂住了高压线。随后,就看见大铁架吱吱冒火花,那仨人还紧紧地抱住架子腿不放手。现在想来他们不是不放手,而是已经放不掉了,他们的双手被电流牢牢吸住了。村里人眼睁着他们搂着铁架子直摇晃,摇着摇着手就变黑了。噼啪一声,一个火花把他们打躺在地上,身上的衣服都焦煳了,三个人身上冒黑烟,很快变成了三堆炭。"

闻免边讲述,边拾棉花,那棉絮被她抽得长长的,丝丝缕缕,在阳光下藕丝一般晶亮。

"埋俺爹娘时,下着毛毛雨,俺姑姑抱着我。我身上裹两套白孝衣,一套穿给爹,一套穿给娘,我才出生两个月,还直不起小脑袋,眨巴着小眼睛到处看,一声也不哭。棺材下到墓坑时,孝子得有哭声,我还是不哭,姑姑掐了我一把,我咧咧嘴哼唧了一声,村人就说:'这闺女心硬,命更硬。'

"上小学一年级时,没人愿意跟我坐一个桌,说我身上有毒气,我就撵着他们跑,一直撵到厕所里,堵住门,上课铃响了也不放他们出来。家长和老师都找俺奶告状,俺奶奶当众扒了我的裤子,结结实实打我一顿,屁股打掉一层皮,沾俺奶奶一手心。从那起,我不肯再进学校门。一辈子只上了半年学,连自个儿的名字都不会写。除了认识'男女'两个字,就只认识钱。俺男人说,知道这两样就行了,懂得多了费脑子。"

闻兔嘻嘻笑,声音尖而细,她恢复了笑模样,我像卸下一块大石头,陡然间轻松了。

闻兔的语气越来越松缓,她说:"我在家里跟奶奶学做鞋,学绣花,就连织布、织毛衣我都会,可是村里人还是看不起我,大闺女出嫁,不让我送亲;娶媳妇进门,不让我迎亲;给亡人做'送老鞋',不叫我去绣花,宁愿找外村的一个笨女孩。说起绣花,我敢说十里八村的小闺女,没有一个能赶得上我。那几年,我一夜一夜地做噩梦,梦里很多的大嘴围着我转,嘴里冒出一股股的风,对着我的耳朵根子吹,还叽叽咕咕地叫,声音一个比一个大:'你父母不全,你命毒命硬。'醒来,我没哭,在梦里也没哭。我不声不响地扛起抓钩到西地,把二亩地的红薯都出完了,满手的大血泡,那年我十二岁。从那起,逢到村里办红白喜事,我都一个人扛着铁锨下地干活,跟地上的小花说话,学天上的小鸟唱歌。"

我又忍不住去抚摸闻兔的肩膀,隔着厚厚的棉衣,这肩膀仍是那么单薄和瘦弱。这不哭的女孩,心底该有多么的强硬。这次闻兔没有拒绝我的好意,她笑笑说:"我骂人很在行,三天不停嘴。"

我"啊"了一声,说:"讲讲。"

她一张嘴就止不住地笑,就像崩开了的棉桃子,笑够了,拍拍胸口说:"那年三月三赶庙会,人多得很,挤得走不动,两边的小摊一个挨一个。我被人推着走,一抬胳膊撞翻了一张小桌子,桌子上瓶瓶罐罐滚了一地,有的摔碎了,有的被人踩了。那摊主是个小伙子,气得要打我,他一把抓住我衣服领子,四只眼睛一对上,是地边搭地边的邻村人,从小都认识。他又一把把我甩开了,恶狠狠地说了一句话,这句话我一辈子也忘不了。他说:'今儿真他娘的倒霉!刚出摊就碰上你这个扫帚星。'我站在那儿愣了大半天,身子被来往的人撞来撞去。我把眼泪憋回去,转身走了,没说一句话。

"第二天,我来到那人的家门口,坐在门边的石碾上,提着他的名字骂。第一天把他家人骂出来了,第二天把他村里的人骂出来了,第三天把他给骂出来了。他和他妈把我送回家,劝了我大半夜。后来,那人不断地来俺家,大半夜地还不走,后来我就去他家,大半夜被他送回来。一年后,他把我这个'扫帚星'笛子喇叭地娶回家,三年给他生俩儿子。这俩孩儿个个记性好,读书像喝水……"

"啊!"我说,"我听明白了,闻兔,你硬是骂出来个老公,趁机把自个儿骂嫁人了。"

闻兔仰着脸哈哈笑,说:"俺男人说,我那三天三夜把他骂明白了,村子里的人也听明白了,咋想咋看俺都是一个好闺女,一顶花轿把俺娶走了。"

这样的结局让人兴奋,记录时,我右手微微地有些颤抖。我越写越感觉,这大字不识的闻兔其实就是一个天才作家,她给自己创造了一个耐人寻味的故事,无须虚构情节,不用编造结局。她沉默时的"软抗",她爆发时的"硬抗",对抗和改写了自己的宿命,这悲情孤女,给自己抗争出了一个喜乐人生。

闻兔说:"俺家仨男人都不让我来拾棉花,说四口人就我一个穿花衣裳的,走了家里没颜色了。俺男人来前还给我做工作,说:'我四个轱辘一转,给个乡长也不换。多跑两趟车,钱就赚回来了,你别去新疆受那洋罪了。'我说:'有钱不抓就是傻瓜,一年才一个棉花季子,我抓俩钱就比不抓强。钱多不扎手,给咱儿子攒起来。宽日子要按窄日子过,那日子才越过越宽哩。'"

我故意问:"闻兔,你是哪个大学毕业的,说话这么有水平?"

她一本正经地说:"俺家小儿子说了,我是'家里蹲'大学毕业的。"

我止不住地笑,说:"加里敦啊!那学校可不是一般人能进的。"

我把记录本塞进小包,站起来张皇着两眼,探照灯似的四处搜寻。很快,目标锁定。我把包迅速塞给闻兔说:"帮我看着。"就斜穿棉田,直奔西北角的乱草丛,脚步和神态在棉棵中有失稳重。有笑声粘上我的后背,不用回头,就能猜出她们追索我的目光,同那憨妹子没什么两样。

在膀胱仗义的隐忍中,乱草丛亲切地迎向我,我一头钻进它金黄色的庇护里,四周有说不出的通透。

回来时我脚步轻盈,手里一大把蓬松的芦苇花。那细秆上柔软的白绒花,被凉飕飕的小风,吹成一个个羽毛般的小旗子,不断飘飞细微的绒毛。从闻兔手里接过我的包,蹲在棉棵里,掏出记录本,把手中的芦苇插进外层的小兜,我的小包突然间长出了绒绒的翅膀,活像刚出壳的企鹅。

闻兔的手,从棉朵移到我头上,一点点小心地摘。我说:"我头上也长棉花了?"

她扑哧一声笑:"姐啊,瞧你这一头一身的毛毛刺,活像一只抱窝的老母鸡。"

怎又把我和老母鸡搭上了关系？我打心里想笑，一地的人却呱呱笑了，那笑声很有凝聚力，像平地起了一阵风。也许我跑向草丛时，她们就酝酿了一场笑，这笑点猛然被闻免引爆了。我在这横七竖八的笑声中懵懂着，站在那里，不安地打量身上的衣着。

因为担心早起太冷，我特意在羽绒服外面加了一件黑呢绒短大衣，刚刚钻了一趟杂草丛，没想到这些可爱的植物，待我竟然如此的热情，它们轻巧地把芦花的绒毛、苍耳的种子、茭茭草的碎叶沾上我的头发和衣服，就连袜子上也没有放过。两只苍耳小宝宝，金黄饱满的小身子布满尖细的小毛刺，小毛刺紧紧钩住袜子的丝线，它俩并排躺在我的脚面，像两只迷你的小刺猬。

闻免在一片说笑声中，一点点地帮我摘毛叶，我蹲在那儿，聚精会神地欣赏这两只苍耳种子，不知道该对它们怎么办，脚面被抓挠得刺刺的疼，我就伸出两个指头，忍受指头肚的刺痛，把这俩小家伙一一拿下，听得脚面细微的声响，我的黑丝袜破开两个小洞。两只苍耳的小种子，乖巧地躺在我的手心里，我把它们俩用柔软的眼镜布包上，放进我的眼镜盒，拍拍盖子说："你俩既然选择跟上我，那咱们一起回中原吧。河南丰润的黄土地，将是你们第二个家。"

闻免伸过来一只手，摊开手掌，一小把苍耳、芦花毛，她说："你把这些也带上吗？真不知道你们这些读书人的脑子里都想些啥。"

我说："嗨，闻免，还别说，你那个比喻真形象，说我什么来着？像一只抱窝老母鸡？"

她笑得指头捏不住棉花，抖抖地往下掉，我上前接住说："哎，打住打住，小心笑尿裤子。"她一屁股坐在地上，笑得五官错了位。

"玫瑰女"陈银行吆喝说："老乡啊，没想到你斯斯文文的也会说笑话,二妮姐的裤子都尿湿了。"

"指甲姐"付二妮抓一把土投向她,说:"你这疯妮子!咋知道我尿裤了? 恐怕你那裆里又开红花了吧?"

听得我心惊,警惕地找寻邓大哥和白路根,没找见这两个男人的大脑袋,明白他们把自己藏进了棉棵里,就小声地问:"哎哎,姐妹们,咋不见你们跑出去解手呢? 每天都是我和柳枝儿来回忙活,你们是属貔貅的吗,只进不出?"

棉田里又掀起一阵笑,"指甲姐"笑出了鸭叫声,说:"俺的娘啊,这回真尿裤子了。"

我说:"赶紧抓把棉花垫垫吧。"

她捂着肚子笑,说:"那可舍不得。"

闻免说:"这些天,俺们在背后没少议论你和柳枝儿,说,瞧这俩傻子,跑恁远去解手。"

我一愣,没想到在她们眼里,我也是个大傻子。

闻免向我做了象征性的小动作,说:"裤子一褪,就地一蹲,不就齐了? 就这么简单,你还呼呼哧哧跑过去。"

我说:"那……要逢上大事呢? 比如柳枝儿拉肚子……"

"玫瑰女"抢话说:"咦,那还不容易。折断一根棉花秆,就地刨个小土坑,往棉棵里一蹲,完事了一埋,省时省力又环保。"

"指甲姐"说:"在家千日好,出门一时难。能迁就的事就迁就吧,咱是来拾花挣钱哩,一天解手跑几趟,少拾几斤花,少挣几块钱,那累积下来就多了。"

我感叹:经验是从劳动中得来的。又感叹:这棉花秆的用处还真多,既能当筷子,还能刨茅坑。

"指甲姐"付二妮在热闹的说笑声中说:"今年来新疆这一趟,别管挣多少钱,别管手指头伤多重,俺还是觉得值。你看,大家伙儿一起干活多快活,说说笑笑好像回到了生产队。那时,全村老少都在一块地里干农活,手脚不停,嘴也不停。张家长李家短,你一句我一句,东扯葫芦西扯瓢,大伙儿乐得哈哈笑,干多重的活都不觉累。可是这几年,村里人少了,地也没人种了,到了晚上黑灯瞎火,连个串门说话的人都没有。人老了,不怕干活怕冷清,你瞧瞧,这热热闹闹跟唱大戏一样,有多好啊!"

手机铃声陡然响起来,我忙接听,一个清爽的男中音:"喂!阿慧老师吗? 我是六场刘明,你在哪儿呢?"

猛地想起了六场的老乡,三十连连长刘明,忙说:"刘连长好,我在张立老板的棉地里。"

刘连长说:"我知道那地方,一会儿派车去接你。团部的周口老乡想和你见个面,今晚大家吃顿饭。晚上见,阿慧老师。"

我握住手机站在那儿,仿佛有一小团火从手心蔓延到我心底。一时间,像是站在老家的棉田,地和人都亲近。

不大会儿开过来一辆小白车,尘烟散去,一个人在车门口向我招手。我背起小包,对"指甲姐"说:"大姐,我回一趟场部,麻烦你给张老板和老板娘说一声。"

"玫瑰女"说:"姐,你不回来了吗? 回咱老家吗?"

大家伙儿都站起来看着我,我笑笑说:"明天就回来,还没有跟你们待够呢!"

姐妹们说:"噢,那就好,快回来,少了你不热闹。"

司机小周接过我的包,说:"刘连长他们正开会,咱们直接回场部。"

路两旁的树木，枝叶明显稀疏了，天空显得愈发高远。只几天工夫，地上的黄叶又增厚了不少。它们在树下慵懒地翻滚着，似乎把裹带它的小风也染成了黄色。

途中的棉田，白棉花明显稀少了，棉地间的颜色有白有褐，看上去像是被人扫了一半积雪的广场。

小车在六场大楼前停下，小周司机把包递给我说："阿慧老师，你先上楼休息一下，晚一会儿我们来接你。"我说："辛苦你了小周，回见啊。"

进了楼，一股暖气扑过来，身子有种融化的感觉，腿和脚糖稀似的软。我拉着楼梯扶手，一步步地上了二楼，拐进了我的临时小屋。

摸出钥匙打开锁，屋里比楼梯更暖和。一眼看见我的蓝色拉杆箱，忍不住上前摸了摸，像是安慰这个被冷落的老伙计。

打开灯，屋内又暖又亮。三天前，我放下行李箱，匆忙去了张立老板处，这时才得以看清小屋里的陈设。这间屋，比四场筒子楼那间要小一半；只铺一个木制单人床，摆两张学生桌。一张放一台小电视，一张放两只暖水瓶。门边并排放着两只塑料盆、两个塑料桶。最重要的是，暖水瓶旁边还有一个电烧水壶，同四场的一样大小，这让我很是踏实和愉悦。

目前，我必须做的第一件事，就是烧水洗个热水澡，虽然和四场一样没条件，但我创造条件也要洗。提两只小塑料桶下了楼，身上和脚步都添了力气。路过一楼大办公室，我伸头看看，门开着，没有人，想起他们正开会，就轻轻地溜了过去。

尽头有个洗漱间,我仔细地看了看,希望能看成洗手间,解决夜里如厕的大问题。它的确是个洗漱间,但仍然没有厕所。能洗漱也成啊,我已相当的满足了,就接了两桶水,一手提一桶,硬着胳膊硬着腿,练起了少林提水功,一口气提上楼,坐在床边大喘气。插上电热壶,烧开三壶水,倒满两只暖水瓶。腾空一个小水桶,两只塑料盆都用上,先洗头,再擦澡,最后站在盆里从头浇。浇掉泥土污垢和异味,感觉身上轻了好几斤。

擦干净地板,打理好长发,换上干净衣服,正打算下楼洗衣服,电话响起来,刘连长说:"阿慧姐,下来吧,我们都在楼下等你。"

小白车旁站着三个人,刘明连长和张干事我都认识。刘明介绍说:"这是房明,二十八连指导员,老家在沈丘县刘庄店。"

我一听,大惊又大喜。房明上前说:"大姐,咱是一个县的老乡啊!"

"可不是嘛!我老家在沈丘县城东关,离刘庄店不足六十里,挺近的。"

我看看天,又看看刘明和房明,用老家话说了句:"我咋感觉这是在咱河南老家哩?"

几个人都哈哈笑。

一上车,刘明就对开车的张干事说:"咱们去总部,请阿慧姐姐吃大餐。"

我知道总部就是总场,初来时,我报到的地方就是总场,就赶忙说:"简单些,主要是老乡一起说说话。再说我是回民,咱们就近吃点清真拉面、拉条子就成啊。"

走着说着天色暗了,隔条水沟见总场大楼没灯光,再看看旁边住户也没亮灯,刘明说停电了,房明说去芳草湖。

小车拐上出城的大路,两柱车灯一打,宽阔的公路乌黑锃亮,像一条油润的石油带,西边的地平线仅剩一缕月牙白,一簇簇顶花的芦苇,一棵棵金色的榆树,被月牙白和车灯捕捉,是那种惊人夺魄的清美,清冷中溢出难言的高贵,孤寒里散发夺人的气韵。

我说:"美!新疆是一幅看不够、要人命的油画。"

房明说:"我们看得多了,只有凄凉、萧条和枯燥,但我们新疆荒凉而不贫瘠。"

我说:"咱们要去的地方叫芳草湖,驻地叫新湖,这里没水却有湖,很特别哦。"

张干事说:"新疆这地方,几千年前是海洋,是蓝色的瀚海,后来干枯了,就成了黄色的旱海了。"

房明说:"没水有湖,也是一种美好的期望啊!"

张干事开车也相当野,而且越开越野,也许是因为,他驾驶的是辆越野车吧,只听穿破空气的唰唰响,窗外的一切都无法辨清了。想起总部的司机老胡,开车也是出奇的快,坐在车里有种飞翔的感觉,同老家平原上的司机,不是一个节奏。私下想,是因为路好,平,宽,新,每一条大路都像是京广高速。是因为车少,路上很少遇见车,偶尔有几辆满载棉花的大车驶过,很长的一段时间视野空辽。是因为车好,无论是在场部停泊的,或在路上跑的,越野车居多,酷似一匹匹品质优良的野马。

面前高楼林立,灯火璀璨,小白车驶进城街,收敛洒脱的野性,踏着绅士的节奏,舒缓地走。我滑下窗玻璃,任由种种新奇迷人声音滑进来。刀郎的歌声,犹如一股大漠风沙迎面扑来,沙哑的嗓音,

有种原始的血色。正唱到最好处:

"凄厉的北风吹过,漫漫的黄沙掠过,我只有咬着冷冷的牙,报以两声长啸⋯⋯"

新疆民歌,载歌载舞的节奏,在缭绕的油烟中旋转别样的旋律。馋人的羊肉串香味,缠绕着新疆孜然调料独特的香气,这一对要命的天然"情侣",浑然天成的世间美味。我几近枯竭的嗅觉和味蕾,在这熟悉的香味中复活。在我居住的豫东小城,回族小街上终年不衰的羊肉串香气,弥漫和滋养我半生的日月。

我的脑袋被美声美味牵扯到车窗外,芳草湖一条小街两边,各色食品摆成一条诱人的湖,维吾尔族小花帽在河流中盛开,他们在烟雾缭绕的香气里各自忙活,手脚和表情契合音乐的节拍,有种不加掩饰的真实和生动。

我说:"下车,咱们吃新疆特色小吃。"

刘明说:"已经让朋友订好了一家清真饭店,大包间,环境不错的。"

我下车,指着路边一家清真小店说:"大包间不去,就这里了。"

戴白帽的老板把我们引进里面的小屋,五个人围着圆桌坐下,淡黄色茶水在白瓷茶碗里飘散着白烟。

房明说:"你来的那天我去总部了,第二天正开会,刘明发来一个短信,说咱周口老家来了一个作家大姐,现在在二十八连张立家。散会后,我俩就商量着给大姐你接风,谁知你小屋门锁住,几天没回来。"

刘明说:"是啊大姐,张书记每次到餐厅吃饭都问起你,说怎么不见阿慧老师来吃饭?还让我和张干事去找你。"

我说:"我真有福气,净遇见好人。"就把这几天和周口姐妹相处的事情,简单地说了一遍。

"因为大姐你是好人啊!"刘明望着我说。

正说着,菜来了,四菜一汤。只是这菜盘有点大,大得像托盘,把餐桌占得满满的。想起来新疆的第一晚,买社长招待我时,那餐盘和这一般大。

我惊讶:"菜盘这么大,一盘顶两盘,新疆人真实在。"

刘明拿起筷子说:"大姐,这馕包肉、烧野兔、煸炒鸡、炒羊肉,都是新疆回族特色菜,你尝尝看。"

我非常想尝尝,尝了一个盘子里的菜,就忍不住把那三盘都尝了。半个多月来,我连咸菜都没得吃了,睡梦里都想吃大餐。可是,面前的大餐我只尝了几口,就感觉吃饱了,胃口好像对这些美食认生了,不热情接纳似的。

我放下筷子喝茶水,见房明也放下了筷子,点燃一支烟。他长长地吐出一股烟,这才想起旁边的我,赶紧寻找烟灰缸。

我制止他说:"不要紧,你尽管抽,自家人。"也示意刘明他们抽,说:"咱们姐弟几个,今儿有缘坐一起,别拘束,像家人一样说说话。"

十九朵花　"兵团男"房明、刘明

房明,男,三十四岁,新湖农场六场二十八连指导员,祖籍河南周口沈丘县。

刘明,男,二十九岁,新湖农场六场三十连连长,祖籍河南周口淮阳县。

房明说:"看见大姐你,我就想起了沈丘刘庄店的家人,虽然爷爷奶奶都去世了,但叔叔大娘姑姑们都还在。至今,爷爷奶奶坟墓后边,还给我爸妈留着穴位,可是我父母永远回不到老家了。"

房明眼里晶亮的水色一闪,他连忙低头深吸一口烟。刘明也点着一支烟说:"房书记不在两年了。"

房明点点头,胳膊伏在桌边上,说:"我爸1972年来新疆,到2012年生病去世,整整四十年。他当时是为了跳出农村,没想到却在新疆兵团当了一辈子农民。这期间他只回过三次家,最后一次是送走我爷爷,爷爷临终前说:'我把俺儿舍给边疆了,拉也拉不回来了。'父亲去世前,安排我说:'你一定要替我回老家看看,给你爷爷奶奶上个坟,磕个头。'我记忆里从来没有爷奶,从出生就没有见过他二老,也因为路途太远交通不便,还因为我父亲工作太忙,没时间带我和妹妹回老家。

"去年春节前,我去坟地祭拜父亲,站在坟墓旁,想起父亲的话,心里像塞了一块大石头。回到家就收拾东西,开着小车上了路,导航仪直接指向河南沈丘刘庄店老家。一路上,我情绪饱满,像当兵时那样,去完成一项重大任务,一项特殊使命。夜间,我不停地开车行驶,一个人忍受劳累和孤独。走着走着,我感觉,我和车变成了一个大铁块,被前方的大磁铁强烈地吸引着走。真的大姐,那车在高速上自动向前滑行,那感觉就像在溜冰,真的很神奇。"

我却担心着他那时的安全,随后我知道,房明一路很顺利,很平安。

他说:"那是一次难忘的路途,是我一生中最难忘的除夕夜。我像一只小小的甲壳虫,在无人的高速上爬行,手机里春晚的歌声更增添了我的孤独。下了高速,导航仪提醒我:'下一站,沈丘县城。'我知道,脚下就是我父亲的家乡了,四十年前,我十六岁的父亲,从这个县城出发,到了人烟稀少的新疆大漠。高楼,车辆,灯光,行人多了起来,路上有人燃放鞭炮,噼里啪啦,追着我的车屁股响,有时,是我的车追着鞭炮跑,炮声和烟花就在车前爆炸。家乡的人们正在迎接春节的到来,顺便把归乡的我也给迎接了。

"天蒙蒙亮,人和车来到了刘庄店地界,二伯家的小儿子——我从未谋面的建立哥哥,闪着车灯在路口等,他除夕夜几乎没有睡觉,电话始终同我保持联系。我和建立哥下车拥抱在一起,感觉一样的心跳、一样的血脉奔流,兄弟俩同时泪流满面。

"刚到村口,一村人就把我迎上了,红红的鞭炮响了许久,村路像铺了一层红地毯。烟雾中,我双腿绵软地朝家走,几位老人上前抱住了我,一声声唤'明明,明明',那声音、腔调,跟父亲用河南话唤我时一模一样。

"在二伯家吃了一大碗饺子,这大年初一家乡的第一顿饭,是父亲多少年来的渴望和梦想。我每吃一个饺子,都在心里对父亲说:'爸,再吃一个。'捧着碗不敢抬头,怕眼泪掉下来。

"大娘铺好新被褥,说让我赶紧补补觉,毕竟开了一天一夜的车。我说,我要先去看望爷爷奶奶。掀开后备箱,取出我老婆准备好的烧纸和水果,还有一瓶伊犁大曲。一行人走出村子,走进田地,远远地看见,一大片绿莹莹的麦苗中间,突起几个土坟包。我的双腿突然变得很沉重,像绑了两个大沙袋。我一步步拖着自己走,几乎能听见自己的心跳。

"这几座圆尖的坟包,睡着我的高祖爷爷、曾祖爷爷,还有我爷爷,我知道我的根就在这里,我的血管流着他们的血,我在遥远的新疆延续着他们的生命。我跪在爷爷的坟边,按照老家的习俗,摆水果,点烟,烧纸,放鞭炮。我倒上两杯酒,想象着从未谋面的爷爷奶奶的容貌,我说:'爷爷奶奶,明明回来看你们了,我回来得太晚了,您老人家别怪罪,孙子给你们磕头了。'旁边的婶子大娘小声地哭泣,我端起酒杯说:'爷爷奶奶,我替爸妈敬你们一杯,他们俩没能在你们身边尽孝,请爷爷奶奶原谅。这第二杯酒,是我和媳妇孝敬你们的,爷爷奶奶请接受。明年,我带上媳妇儿女一起回来,一起过春节,一起给你们拜年。'这时,我建立哥哥领着一群小孩子,燃放起了烟花,咚咚咚,烟花在坟地上空炸开。二伯说:'咱家明明回来了,是老房家的大喜事,列祖列宗,俺大俺娘,咱都庆贺庆贺吧。'"

房明的眼睛红红的,我深深地体会他的感受,就像深深地懂得那片土地。我随着房明的讲述,仿佛跟随他回了一趟河南老家,那片温暖厚重的土地,孕育出一代代朴实厚道的人,犹如那永不停息的沙颍水,安静而平和。

刘明说:"我的父亲和房哥的父亲一样,都是当兵来新疆,只是我父亲要年轻几岁。这几年高铁和航运都发达了,我们父子轮流回淮阳,奶奶早几年去世了,老爷爷跟着我大伯住在龙湖边,龙湖可不是芳草湖,那湖水满满当当,我蹲在老房子的后边,那水就漾到房根脚,清凌凌的湖水,能看见小鲢鱼。"

刘明,这个二十六岁当连长的精壮汉子,谈起家乡来,声音和表情都是那么的灵动,就像一条小鲢鱼,在家乡龙湖里欢快地吐着水泡,一串接一串,在洒满阳光的水面上轻微地爆裂。

房明和刘明，两个年轻的兵团干部，他们的父亲都是献身边疆的老军人，老少两代军人，一样的志向，一样的乡愁。

刘明说："兵团老一辈这样说，'我为边疆献青春，献了青春献终身，献了终身献儿孙'。"

无意中，我注意到了房明的门牙，虽然已被香烟熏得灰黑，但总感觉还是有些异样。房明发现我在看他，赶忙闭上了嘴巴，把刘明笑得直拍桌子。

我说："是喝大酒磕掉的吧？"

刘明替他说："五年前，房哥用药拌棉种，不知不觉把两颗门牙腐蚀掉了。"他指了指房明的嘴巴说："那是后来补上的，假牙。"

张干事说："老婆一年多不愿跟他亲嘴，担心把他假牙亲掉了，咽进肚里不好找。"

几个人又是一阵笑，房明在桌下踢了张干事一脚。

刘明说："房哥的头发也被腐蚀掉了，光秃秃，花了不少的钱，去年才长出新的。"

我没笑，心底泛起无言的沉痛，看着他们年轻的笑脸，这笑容里蕴藏着多少苦涩、多少担当啊。

饭菜剩了不少，我说："打包带走，我这几天有饭吃了。"

张干事看了我一眼说："凉菜怎么吃？"

我说："没事，热热就行。"他就把剩菜提上了车。

返回的途中几乎不见车，那么宽的路，好像专门为我们这一辆车铺就的。张干事驾车任性地跑，我总感觉路途比来时远，估计该到了，但路前头还是路。

我问："咱们来时就这么远吗？"

刘明说："是的，从六场到芳草湖八十里地。"

来回夜行一百六十里，只为请我这个远道而来的老乡吃顿饭。我想，有比路程更深远的东西，那就是深远的土地根脉。

房明他们把我送到楼下，我交代张干事，回去路上开车慢一点。见他们上了车，我突然想起打包的菜，估计张干事感觉送我剩菜不合适，我也没好意思张口要，感觉那样更不合适。三个人从车窗里伸出手，我站在台阶上也朝他们挥手，只见两束黄白的光柱刺破浓黑的夜幕，越闪越远。

进了小屋，暖气不热不凉，脱掉羽绒袄，坐在床边，我还惦记那包菜，后悔刚才没有再鼓鼓勇气、张张嘴，把剩菜要回来，明天在食堂热热吃，还能解解馋。

自个儿偷笑一会儿，也暗自数落自个儿一通：你什么时候变得这么俗气、贫气、贪吃了呢？真让人脸红。

赶忙照镜子，镜子里一张青黄青黄的脸，一点也不红。

在床边坐了一会儿，把记录本放腿上，刚写了几行字，哪知身子不听话，软软地倒下了，像倒在一个棉花堆上。我四肢尽情地舒展，感觉身体一丝丝融化进棉团里，能听见骨骼细碎的咔咔声。我竭尽全力地发出羸弱的哼哼，我毫无分量地躺在那儿，眼前是一片雪白的棉田，密集的棉棵不知哪儿去了，白棉花铺满一整块田地，水纹般颤抖的雾气中，一群姐妹背着饱满的大棉包朝这边走，白雾绞成缕缕丝线，牵绊她们的脚步，她们的喘气声越来越重，呼——呼——呼——一声响过一声。走近了，我努力分辨一张张汗淋淋的脸，"酒窝姐""被拐女""耳环女""指甲姐"，还有"憨女子"。她们没看见躺在棉花堆上的我，也没听见我无助的呻吟，她们什么也不看，纷纷

大地的云朵

解开大棉包,朝我一股脑地倒棉花。那棉花真多啊,一包包倒不完,我被棉花埋住了,感到了胸口的憋闷和沉重。我听见自己急促的呼吸,呼呼、呼呼……

"啪"地一下,我在梦里打了个激灵,醒了。睁开眼,头顶一盏耀眼的小白灯。我从棉田回到了小屋,我穿着衣服仰面躺床上,右手还老实地放在胸部。记录本滑掉在地上,我翻身下床,弯腰捡本子,全身骨骼细微地响。我直起腰,大口地呼吸,这才感到一阵内急。

自从在四场有过深夜摸旱厕的骇人经历后,我不得不在饮食上苛待自己,晚饭坚持少吃,最好做到不吃。虽然是在拾棉工集聚地,我几乎是没吃饭菜,但我还是很小心,尽力做到不起夜,一觉睡到大天亮。但今晚是次例外,那么好的老乡,那么好的饭菜,虽然我筷子搛得不是那么勤,进肚的美食不是那么多,可是,我那贫瘠多日的肠胃,一时间还耐不了富贵,容不得荤腥。

披上厚衣冲下楼,什么都顾不上想,可是有时候不想也不行。楼下大门紧闭着,我上前一推,没推动,低头一看,上了一把大链锁。心里一紧,小腹一收,心跳加速,身上起了一层冷汗。怎么办呢? 发现旁边一小门,一晃,开了! 还算幸运,我正张嘴笑,一股寒风冲到嗓子眼,噎得我差点出不来气。冷风还想抱住我的腿,我利索地把它撇开了,它失望地贴住台阶打着旋儿。

大门前有盏灯,挂在高高的水泥杆上,头上戴个大碗似的灯罩。有限的光,以大门到花台为半圆,画着昏黄的圈,厕所在圈外。我冲出光圈外,走进小树林,沿着石子路,迎面站立墙头似的枯芦苇。我高举手机,让手电筒的光劈开芦苇丛,其实这茂密的苇丛,早已被如厕人的脚劈开了,被踩倒的苇子和草,走上去软软的。寒风送来一股异味，期盼中的厕所到了。厕所门前没有灯，或许是有灯，正好坏掉了。我站在黑乎乎的厕所门口，不敢朝里走，我能想象得到，这黑乎乎的旱厕里面，是一种怎样的状况，心理上生出的障碍，一时超出生理上的需要。我扶着墙干呕了一阵，脑袋呕得缺氧，眼珠子直往外鼓。

闭口气冲过去，马不停蹄地冲出来，踩过哗哗响的干芦苇，踩过高低不平的石子路，踩进路灯的黄圈里。我深深吸吮冰凉的空气，远望夜幕下模糊的村庄，近望二楼我那间小屋暖暖的灯光，听一两声梦呓般的狗叫，感觉这清冷的夜晚是如此的可爱。

睡梦中有人敲门，以为还是在梦中，就闭着眼，躺床上不动。门又响，当当当，我趿拉着鞋去开门，门口站着一个中年妇女。门外很亮，我眯着眼看她，像看一个剪影。她用生硬的普通话说："该吃早饭了，等你吃饭呢。"

我"哦"一声，赶紧把女师傅朝屋里让，她摆摆手下楼了。

饭堂就在楼后边，上次张干事交代过我，只是我一次都没去。我捧着小碗往后走，见两个人吃完饭走出来，我见他们很面生，就点点头走过去。一个领导模样的人回头说："是作家老师吧，快进去吃饭吧，马上就要关火了。"

我说："好的，谢谢领导。"

女师傅正在擦桌子，见我进来，赶紧过来打招呼。她领我到灶台前，从柜子里取出一口挂着吊牌的小炒锅，炒锅里一个新锅铲、一个新勺子，还有两只新碗、两双新筷子。

女师傅说："你来那天，我就去买了，这几天你一次也没用。"

她一字一句认真地说，眼神里满是真诚，我心头热浪一滚，上前

164　　　　　　　大地的云朵

接过锅,说:"谢谢你,师傅,让你费心了。"

她用新碗给我盛了大米粥,又打开蒸笼取出一个馍馍,说:"你先坐,这就好。"

我见她用自来水冲洗了锅,打开煤气灶,开始打鸡蛋,葵花油在锅里翻滚,鸡蛋在油里开花,大半碗炒鸡蛋在我面前喷香,这顿纯美、金贵的饭菜,让我吃饱了胃,吃湿了眼。

回到小屋,眼皮沉得张不开,睡意波浪似的涌上来。本打算去楼下洗衣服,可是胳膊软得端不动盆子。我就想:这人一吃饱,一住暖,就会全身生懒。考虑着小屋有暖气,温度高,洗的衣服可以尽快烘干,就忍住疲惫端起衣服盆下了楼。楼道静悄悄的,周末没人,值班领导估计这会儿在楼上。

拧开水龙头,把衣服放进洗手池,才知道什么叫雪山上流下来的雪水,真是凉得透骨,我被烫着似的一阵猛洗,慢慢地,双手竟然感觉不到凉了。回小屋把衣服挂起来,地上放上小盆小桶接水滴,叮叮咚咚的滴水声中,这才感到十个手指头跳着疼,像挨个儿被小猫咬了一口。

我用生硬的手记笔记,满纸的黑字变幻成满田的拾棉工,我知道他们还在杨老板地里忙活,可是一颗心总是无法安宁。刚离开一晚,我就开始想念他们,我把自个儿当成了拾棉工,他们把我当成了姐妹。

这时窗外的风怪叫几声,听上去像被人踩了尾巴的猫。我跪在床上将窗子推开一条缝,见风把天空吹成了浅灰色,天显得低了很多。一棵柳树不停地甩着头,看上去有些疯狂。一股冷风扫过窗前,撒下一把细小的沙粒,窗玻璃一阵细微地响。我赶紧关上窗子,心想,风是雨的头,还是雪的头,看来真要变天了。

手机嘟嘟响,一看有几条短信。买社长在短信里说:阿慧,你在哪儿?后天有雨雪,道路难走,你要早做打算。后面还有一条,是一周内的天气预报。我心里升腾起一股热浪。

看来是真的有雨雪了,如果被阻隔在这儿,一是进不了棉田,二是耽误了时间。我马上拨通了唐大的电话,让他联系那位老乡叔叔,我要在下雪前赶到他住处。唐大说,已经联系好,就等你去了,明天哪里见?我想,我是从五家渠来的,还回到五家渠吧,那里离昌吉市比较近,唐大也好找到我。就定下五家渠劳动宾馆见,电话联系,随打随接。

挂了唐大的电话,我又给小张科长汇报了行程,她回答得依然很干脆,说,明天下午来六场接我。

坐在床前,一时间疲劳散尽,睡意全无。一想到还没给老板娘月清嫂、"指甲姐"她们道别,就赶紧拨通张立老板的电话,正巧他在附近办事,说一会儿来场部接我。

坐上张老板的半截头车,见外面的风停了,路边的树木站得很端正。姐妹们还在棉田里苦干,我一边朝棉田里走,一边像来时一样高喊:"老乡们,我来了!"

闻免尖着嗓子说:"姐姐,你可回来了,我还以为你走了哩。"

我说:"我是打算明天走,这会儿来给大家伙儿道个别。"我话音刚落,旁边莫多多头一垂,蹲在了棉棵里。

我上前摸摸她的头,说:"再坚持几天就回家了,你妈妈等着戴你的金耳环呢。"

她站起来,眼睛湿湿地点点头。我解下脖子里的红丝巾,给她包头上。这孩子靠着我睡了几夜,梦里当过她两次妈妈,我从心底里疼惜她,就说:"回到家给我打电话,我带你去吃羊肉串。"

她笑了一声,猝不及防地打了一个鼻涕泡。

"指甲姐"说:"老乡,你这就回家啊!不跟俺一块儿走啊!"

我说:"我不回家,再去一个地方找咱周口老乡。"

"玫瑰女"说:"姐,你一说走,俺心里还怪舍不得哩,你一走就不热闹了。"

我说:"说实话我也舍不得你们,咱在老家几十年都没见过面,没想到在新疆大棉田里成了姐妹,还一个锅里耍勺子好几天。姐妹们,回家后咱们多联系,我还要上你们家串门呢!"

"憨女子"争着说:"上俺家!我给你做小鸡烙馍吃。俺家养了一群柴鸡子,你不吃它也会瘟死。"见大家都看她,就一拍手说,"瘟死了还不胜吃了哩,俺说得对吧?"

我赞赏地说:"对对!咱柳枝儿说得对!"

几个人开始哈哈笑,说这"憨女子"三句话就露出了憨样子。

张老板还在地头等我,我就催促大家说:"兄弟姐妹们,咱们合个影吧,我好拿着照片挨家去吃饭。"

一群人应着来到地头,他们纷纷整理衣服和笑容,一个个在我的镜头里微笑。天是灰的,远处的草木是黄的,棉朵是白的,拾棉工的笑脸葵花般灿烂。我连拍了几张,然后跑到队伍里,跟姐妹勾肩搭背,请张老板又拍了几张。

这时头顶几声鸟叫,一群人都往天上找,没找见,鸟叫声在远处又响了。邓大哥说这是大雁,这里快下雪了,大雁就连夜飞往南方了。

我坐上半截头车,见老乡们已经四散开去,那几个离棉垄远的姐妹几乎是小跑了,密集的棉棵不断绕绊她们的腿,精瘦的身子跟跟跄跄。她们要加紧干活了,要赶在雪来之前,连夜把雪一样的棉花捡回去。我心疼着,不舍着,遗憾着,姐妹们连分别的话都没有顾上跟我说,我事先准备好的滚烫的心情也没顾得上表达。照相时已经耽误了他们一阵子,地里的白棉朵大咧着嘴,已在前头等了他们一阵子,可是雪在天上等不了,它要急火火地扑下来,要和地上的棉花比比谁更白。张老板说,他们今天会干到很晚。

老板娘月清嫂早在大门口等我了,她说:"咋走这么急? 我还有很多故事没有讲呢。"

我就忍不住笑,说:"明年还来听你讲。"

掏出几本书送给她,一本是我自己的散文集《羊来羊去》,两本《读者文摘》杂志。月清嫂把手在身上擦了擦,双手接住了,欢喜得脸通红。她说,今年冬天住楼上她就有正经事干了,这几本书足够她念了。

我走进小土屋,取出枕头下的那双绣花鞋,把它规整地摆放在"绣花女"的被子上,心里说:谢谢哦鲜灵妹子,我哪有资格拥有这么一双金贵的鞋子呢。

走出来,见老板两口子正忙着装瓜子。张老板撑开食品袋,月清嫂端着簸箕朝里倒,食品袋和簸箕都呼啦啦地响。

月清嫂说:"炒了点瓜子你带上吃,自家种的,没打药。"

我一看,满满一袋子,五六斤的样子,就说:"那么多? 我少带点吧月清嫂,留下给咱老乡吃。"

她硬把袋子塞给我说:"你带着吧! 他们守着呢,想吃了随时炒。"

我就不再客气了。月清嫂转身到锅台,端一个塑料水瓢走过来,说:"这俩鸡蛋你带上,自家鸡子下的。这几天你也没吃好饭,俺心里怪不好受呢。"

我低头一看,红水瓢里两个鸡蛋,一个白皮,一个红皮,就说:"我猜你家有两只老母鸡,一只白的,一只黄的。"

月清嫂说:"你咋知道的?我养了一群鸡,就活了俩。"

我也不客气,一把抓过来,滑溜溜的烫手,看来刚出锅。

坐上张老板的半截头车,我朝月清嫂挥手告别,见她站在大门口,右胳膊习惯性地掩着嘴,看不出是哭还是笑。

我把新炒的葵花子抱在怀里,像抱着一只暖水袋,瓜子的热气不断溢出来,满怀暖暖的香。那两个鸡蛋在衣兜里相互碰撞,热热地贴上我的皮肤。

回到六场的小屋,我转来转去,一时不知道干些什么。后来发现什么也干不了,我的心像棉丝似的被抽得老长,挂上无边的棉田,系在拾棉工老乡的身上。天气要变了,我采访的路线要变了,他们的阵地没有变,但明年、后年、大后年,他们还有机会来这里拾棉花挣钱吗?他们的生活和命运,又将发生怎样的改变呢?

不得不想起,路上同张立老板聊天的话题,话题让我有种说不出的滋味。我们首先从棉花价格说起,这位 1960 年出生的老高中生,说话的腔调很像一个老乡长。

他说:"这几年种棉花不赚钱,国家收价低,一公斤只给六块钱,光拾棉工的劳务费就得支出两块钱(一公斤),再除去种子费、水费、地膜、灌带费等杂七杂八的支出,几乎不赚钱。2010 年前后,那几年可是好光景,一公斤棉花能卖到十二块钱,从地里抓上来就能换成钱。现在正好减少一半的收入。"

这跟我在四场八连了解的情况很接近,但我还是很惊奇棉花的差价那么大,说:"怎么会这样?"

张老板说:"据说这几年从外国进口棉花比较多,价格比咱自己种出来的还便宜。咱们棉花产量也没以前高了,可能地膜对土壤有影响。那都是公家的事,单说拾棉工,我从老家把老乡们召来,给他们买来回车票不说,还要领回家安排吃住,还要给他们买保险、出药钱。家里人劳累不说,最怕出事,那可就麻烦大了。说实在的,人工采棉确实好,杂质少,不破坏棉丝,能卖出好价格。纺织厂争着要,可是对国家有利,对种棉户没利啊。你想啊,机采棉一公斤才出五毛钱,是人工的四分之一,以后谁还用人工采棉啊!拾棉工慢慢地就被机械替代了。"

我想到从场领导那里了解到的情况,就说:"那采棉机可是个贵家伙,据说是从美国买来的,一台三百多万呢,能短时间普及吗?再说,这机器在几百上千亩的大块地可以顺利工作,那紧靠村庄和沟渠的小块地怎么采棉呢?不还需要人工吗?我想,若是用机械采棉,对棉花种植的要求会更高吧。"

张老板说:"没想到老乡你还挺内行,我种了那么多年棉花,这方面还没你想得深。估计团部很快要有方案出台,包括对棉花种植等各方面的要求。"

我在为棉花种植户高兴的同时,更多的忧伤则来自家乡的拾棉工。我想,时代前行的脚步谁也挡不住,而衍生出的诸多问题,只有在前行中逐渐解决。

"统统交给时间吧。"我听见自己说。

回到六场,时间容不得我多想,得赶紧收拾东西。我把照相机、录音笔,还有我那生命一般珍贵的记录本,小心地装进挎包里。这挎包白天背上,夜间枕上,一天到晚没离开过我的身体,好像一离开,我就空了。

昨晚洗的衣服,薄的已经干了,厚的还湿乎乎的,我一件件叠起来,塞进行李箱。从家里带来的一大包咸菜、牛肉肠被我一点点吃完了,正好腾出地方塞瓜子。瓜子已经不热了,透过塑料袋闻见一股焦香,还有一股烟火气,像我家老奶身上的味道。忍不住抓一把,蹲在地上嗑,一嗑两瓣,一嚼喷香,感叹这才是真正的葵花子,在老家白吃了几十年,白制造两颗"瓜子牙"。

一时吃得忘我,直到两腿发麻。扶着床边站起来,一看,两手乌黑,去盆边洗手,镜子里照见两片乌黑的大嘴唇。

从大嘴唇里很自然地吐出一句广告词,现编的,带着新鲜的瓜子味:"纯天然瓜子,纯铁锅出炉,纯手工炒作。看着黑,吃着香,月清嫂牌新疆葵花子。"

突然闪现月清嫂送我瓜子时的憨模样,她满脸烟灰,满手黢黑,把刚出锅的瓜子塞进我怀里,她的目光似乎比瓜子还烫人,我被她烫得一哆嗦。

她说:"明年还来哦!"

我说:"来!你也回咱河南哦,我去火车站接你。"

她说:"中!"说完,右手背抹拉一下眼睛,那里的黑烟灰又涂加了一层。

不知什么时候我眼角潮湿了,似乎有一种亲人刚刚相认又要别离的感觉。

想想二十天前，我来时的路上还是孤单的一个人，那时怎么也不会想到，这一路上会结识那么多真心的朋友。细想，在中原我工作的地方，几十年的相处和交往，没换来几位真心真意的真朋友。我无力辨别，从他们游刃有余的嘴巴里吐出的诸多莲花般妙语，哪一句才是真纯的；我无法辨识，他们隐匿在多层面具后的脸孔，哪一张才是真实的。我薄弱的肺叶，一天天吸吮不动那黏稠的雾霾。

我在离家千万里的小屋里，伸展双臂深深地呼吸，听见肋骨细碎的声响，还有肺泡生长的声音。

我感知着自己像水一样溢出的快活，我听见自己快活地说："该换个水了！"的确是的，用雪山上流淌的清凌凌的水，洗个大净，来完美这次兵团的采风，顺利开启下一段旅程。

下楼提水，上楼烧水，打开电热壶，一次次烧热，一壶壶倒入水桶。脚下踩着空水盆，水壶里蓄满温度相宜的水。高举水壶，让那轻灵的活水漫过肌肤和毛孔。

下午三点多钟，透过二楼窗口，我看见胡师傅的车缓缓地开到了楼下，小张科长一下车，就被六场的领导们迎上了。我赶忙离开窗口，背上小包，提上箱子准备下楼。这时，楼梯上一阵脚步声响，房明和刘明，还有张干事，三个小伙子一起上楼来接我了。临走前，我站在门口忍不住回头打量，这个小小的房间，曾温暖过我孤独的夜晚；那盏小小的灯泡，曾照亮我记录的文字。我刚刚把它清理了一遍，桌椅、桶盆都归置到初来时的样子，看上去，好像我从没有来过一样。可是，从此我的记忆和文字都有了这小屋的存在，就像在四场的住处一样，无法将它们抹去。

一楼办公室说笑声一片,我们一进去大家都安静了。张书记正和小张科长站着说话,一看见我就走过来说:"阿慧老师这就要走啊!这些天没见你回来吃住,我们照顾不周啊。"

我走上前说:"真心感谢您张书记!吃住行都安排得那么好,尤其是,您安排食堂特意买的新锅新碗新炊具,我心里很温暖。谢谢您!"

大家伙儿一起往外走,我挎上小张科长的胳膊说:"科长,你又为我跑一趟,场里的工作那么忙。"

她拍着我的手面说:"说啥呢阿慧老师!送你也是我的工作啊。"抬头亮着眼睛看着我说:"瞧你这手粗的,跟砂纸一样。"神色和音色中,都是一个贴心的妹妹了。

一群人走向轿车,胡师傅上前拉开车门。我摸摸挎包说:"张书记,张科长,咱们大家合张影吧!想你们了也可看看照片。"

大家在台阶上站成两排,我眯起一只眼连连按动快门,想把他们的笑容和友谊一起收拢了,留在相机里,藏在眼睛里。

打开车后备箱,刘明和房明两位老乡,在放我的行李箱时,也把另外两箱东西给放上了。我追过去一看,是两大箱干果,纸箱上印有鲜滴滴的水果图片,大枣、葡萄、核桃、无花果……都是名果品,都是新疆产。

我不能接受,我无法接受。来时我两手空空,只是走访了几个我该走访的人,走了几步我该走的路,竟然要承接那么多的深情,那么重的厚谊。

我红着脸努力拉出果品箱,房明、刘明按住说:"姐,这是我们哥儿俩的一点心意,带回咱老家让老人尝一尝。"

张书记他们纷纷劝我收下,那热切劲,就像待自家的亲戚。这使我一时恍惚,眼前不再是机关大院,而是亲戚家门口。我推托说,要去别的地方走访,还得一阵子不回家。他们仍坚持让我带上,说这干果坏不了,我走访时还可以当干粮吃。

只好收下,只得收下。

上了车,见大家伙儿不住地朝我摆手,我赶忙打开车窗,竟感知一股悠悠的暖流袭来,越来越暖。

这些熟悉和陌生的人啊。

车子缓缓驶出六分场,拐向一条水泥大道,转头望,办公楼静立在绿树间,五星红旗刺破阴云在空中猎猎作响。我瞪大眼睛,渴望能找见二楼的小窗口,车身一闪,连办公大楼也找不见了。

一旁的小张科长在热切地阐述着她的计划:"我看这样吧阿慧老师,今晚你先在总场住下,好好泡个澡,好好吃一顿,好好睡一觉,明早再好好地赶路,你看怎样?"

这的确是个好主意,这的确是我想要的。我多么多么想在瓷白的洗澡池里,舒舒坦坦地泡个热水澡,泡开二十多天来,被尘土、汗渍、油脂、日光和风层层糊裱的肌肤;让纠结成一团的长发,在氤氲的水面上青丝般漂散;让我酸痛、紧绷,几乎凝固的身体,在池水中舒展,犹如一朵陈年的干花,在热水中旋转着复活。

幻想的水雾散去,我对小张科长说:"不能啊妹妹,我已经和昌吉的一位作家联系好了,下午在五家渠劳动宾馆见面,他送我到另一个拾棉工据点。"

我指指窗外的天说:"你看这天阴下来了,雪一下路就难走了。"

我望着小张科长失望的面孔说:"姐还是走吧,妹妹的心意姐领了。"

小张科长与作者

　　小张妹妹垂下眼帘,长睫毛颤颤地说:"那好吧姐姐,就按你的计划走吧!"

　　说话间到了新湖农场总场大门口,胡师傅停住车,小张科长下了车,说:"那我就不送姐姐了,你自个儿要保重啊!"

　　她安排胡师傅说:"胡师傅辛苦一下,把阿慧老师送到五家渠。"

　　胡师傅答应一声说:"好的,放心吧。"

　　我看见小张科长渐渐消隐在人流中,就朝着她的背影说:从此,美华妹妹你就长在我心里了。

车子一开出场区,大路上行人骤减,路两旁新建的农场居民社区,楼房红黄相间,鳞次栉比。想起月清嫂曾说过,在田地里散居的种植户,将逐渐搬迁到城镇附近的楼房里居住,房价便宜,有水有电,集体供暖。尤其是在新疆寒冷而漫长的冬季,这温暖洁净的楼房,将是最舒适的住处。

窗外的色彩,在不经意间发生着改变,这跟来时的感觉不太一样。我说:"棉田像天色一样暗淡。"专注开车的胡师傅"嗯"了一声,看我的眼神有些疑惑。我笑着指指窗外,说:"你看胡师傅,白棉花快被摘光了,只剩下灰突突的棉棵子了。"

他说:"是的,第二茬花快摘完了,今年采收工作完成大半了。不过,还有一些晚开的棉花没有采完。"

果然,随着车子的游动,隐约看见远处一片片银白。

路边白杨树也少了颜色,那些动人的明黄暗绿,大都被风和时间褪去了。沟渠、土洼里的簌簌茅草,倒是焦枯得有些特色,是那种老辣的陈黄,犹如老拾棉工的肤色。

发现一片被砍倒的玉米秆,也许是被大型收割机连根旋倒的。无论怎样,我看见它们时,它们已经铺陈了一地。那么大的一片黄,二三百亩的架势。这段日子看惯了大棉田,这么大的玉米地,我还是第一次看见。突然瞅见了马,我示意胡师傅放慢车速,车子似一匹乖巧的黑马,在一渠之隔的路边停下。

这马,不是一匹,是很多匹,三五成群,棋子般撒得满地都是,我不知道从哪儿来的那么多的大马。在中原老家,从小到大,我见过的真马不过几匹。此时,有三匹马离我们很近,一匹枣红,一匹浅黑,一匹银白。我能看见马们长睫毛的大眼,还有油光闪亮的毛皮。我小心而细致地看马,打开相机偷拍它们。马不抬眼看我,见多识广的模样,它也许压根儿就不屑我的这些小动作。它们自顾啃嚼那半干犹甜的玉米秆,很气势地把躺倒的秆子叼得站起来。马嘴巴一错一磨地嚼,嚼得甘甜生香。

到达五家渠的时候,天阴沉得像块生铁。

胡师傅把后备箱里的东西卸下来,提进宾馆一楼大厅,这时天上响起一阵雷声。我催促胡师傅开车快走,因为在看马的时候,他接了一个总场的电话,让他去机场接一位领导。当时我还问了一句,是杨副政委回来了吗?他说不是,政委还要学习一段时间。

胡师傅从劳动宾馆接我去新湖农场,现在又把我安全送回了这里,这位军人出身的兵团老司机,尽职地完成了杨副政委交代的任务。

送他上车的当口,又闪过一个雷电。我说:"胡师傅谢谢你!这风里雨里的,你都把我护送过来了。"他憨厚地一笑,说:"这算个啥?以后需要我,打个电话就成了。"

雨雪还没下,我的眼睛却提前淋湿了。

眼见那辆黑色的小车,鱼一般滑入车流,尾部的红灯一闪一亮像两颗星星。

宾馆前台的服务员已经认得我了,她们热情地打招呼:"回来了老师,那边的工作结束啦?"我说是的,暂时告一段落,将要转到下一站。

下一站去哪儿呀?我一直没有问唐大,唐大也没跟我说,也许是电话里说不清楚吧,反正他一会儿就到了,见了面再说。

趁这个空当,我一个人走出宾馆,想再看看五家渠这个我出发的地方。对面那条南北大道,两边密集的杨树,树叶不再密集,我走过去,树叶抱上我的脚,一路焦躁地响。记得我初来那天,也是这样漫步,树叶还不是很老,它们栖息在高高的枝丫上,在风中做拍手状。没有想到那么多的树叶一起鼓掌,声音会如此震荡。

一辆满载棉花的大卡车唰地驶过,唰地又一辆,车厢里的白棉花挤成一团,疲沓沓的,远没有在棉田里精神。看样子它们是睡了一路,只有到了棉场,它们的白云梦才会苏醒。又一辆大卡车从我身边驰过,树叶们马上松开了我的脚,追着车轮使劲跑。

小雨就在这个时候下来了,雨丝细细柔柔,打在身上凉哇哇的,仿佛在空中冻了好久。

我跑回宾馆给唐大打电话,告诉他别来了,天快黑了,雨夜路难走,还是明天去吧。唐大在那头停顿了一下,然后说也好,他刚才在开会,没及时回信息。

我心里一放松,身子就乏了,软在沙发里不想动弹,还是支撑着起来办了入住手续,回头去提行李箱,手脖子软得像棉花。门卫大哥有点看不过去,他原本正在门后躲雨,这时他弯腰提起我那两箱干果上了楼,我跟在他身后,行李箱东磕西碰,沉得拽不动,活像装了一箱子大元宝。好在是二楼,拐角就到了。门卫大哥放下东西要走,我叫住他,从行李箱里取出炒瓜子,把大哥的衣兜装得满满的,他双手捂着口袋下了楼。

屋子里暖烘烘的,身子像是被融化,奶糖似的稀软。心中感念,饥饿时,有口饭吃就好;下雨时,有个藏头的地方就好,况且,这是一个整洁的有暖气的房间呢。

箱子里湿潮的衣服仍旧湿潮着，一件件晾起来，我这才从从容容、规规矩矩地洗了个大净。

窗外，一棵柳树发疯似的直甩脑袋，我趴在窗边看，雨把窗玻璃打得哗哗响。

好像刚睡着，散了架的骨头，正从四面八方往一处对接，身体麻麻扎扎的痛。迷迷糊糊听见手机响，一看是唐大，唐大在电话里声音很大，他说："姐，我马上到，你收拾一下咱们马上走，叔叔一家在等呢！"

我听明白了，利索地答应了。

又一次把苦命的湿衣服塞进箱子，马不停蹄地收拾刚铺开的战场。正提箱子走，唐大进来了，头发和肩膀雨点闪闪。顾不得多说，我说，走！

唐大的轿车前后亮着灯，雨在光柱里垂着银丝，看起来明显的小了。放好箱子，正要上车，发现副驾驶座上还有一个年轻漂亮的女人。唐大介绍说："我媳妇！"

"哦，是弟妹！"我亲热地隔窗和她握握手，说，"我手凉，别冰了你！这大冷的天儿弟妹怎么也跟来了呢？"

唐大媳妇笑容清甜，声音也柔，她说："我也想送送阿慧老师，就跟来了。"

我在后排坐稳，纠正唐大媳妇说："叫姐吧，别叫老师。听唐大说你也是回族，咱俩都是回民闺女，亲近着呢！"

她侧着身子跟我说："是的姐姐，咱们都是一家人。"

闻到哪里有饭菜的味道，混合着陈醋和芝麻油香，低头一看，旁边座下放一只小纸箱,纸箱里三袋食物系着口,那饭香还是没系住,源源不断往外溢。

唐大回头说:"姐,这是给你带的饭,米皮、拌面、炒拉条。这家清真店很有名,特别是米皮很好吃,我俩吃过了就给你捎些。"

我摸摸食品袋,感觉还热着,这么多天没见油星,今天只吃一顿饭,这会儿喉咙里好似长出了一只手,真想抓起来就吃。毕竟车上不是进餐的场合,何况车里还有个正害口的孕妇。还是缩回手,连喉咙里那只也缩回了,很矜持地坐直身子,对前头的夫妻说:"真没想到啊,你们俩考虑得那么周到! 到地方姐要好好吃一顿,买了这么多,连明天的饭都有了。"

说话间,车子已开出了宾馆大门,驶向昌吉市方向。天还没有完全黑下来,楼房、树木湿淋淋地站在路两边。雨下小了,风刮累了,我的心劲却大起来,小猴爬树似的噌噌往上蹿。我被前头无数个未知激动着,那些不可知的遇见,那些未相识却即将相识的命中人,那些鲜为人知却等我相知的好故事,一如今晚摸黑送我的这对夫妻,都让我陡生惊喜而又满心感念。

趁唐大给车加油的空当,我下车问孕妇:"妹妹,你感觉还好吧?要不你们先回家,我今晚住市里,咱明天再出发。"

她说:"没事的姐,我上班闷一天,跑跑还好些。"

唐大接话说:"放心吧姐,结实着呢。"

我知道,这初孕的三个月胎儿是不稳定的,是不能颠簸的,如有什么闪失,我怎么担得起责任呢? 这唐大也太过冒险了。唐大却孩子般地嬉笑着说:"下雪了!"

瞬时,天地间一片响,低头看,我兴奋得直想跳。比我更欢喜的是那些刚落地的小冰粒子,它们似一群赤裸的空降兵,擦过树枝,弹过车顶,跌落在硬地上,也不嫌疼,光亮着小身子,蹦跳出晶莹的快乐。

"出发!"唐大先生快乐地喊。

我们仨抖落身上的冰粒子,上车,出发。

我问唐大:"你那叔叔——我那老乡的家离这儿不远吧?"

他说:"不远,一百三十公里。"

"什么? 这也太远了吧! 多久才到啊?"我还真的蒙了。

"很快,来回四个多小时吧!"

"啊? 你们俩还要连夜赶回来?"

"是!"这回是男女声一起响起。这小两口还真是步调一致。

雪,就在这时候下来了。雪片白羽毛似的飞下来,有几片懵懵懂懂撞到车窗上,在那里趴上一会儿,就不见了。忍不住把手伸出去,让雪花落在我手心,接到凉凉的几朵,还没来得及细看,它就没影了。雪花们经不住我热腾腾的期待和爱,它们湿黏在我的掌纹里,也润湿了我的一片灼心。

这是我第一次在秋季见到雪,来新疆不足一个月,却仿佛经历了一年四季,眼下竟貌似冬天了。唐大说:"我们新疆一般从十一月到来年二三月份都有雪。那年我们四个学生在叔叔家拾棉花……"

三　大雪纷飞的长夜

二十朵花　"学生兵"唐大

唐大,男,本名唐新运,蒙古族,新疆奇台人,籍贯甘肃民勤县,1974 年 11 月出生。1993 年念高中时勤工俭学拾棉花,现为新疆知名散文家。

我没有中断唐大的讲述。国道上路广车稀,荧黄的车灯里,白雪诗意地飘飞,这般魅人的意境,这般美漫的长路,正适合某个故事的滋生或苏醒,况且,眼前这个讲故事的人,还是一位相当纯熟的作家呢。我下意识地摸出笔与本,摁开手机屏照明,如一个忠实的拾棉工,做好拾花前的准备。

唐大说:"那是 1993 年的秋季,差不多正是这个时候吧。那几年由于新疆棉花种植量越来越大,拾棉工相应的比较少。眼见得,棉花开得满地流,落在地上无人拾,政府只好号召全体中学生拾棉花勤工俭学。那年,我正在奇台二高上高三,正准备高考冲刺,还是冲到了棉花地,来到了玛纳斯县六户地。"

哦,我这才清楚要去的详细地点,是玛纳斯县六户地。唐作家

"学生兵"唐大

和我,两个极易陷入思维混乱的文人(至少我是混乱的吧)至此才步调一致。

　　我问:"你们奇台县没种棉花吗?要跑到别县去支援。"

　　"哪有。"他语速有些加快,"我们奇台盛产小麦和油菜,是全国粮食生产重点县。还种药材,西红花,新疆红花。我们那儿无霜期特别短,不适合种棉花。在去任叔家之前,我一次都不曾见过棉花。有些事情就那么奇怪。"

我也奇怪着："那么多学生,你们是怎么去的呢?"

他说:"学校包租的大轿子车。记得我们班是晚上九点多从学校出发,从奇台县到昌吉市二百四十五公里,从昌吉市到玛纳斯是一百公里,路途将近三百五十公里。那时的路很不好走,都是二级公路,坑坑洼洼,哪像现在这高速路,既宽阔又平坦。"

雪花前仆后继扑打着前挡风玻璃,唐大翘起下巴给它们打招呼,动作萌萌的。黑油的路面没存下积雪,像一面刚刚撤薪的鳌子,地表的温度未减。

"记得我们在车上摇摇晃晃一夜,一个男同学拉肚子,肚子疼得不得了,司机为了赶时间中途不停车。那夜,男同学的痛苦和尴尬,足够他幽暗一辈子。"

"说实话,"他瞥了一眼小媳妇,继续说,"我在那夜却生出诸多美好的情愫,我暗恋的一个女生,恰好坐在我旁边。在学校不敢跟她说话,在这里她离我这么近,近得让我有些小兴奋。"

听到这儿,我替唐大偷看一眼小媳妇,担心他一度沉浸的小兴奋,会带给媳妇不愉快。事实上是我俗气了,人家小媳妇非但没妒意,还欣赏似的抚了老公一下肩,反衬出我的小气了。

"在新疆,凡事都要往大处想。"我忠告自个儿这么一句话,并把它坚实地记录在本子上。

"我兴奋得一夜没睡稳,天亮时醒来,发现自个儿的脑袋正枕在她的胳膊上。哎呀,那感觉!我心里充满甜蜜的激荡。"

唐作家深情地品咂一阵子,看样子他真想作首诗。

"你是怎么被分到任叔叔家的呢?"我打断了他的诗性。

他很快又陷入回忆:"我们被集体拉到村公所,农户早在那儿等着了。老师让我们排好队，农户就上来挑人了。看到精明的、壮实的，就上前拉出来，那情景很像在市场上挑牲口，只是没掰开嘴巴看牙口。老师却让学生强弱搭配，男女均分。于是，我们两男两女，就来到了任叔叔家。"

"那个女生呢?"我问。

"她分到邻近的一个队里了，不太远。后来，我忍不住跑过去看她，趁下雨天休息时去的。第二年我考上大学走了，她上了一所职业大学。几年后再见面时，她已随丈夫在深圳安家了，我也在工作上小有成就。她当时看我的眼神，是一种按捺不住的自得和炫耀。那一刻，我很失望。她已完全丧失了当年在棉田里的纯净和美好。"

"不讲她了!"他似乎吐出一口长气。

我提示他说:"那你就讲拾棉花吧。"

"我们四个人被一辆拖拉机拉到任二超家，听他们都讲河南话，才知道他们是河南周口人。任叔叔和我爸年龄差不多，我就叫他叔叔，叫他爱人阿姨。吃了阿姨做的早饭，我们就下地干活了，几乎一刻也没停。这是我第一次见到棉花，满田满眼都是白棉花，开成小碗大，有的开过头，直接躺落在地上，等着我把它们拾起来。在这之前，我不知道为啥不叫'揪棉花'。我在奇台家里，每年都下地揪红花，它和棉花一样开在枝头上，可是红花更难揪，叶子上有刺。这里的棉朵大都开熟了，手指一碰就掉了，我这才明白河南任叔叔为啥叫'拾棉花'，有的地方叫'摘'和'采'，细咂摸，还是'拾'最确切。"

我说:"对! 我们河南拾棉工姐妹，称拾棉花为'拾钱'哩，更简单直白。你那时每天能拾多少钱?"

"当时学校有规定，每人每天要拾到五十斤，每公斤给五毛钱。

我每天都超额完成任务。第一天最难熬，上午大太阳一晒，再加上一夜没休息，困乏阵阵袭来，看见棉棵下的一小片阴凉，就想倒地就睡。阿姨将午饭挑到地里，她身体瘦弱，挑两只大铁桶摇摇晃晃。她小心地拣着空地走，生怕碰落任何一朵白棉花，真没见过如此珍爱棉花的人，就像珍爱自家的孩子一样。"

"是啊！河南本是粮食大省，大多数人都是农民出身。他们爱土地，爱庄稼，如爱生命。"我说。

"任叔叔和阿姨待我们如自家孩子，晚上，早早地就把我们的床铺整好了。我们四个学生住一间屋，中间隔着一面布帘，另有四五个招来的女工住旁边的大屋。阿姨四五点就做好了早饭，我们吃饱出门时，看家的白狗还在睡觉。但少年不知愁滋味，当时正流行《小芳》的歌曲，我们在棉田大声地唱，感觉真有点知青的味道了，连我写的诗都豪迈了不少。任叔叔是老三届高中生，也有着文学情怀，当他听说我在1992年发表过一首诗歌，得过二十元稿费，他就更加欣赏我。"

他偏过头来说："你知道的，阿慧姐，我天生直爽，不客套、不虚假，还闲不住，爱干活，烧火做饭我也会，常到厨房帮阿姨。半个月过去，我们拾棉花劳动结束了，分别那天，叔叔阿姨含泪相送，舍不得我们走，期待我们还回来。那天，我落了不少眼泪。回家后不久，我接到任叔的一封长信，他说很想念我们，希望我们常联系，我就回了他一封长信，从此通信十年没有间断，叔叔阿姨把我当成自己的儿子。我在第二年考上大学，毕业后当过教师，不久又到政府上班，而后调到昌吉州教育局工作。那时阿姨专程来看我，我和你这妹妹结婚前，老两口背着新被褥来了，那棉花是他们一朵朵精心挑选出来的,然后打成被褥,套好被套给我们送来。呀,那感情真是跟自家父母一样啊!"

四周幽静,只听得车轮碾过黏稠的地面,雪花仿佛偷听了唐大的故事,迷醉得飘飘忽忽。

谁会想到,一场学生拾棉花活动,会绵延成二十多年的父子情缘,一个蒙古族少年,一个汉族老汉,在一起就是一家人。我说:"我更加想见这家人了。"

这时,车子一拐下了高速,很快到了一个小镇。灯火把夜空照得很亮,雪花像长了淡黄色的翅膀,绕着路灯慢条斯理地飞。唐大把车停在一条小街边,掏出手机给人打了个电话。我心想,一定是到了,就推开车门,做好下车的准备。从街口跑过来一个人,身影和步伐相当利索。等他走近了,唐大介绍说:"这是阿慧老师!"

那人边给我握手,边哈着热气说:"我认识阿慧老师!"

他自我介绍说:"我是张军民。"

哦!想起来了,一个多月前,在昌吉市举办的首届《回族文学》颁奖会上,他和我都获得了散文奖。

唐大说:"我记不清路了,你来当向导吧。"

车子出了小镇,一头钻进夜幕中,车灯的光柱里,沙石小路越来越窄,车轮裹带的小石子,把车身打得噼啪响。唐大不断接到任叔叔的电话,说是已经派人在镇口路标下接了。终于看见两道车灯的白光,把细雪映照得萤火虫般翻飞。

有人欢喜地迎上前,说是任二超的二儿子。这时,我不经意间看见,路边蓝色指示牌上写着:新湖农场、玛纳斯、六户地。什么,新湖农场离玛纳斯这么近,中间只隔四十三公里?沿兵团公路只用一个多小时？妈呀！一小时的路程，我却走了半天又半夜。如若事先和唐大沟通清楚，直接让胡师傅送我到玛纳斯，怎么会让他们三人陪我走那么久？还是雪夜，还有孕妇。我的心像掉进了蒺藜窝，刺扎得难受。

事后，唐大却用另一种表达来宽慰我的心。他说，是我让他找回了二十年前的青春和热情，还有爱情和亲情。

两辆车七扭八拐，穿过一段幽谧的树林，闪过一片蒙雪的棉田，终于在一座大门前停住了。车灯照见两张欢喜的面孔，我知道，这就是唐大提到的任二超夫妻，我的周口老乡。

一群人说笑着走进屋，屋里暖和和的，活像刚掀开笼屉的蒸馍锅，流动着若有若无的白气。我一进来，眼镜片上立马蒙了一层雾，适应了一会儿才散去。客厅亮堂堂，我们被主人让到了沙发上。我有意挪到边角，想让他们多年不见的老少好好地畅聊。

任叔叔站在我们对面，怀里抱着三岁的小孙女，他比我想象的要年轻结实些。七十岁左右，平头，灰发，方脸，高个儿，身板直溜，穿深蓝色毛衣、迷彩裤子，看不出是个老农，很像一名退伍老兵。他眼光不离干儿子唐大，两个人的谈话不离工作和棉花。

阿姨正拉着唐大媳妇的手说话，说怀孩子、生孩子，话题没有离开过孩子，还不忘扭头笑着招呼我。阿姨着粉红毛衣、浅灰裤子，仍是唐大描述的那样清瘦，但透着清爽、精干。她声音细柔，表情丰富，一看就是个和善人。

接着，唐大向两位老人和二儿子夫妻介绍了我，说明我来这儿的任务和目的。看得出，他们已经从唐大那里了解过了，因此也没看我的介绍信。

我想让唐大他们三人留下住,来时耗费了仨小时,这会儿夜深、雪多、路滑,估摸着要走四个小时,到家最快也得凌晨两三点。但是他们三人同声都说"回",我只好又催他们走。一群人送到大门口,地上积雪已有铜钱厚,踩上去绵绵的。唐大把后备箱里的干果卸下来,又把他买给二老的酒和牛奶拎下车。

三个人上了车,一把方向上了路,尾光在小树林处一甩就不见了,如潜入深水的一条大黑鱼。

躺在二老为我安置好的大木床上,伸展困乏的身子,却长时间不能入睡。因为没有收到唐大平安到家的信息,还因为难忍的饥饿。唐大把精心买给我的三兜饭食,又原封不动地带走了。想起上次遗忘在老乡刘明车上的饭菜,我的肠胃发出一阵阵思念的尖叫。

爬起来去翻行李箱,竟翻出两个压扁壳的煮鸡蛋。我得意地笑出声,蹲在地上一阵狼吞虎咽,差点连皮都不剩地吃下了,噎得我直翻白眼。我赶紧站起来,两手放头顶,摆了一会儿鬼子投降的姿势,缓缓地吸气,鸡蛋终于顺着食道秃噜下去了。

我心说:奶奶啊,你小时候教我的方法真管用。

手机"嘟"了一声,拿起一看,是唐大的短信:已平安到家。

我一下子倒在床上,一猛子睡到大天亮。

隔着窗玻璃我就闻到了雪的气息,翻身坐起,老木床吱呀有声。撩开后窗淡青色布帘,我和窗外的景物面对面亲近。热脸一贴近玻璃,就感到一股寒人的清冷,连嘴唇都有些发麻。天和地全白了,眼前一片白亮。我看见了雪,昨夜伴随我们一路的雪花,今早已在荒野间凝固。它们安静地伏在窗下的蔬菜上、近处的蒿草上,还有远处的棉田上,像一顶大得无边的绒绒的白草帽。

第三章　朵朵棉花遍地开

我悄悄地走出里屋，又穿过一间狭长的大屋，就到了客厅。屋里没有动静，我以为任叔叔他们还没起床，就轻轻地拉开玻璃风门，风门外面还有两扇木门。一脚迈出门槛，一股寒气欢腾着扑过来拥抱我，我被这不由分说的热情惊住了，猛吞一口凉气，白烟徐徐吐出，我站在雪地打了一个淋漓的寒战。这些日子，见识了新疆棉田阳光的毒热，今天，又有幸结识了雪天的酷寒。

　　想着，现在太阳肯定仍在周口老家上空豪迈地照耀着，树木和人，房屋和狗，也一定正陷在它的暖光里，舒适得直痒痒。

　　站在任家的大院里，我放任着自己的视野，把目光伸得老长，只有这样，我才能够得着前头的物象。看清了，这其实不算是一个规整严密的大院。东面，临靠大路砌一堵高墙，主人把大门开在路边，昨夜，我们就是从东门进入院子的。北面，盖一座八间红砖白墙大平房，靠西山墙，接盖两间土坯耳房。西面，一排四间土坯平房。南面，无墙无房，视野无遮拦地开放。透过白雪的覆顶，我看见，东南角有一间很大的水泥房，旁边耸立一座灰白的水塔。近水的地方树丛长势很旺，光溜溜的枝条争着向上。芦苇和杂草，枯枝败叶中夹杂着碎雪，一堆堆，一片片，野气十足，杂乱无章。面前的菜地却是沟沟垄垄、齐齐整整，白菜、萝卜、番茄、大葱，个个顶着层薄雪，白菜更白，青葱不青。

　　这院子大得没边，靠正房窗下停靠一辆绿色拖拉机，车轮子几乎高过我的头。后边拖挂一个大车斗，铁丝襻成细网状，车顶蒙罩一张帆布篷，一层积雪泛着白。车斗里，大半车棉花从细网中探出白脑袋。

　　放眼望去，除了东面有两家住户外，其余三面都很空旷，感觉就像住在荒野上。也许这里原本荒凉,是任叔叔他们就地开荒,种植了庄稼,也把自己和家种植在这里了。

脚下的积雪被踩得稀碎,脚印杂乱,有些脚印被实实地冻上了,像一个个玻璃做的鞋底子,从西土屋一直伸延到东大门。目光黏上那一排小土屋,我猜测,任家招来的拾棉工一定就住在那里。小土屋的四个门,都垂挂着深绿色棉帘,有一个没挂,黑漆漆的,如抽烟老人黝黑的口,屋顶还冒着白烟,一副烟瘾很大的样子。

"咋站在雪地呀闺女,快进来!"

阿姨出现在黑洞口,她系着花围裙,两手沾着白面粉,看上去像戴了两只白手套。我小跑过去,凝结的冰雪,在脚下一路嘎嘎响。

一进屋,眼镜片又忽地蒙了一层雾。待上一会儿,清亮了,面前呈现两台连体大地锅,几乎占据一间屋,像两个敦实的大狮子。一口大铁锅,能容下仨小孩洗澡。灶膛里的火红红的,半锅水正唱歌,一屋子白茫茫的。

我赶紧把身子移到锅灶旁,伸出双手放灶洞上烤。刚在院里站了一小会儿,寒气快把我身上的热气吸没了。

阿姨正在里间和面,已经和好了三大盆,手里的一团堆放在案板上。那案板大得像张床,阿姨撸起毛衣袖子揉面团,她的胳膊细得像擀面杖,但她揉面时的劲头,可不像一个七十多岁的老婆婆。我担心她累着,她说:"从1975年俺家种棉花起,我就给帮工的人做饭吃,这一做就是三十多年。"

"习惯了,也不觉得累。"她说。

"咱今年请了多少人?"我问。

"二十五个吧,汤面条得下三大锅,咱老家人爱吃面。四川人爱吃大米饭,大前年接来五个四川人,他们吃饭少,干活也绵软,可比不上咱河南人。"阿姨说,"一天要蒸两笼屉馍馍,二儿媳妇帮我做。"

我问:"家里那么静,人呢?"

阿姨知道我问的是拾棉工,就说:"下地了。"

想起院里雪地上的杂乱脚印,我突地瞪大眼珠子:"拾棉花去了?这雪天吗?"

中午,阿姨把大锅里的面条舀进大桶里,滚烫的两桶,又装了一布袋热馍,而后,递过来一个鼓鼓的食品袋,对她二儿子说:"二娃子,送饭去吧。"路边一辆半截头汽车轰鸣着。

我赶紧跑进屋,带上相机和记录本跑出来说:"带上我。"

阿姨说:"你也下地吗?冷得受不住。"

说着,她回屋拿了一件军大衣披在我身上。我爬上车时,阿姨一把揪下她头上的黑线帽,说戴上吧。一股冷风,把阿姨的灰白短发吹得直竖起来。

毛线帽有股暖烘烘的脑油味,这气味好熟悉,想起我奶我妈身上也有这股味,心里呼地热起来,鼻子直泛酸。

棉花地离村子不太远,听得车轮下一阵冰雪的咔嚓声,棉田就在眼前了。我张着双眼找寻,就像在八连九连的棉田,找寻我的周口老乡一样,眼里心里都是热切,都是欣喜,也饱含酸楚。

棉花棵子像从雪里长出来的,且开出带雪的白花。近处,已被拾棉工摘过的棉花,空棉壳又被白雪虚虚地填满,远处的棉花显得更白。一群拾棉工在白色里小心地蠕动,他们好似怀抱白雪,怀抱那落满白雪的白棉朵。

　　　　　　大地的云朵

二娃子把车开进地里,棉棵上的雪被撞得飞起来,像又下了一场雪。车在接近拾棉工的地方停下来,这时刮来一阵风,把我身上军大衣的毛领,刮成老鹰翅膀的模样。我趁着北风亮开了周口腔:"老乡,吃饭啦——"

风让老乡们很快有了回应,沉重的身影离我越来越近。

棉田里没有遮拦,只能拿车挡风。拾棉工们挤在车旁吃饭,这才看清都是女人。她们掏出自带的碗筷,一双双红紫的手哆嗦个不停。有人几乎拿不住碗筷,干裂的嘴唇几次挨不到碗边。碗里的面条沤成了面糊,这倒省劲,不用筷子,双手捧着喝,呼噜,深深长长的一口,嘴巴不离碗边,一口气喝完,又盛满一碗,这才缓了节奏,嘴里有了热气。我想凑上前和姐妹们说点什么,见她们躲着风,也躲着我,都没有搭理我的意思,我就踌躇着站下了,把脚下的薄雪暖出泥水。

发现两个女子没有盛饭吃,看样子是忘记带碗筷,挤在车尾双手抱着馍馍吃,拿鸭蛋朝车厢磕,咔咔咔,脸色同鸭蛋皮一样青。想起阿姨递给二娃子的食品袋,看来这两个人的口粮是另备的。

我向二娃子要了两个馍,吃一个,揣进怀里暖一个,这是我在八连、九连时的经验。姐妹们匆匆吃过午饭,匆匆地走开,走向她们的棉花包,背影和脚步有了些许热气。

二娃子收了桶,发动了车,我朝他摇摇手,说不走了,快走几步去追拾棉工,他的眼睛瞪成一对小铜铃。

寒风从背后推着我走,冻僵了的棉花棵子,硬棒似的敲打我的膝盖。庆幸有厚重棉大衣的庇护,这浅绿色的温暖,有股母爱的味道。

姐妹们的身上五颜六色,看得出,她们是把能穿的都穿身上了,能戴的都戴头上了,还要披上一挂破毯子、一块旧被单,雪地里像飘着万国旗。

　　面前这姐妹,戴一顶破旧"雷锋帽",帽耳朵紧紧护着她的俩耳朵。我裹着军大衣朝她跟前一站,看上去活像两个女军人。我赶忙凑上去套近乎,说:"这妹妹看上去像个女军人。"

　　她撩起眉毛看着我,眼神像是上了冻,睫毛上挂着两粒霜,她在黑口罩下嘟囔说:"俺要是军人就不受这洋罪了。"哈气在口罩外凝成了一层白霜,乍一看,像是鼻子嘴巴长了一圈毛。

　　我趁机说:"那就赶紧回去吧,等天晴了再来拾。"

　　她用眼缝夹了我一下,说:"天晴了,雪化了,人还能进棉地吗?"隔着口罩吸溜一下鼻子,又说:"不能进地咋拾棉花?不拾棉花来这儿弄啥!"

　　几句话像几个雪蛋子,砸得我又冷又疼。

　　我赶忙卷起大衣袖子,蹲在棉棵里拾棉花。伸手去抓,一抓心里一激灵,棉朵上卧着雪,雪伸着凉舌头舔我指头肚,还生生地咬手心。我急慌慌地把带雪的棉花塞给"军帽女",她腰间系个布袋子,半袋棉花鼓囊囊。我慌张中没塞进,一大团棉花掉下来,哩哩啦啦一大溜,有的挂上棉棵子,有的散落雪地上。

　　我惊慌地去捡拾,一抬头,见"军帽女"手里正抡起一根木棍子。我料定这妹妹的脾气不太好,大冷天儿,谁的脾气都不会好。再说了,我在这儿给她添麻烦,弄不好真要挨上一棍子。眼见得她把木棍举起来,掠过我头顶,却轻轻地落在了棉棵上。她从棉棵的根部小心地敲,震落棉朵和枝杈上的雪。碎雪飞溅,有几粒飞上了我的睫毛。"军帽女"在黑口罩下面偷着笑,睫毛上的白霜乱颤颤。

二十一朵花 "军帽女"苏杰

苏杰,女,三十五岁。生育两个女孩。大女儿十二岁,念小学六年级;小女儿八岁,念小学三年级。丈夫在上海某船厂做喷漆工。

她见我半蹲着往本子上写字,手指头冻得捏不住笔,就说:"当作家也不容易啊,比俺强不到哪儿去。"

我拽起衣领挡住风,问:"你咋知道我是作家?"

"昨晚上老板娘说,把床铺整干净啊,作家来了要照相哩! 大家慌忙整屋子、叠被子,等了半天你没来。"

"昨天太晚了,担心打扰姐妹们,今晚咱们好好聊。"我歉疚地说,"这冷天,我没有麻烦到你吧?"

"军帽女"苏杰说:"就这天儿,啥也不干也是个冷,还不如说说笑笑暖和些。"

原来"军帽女"面冷心不冷,我热乎乎地接上她的话题聊。

她说:"小孩她爸去上海打工五六年了,技术活,往船身上喷油漆,一个月四千多,一家人全指靠他这俩钱过日子。我没进门时公公婆婆都没了,俩闺女都是我自个儿带大的,没上学时,一天也没离开过我的眼。嘿,不想要女孩,还光会生女孩。"

我问:"怎么,你家先生重男轻女?"

她摇摇头说:"也不是,他对俩闺女可宝贝了。俩丫头长得也好看,仿俺两口子的优点,高鼻大眼,活像两个外国人,走到哪儿都有人夸。"

她低下脑袋看着棉朵子,嘟嘟囔囔地说:"是我不想生闺女。"

哦! 这是我没有想到的。

我一笑,说:"你也是从小女孩长大的,哪有自己不喜欢自己的?"

她说:"女孩没担待,不好养。"

她说的"没担待",是承担不了责任的意思。我也生养了一个女儿,自然明白眼前这个母亲的担忧。

"怀俺大闺女那阵子,我天天烧香祷告,可别让我生女孩,别让我生女孩。老天爷啊,一生一个闺女,一生又一个闺女。"听得出,"军帽女"苏杰的声音变了调。

我似乎感觉出她心里的紧张,就问:"你好像在害怕,怕女儿长大受欺负? 你小时候被人欺负过?"

她紧张地看看四周,说:"我见过别的女娃受欺负。嗨,不敢提。"

我不说话,仰着脸等她提。她说:"你可别跟别人说,这事我连俺男人都没说。"

我被她弄得怪紧张,站起来表示,我连俺男人也不说。她却蹲下了,让棉棵遮住半边脸。我跟着蹲下来,把脑壳挤过去,听见她说:"我那年才五岁,还没上学哩。七八月份,村里的大人都下地给玉米、豆子浇水了,那年夏天一滴雨也没下。那天上午,我追着一群大孩子玩,跑着跑着,还剩下我一个人。路过俺四爷家门口,听见屋里有小孩哭得很厉害,想着俺婶子也下地了,刚俩月的小妹没人看,我跑过去想抱抱她。哪想到就看见……看见……俺四爷……站在床边上,大腰裤子秃噜到地面上……婴孩的两只小手乱抓摸,哭得没人腔,小人儿浑身乱哆嗦……"

"军帽女"苏杰,蹲在地上直哆嗦,睫毛上的霜粒子,被眼眶里的液体泡化了。

"我一路跑回家,捂着肚子蹲在墙角里,天黑了才被俺娘拉出来。我几天不说话、不吃饭,一吃就反胃。"

"这事没跟你娘说?"我上牙紧咬下嘴唇,喷出的鼻息,快把棉朵上的积雪融化了。

"这世上怎会有这种事!"我呼地站起来骂,"这老畜生!那可是你亲孙女啊!她才……"

苏杰抖着嗓音说:"这阴影,影响了我几十年。你说,俩月大的小婴儿有啥错?错就错在她生来是女孩!你不知道姐,我从那儿开始不愿见老头,看见就想哕,浑身打冷战。还害怕生女孩,生了更害怕。俺这俩闺女,我天天不离手。她们小时候我谁也不让抱,一手揽孩子,一手干着活。上下学我骑着三轮车去接送,再忙也不缺。你不知道作家姐,俺村里年轻女人差不多走光了,两口子怪利落,一个孩子也不带。一走就是一年多,有的几年还不回家哩。把闺女孬好攕给一个人,有的塞给她爷奶,有的丢到亲戚家。老天爷,也不知道咋恁放心!俗话说:人心隔肚皮,虎心隔毛尾(yǐ)。谁能知道谁啥心?就说那混蛋四爷……不遇见事怪好,要是这小闺女有个啥闪失,她这辈子该咋活?这当娘的会安生?看着眼下她挣下几个钱,那闺女心里的伤是钱能治好哩?"

我明白她说的是农村留守女童的问题。据我所知,妇联和学校早已关注这个问题,但它仍然是个问题。

"军帽女"一把把口罩抓下来,一股白气散开去。这苏杰五官整合得相当美,难怪她说女儿们很漂亮。

我忍不住问:"妹妹,你来新疆拾棉花,俩女孩在家你放心?"

她说:"不是想趁这两个月的棉花季子挣俩钱嘛,不能光靠俺男人啊,他那喷漆活有污染,怕时间长了坏了肺。想换个工作吧,又没有啥工作可换。我在出门前,把俺娘家妈接到家里住,让她专门做饭、陪孩子。俺娘比我还心细,一辈子养俺姊妹仨,一点差错也没出。"

我说:"妹妹,你是不是过于紧张了?咱不能看管孩子一辈子。我觉得,女孩子的成长需要我们去保护,但更需要的是教育。"

她连连点头说:"对着哩!俺闺女刚刚学说话,我就天天给她们讲,女孩家,咋着保护自己的身体,哪些部位不能碰。女孩家,不能贪占小便宜,不能好吃嘴。这些话,俺也跟村里的女孩讲。邻居女孩来初潮了,我把她领到俺家里,手把手地教她咋打理。你不知道姐,这些女孩真是离不开亲娘哩!"

"去年我打了一个老畜生。""军帽女"扶了扶帽子说,"那天我把俩孩子送到学校,抽空去集镇上买双鞋。骑着三轮车刚穿过一个村,看见旁边树林里有个红影子。我骑车走过去了,感觉有点不对头。折回来一看,一个秃头老畜生,头上一根毛也没有了。他一只手搂着红裙子女娃的腰,一只手伸到她裙子里。俺娘哎,我气得浑身打哆嗦,两条腿迈不动。我边往林子里走,边大声喊:'老东西你想干啥?'他赶紧松开女孩,忙着系裤腰带。那女娃顶多五岁,手里握着几根辣条子,嘴里还吃着,傻萌萌地看着我。我那个恼哦!捡起一根树枝子,劈头盖脸打过去,把那老混蛋打得满地滚。老畜生连滚带爬地向外逃,我这才发现他还是个瘸子。我站在大路上,掐腰扯嗓嗷嗷大骂老半天,村里没出来一个人。问那女娃子,她说这是姑姑的村子,爸妈出门打工时,把她交给姑姑了。孩子手里的辣条是那老畜生给买的,她说,爷爷经常给她买好吃的。我一把把辣条打掉了,告诉她:'以后谁买的也别吃,谁给的也别要,听见了没有?'像训自家的亲闺女。女娃哇地哭起来,我也站那儿淌眼泪,像被人遗弃的娘儿俩。"

"军帽女"拿手背抹一下眼睛。

我见她一只帽耳朵支棱起来了,就帮她抚平、扣好,说:"难怪你戴顶军帽子,真像一个军人哪!保护留守女童的女兵。"

她"吞儿"一下笑了:"哪是啊,姐!这帽子是前些天在沟里拾到的,老乡们还吓唬我,说是死人的棉帽子,我说,管它是人是鬼的,戴我头上就是我的,暖和不冻头就中!"

我的头皮直发紧,冷风钻进毛线帽子里,挨个儿去薅我头发。我用手捂了捂,风又来舔我手背。我懊恼地说:"忘记戴手套了。"

一扭头,见旁边棉垄上一姐儿们,裸着双手拾棉花。

我咣啷咣啷蹚过去,说:"啊,你也忘记戴手套啊!"

她在口罩下粗声大气地说:"有手套也不能戴。"

呼通一下想起来,四场八连的那位大姐说过,有雪有霜的时候,最好不要戴着厚手套拾棉花,手套容易湿,手指更容易患风湿。她夸我说:"你这妹子,比俺这老花工还懂哩。"

确认她的确比我年长后,我谦虚地说:"大姐,我这是鹦鹉学舌——现学现卖。"

寒气是群小怪物,从地皮上直朝我大衣筒子里钻,我赶紧蹲进了棉花棵,一点点挪着走,活像舞台上的武大郎。

终于靠近大姐了,见她披了件花布单,看得出是块包袱皮,绿叶红花很惹眼。我听见她勾头笑,那笑声挤在喉咙里很古怪,背上的红色月季花一颤一颤想绽开。

我说:"大姐是在笑话我,我这人赖毛病多,怕热又怕冷,啥活也干不动,没有一点用。"

她又咕咕地笑了,说:"妹子,你这是富贵病,不像我,天生的劳作命。"

大姐屁股底下垫着鼓囊囊的棉花包,她是坐着拾棉花,那股自在劲,活像坐在自家的大堂屋。她那双辨不出颜色的手,像两个铁耙子,唰唰唰,不断地将棉朵搂进腰间的棉包里,腰间塞满了,她就站起来提一提,蹾一蹾,双腿一跨,又坐在了棉包上。棉包皮也没沾上泥,育苗时的白地膜把泥土糊得严严的,地膜上的碎雪,被大姐用脚轻轻一抹就干净了。

我说:"姐呀,这包里棉花带着雪,你坐在上面不凉吗?"

她翻眼看看我,说:"棉花吸水啊,棉朵上那一撮雪,还不够棉丝吸的哩!有点潮,不会湿。"

她凑到我耳根上说:"可压秤哩!虽说冷点,受点罪,可比那大太阳顶头晒的时候,要多挣几十块钱哩。每年在这天气里抢收棉花,老板还另加钱哩。弄好了,能多挣一张老头票!"

她眼睛左右一扫说:"要不是这,她们能乐意下地呀!虽说这时候拾花冻手,可谁也不嫌钱烧手。我说得可对?"

我小鸡啄米似的点头说:"姐说得对!我还以为是老板撵你们下地哩。老板过秤时不除水分吗?"

大姐说:"不除! 老板吃点亏也愿意。你想啊,要是一连几天下大雪,这一地的棉花烂地里,他可真是亏大啦! 要是我,能心疼死。"

我问:"大姐家有几亩地?"

她说:"别提地,提地我会眼气死。"

二十二朵花 "土地姐"刘三请

刘三请,女,五十六岁。生育一儿一女,儿子三十二岁,已婚,大学本科毕业,在西安成家立业;女儿二十八岁,已婚,职专毕业,嫁到郑州,做服装批发生意。老伴五年前病逝。

望着记录本上的文字,我说:"刘姐呀,看你儿女都那么有出息,你不会缺这俩钱花,怎么也来这儿受累呢?"

她一摆头说:"我就是个穷命头,说了你也不会信。"

"三请这名字是俺爷给起的,我前头有俩姐,大姐叫大请,二姐叫二请,轮到我就叫三请。上小学报名时,知青老师把我名字写成了刘三顷,他说,三顷就是三百亩地,比那个'请'字有豪气。俺爷一看吓坏了,因为俺家本来是地主,正好置办过三百亩地,赶紧又改回了老名字。哎,也别说,长大后我就是喜欢庄稼地,见地亲得很。俺四口人分了三亩地,闺女是偷生的,没有她的地。我见天儿都在地里滚,三天不下地,就肉酸、皮紧、骨头硬。到地里,抡开膀子干一通,锄草、垄地、撒化肥,浑身舒坦得不得了。三十岁前,我没尝过药啥味,肚疼、头晕、发大烧,到地里干上一天活,啥病都跑得没影了。生俺大孩那天,我在地里割豆子,肚子一疼,扔下镰刀往家跑,路上遇见个赶牛人，他拍着牛屁股说：'肚子疼，往家跑，不生闺女就生小儿。'我哪有心思搭理他，憋着一口气跑到家，呼啦一下，孩子就落地了。俺老伴活着时，没少指着我的鼻子说：'你就是块大坷垃，你就是棵蜀黍苗，你就是根毛毛草，离开土地不能活！'"

"土地姐"刘三请，学着她老伴的动作，边说边笑边用指头点着我。

我迷蒙地看着她，脑子里一阵乱想：这世上有写书上瘾的人，比如作家；有打牌上瘾的人，比如赌徒；有喝酒上瘾的人，比如酒鬼。没想到，还有种地上瘾的人，比如这姐。

"老伴去世后，埋进了自留地。我在家老想他，到地里才踏实，跟他说说话，跟地说说话，这才睡得着。闺女儿子不放心，硬把我接到城里住。我住楼上不挨地，心发慌，一慌就头晕，啥药都治不住，晕得不能活，孩子们只好把我送回家。你猜咋着妹子，恁当作家的编都编不像，听起来，跟说大瞎话一样。我一到家，往地头上一站，小风一吹，麦穗一摇，立马不晕了，身上有劲了，啥事也没有了，捞面条子吃两碗，满天乌云散个净。你说这是不是命，啊？哎哟！我这土坷垃托成的贱命啊！"

我说："你这土命还不主贵吗？万物离不开土啊。"

"土地姐"刘三请说："俺没地了，镇边的几个村子也没地了，都盖成大楼了，那楼长到云彩里去了。看不见地，我就往新疆跑，跑来三回了。我第一次看见这里的大块地时，欢喜得只想翻跟头。乖乖哩！这棉花地不止三亩，也不止三顷，三千亩也包不住！天有多大，这地就有多大，真是稀罕人啊！"

"土地姐"站起来压低声音说："大妹子，你猜我咋想的？我想把这棉花地背走一块。咱也别太贪,三亩地就成,背回咱老家去,种瓜、种豆、种棉花,你说中不中?"

我心想:这姐儿们又犯痴,这是地,不是云,哪能说背走就背走?

但我也跟着站起来,指着前头最白最亮最大的一片地,说:"中!就它了!"

这时北风"嗷"一声怪叫,棉花棵子呜呜乱响,像一头野兽撒泼打滚。"土地姐"背上的花布单,"呼"地一下卷过来,蒙住了她的脸,像开了她一头的月季花。

下午,寒气重收工早。阿姨把烧好的半锅热水,倒进一口大铝盆里,女工们拥过来,洗手洗脸抹头发,人和大铝盆都冒着蒸汽。

这大盆连着一个水泥洗衣池,敞开在土坯房的山墙边,洗衣池里遗存的半池水,水面凝结一层冰。我拿手里的笔杆戳了戳,啷啷两声没戳动。水池边站着两簇干芦苇,冻僵了的苇毛缨,在凌乱的苇秆上低垂,像挑着几张风化的老鼠皮。两根木柱间,扯一根尼龙绳,几件红蓝衣裤硬邦邦地晃悠着,如正上演的皮影戏。

趁姐妹们回屋换衣服的当口,我走进了小厨屋,见满屋蒸汽缭绕,刚出锅热馍的香味,让我味蕾盛开。

在香甜的白气里我找见了阿姨,她正把烫手的白蒸馍,一个个从笼屉上拿下来,放进馍篮里。见我进来,就顺手拿给我一个说:"快,趁热吃。"

我也不客气,双手接过来,瓷白圆润的大蒸馍,在掌心里冒着热气,那热气透过手纹,钻入肌理,把骨缝里的寒气丝丝赶出,那热,从手心通到心里。

面条轧好了,铺排在案板上。阿姨说:"慧儿,你替我走一趟。"

她抓了一把生面条捋顺在木盘里，放几个热蒸馍在竹篮里，而后朝外指指说："耳房那间，两个回民。"冲我点点头，又说："跟你一样。"

"回民?"我在灶房门口站住，眼前突现两个女人的身影。在白雪覆盖的棉田，半截头汽车旁边，她们挤在一起不吃热面条，只啃凉馍馍。

原来是这样啊！

我掀开棉帘子进屋时，她们两个都看我，争着接过东西说，正打算去取呢。小窗户下的案板上，一个电磁炉呜呜响。蓝毛衣女子往平底锅里倒上油，粉马甲女子正切菜，先切葱姜，后切萝卜，说："姐来了，咱们吃煎萝卜丝汤面条吧。"

我一听就是正宗家乡饭，"噢"一声跑到锅灶前，说："好久没吃上这种面条了。"

掌勺的蓝毛衣妹妹，在滚油锅里炸好了葱姜，放上萝卜细丝，炒七成熟，均匀地撒上面粉，顺锅边淋上油，在锅底煎出焦香，倒水烧滚，面条下锅。

我捧起碗，只见汤浓面香，喝一口，润到胃口，两个妹妹望着我眯眯笑。筷子一挑，露出一个荷包蛋，妹妹们说："吃吧。"

我三两口吃下了，一拨，又一个，妹妹们都笑，说："吃吧。"我吃不下去了，看她们的碗，一片鸡蛋花也没有。

蓝毛衣妹妹说："这是老板娘买给你的，我们买的鸡蛋吃完了，明天赶集再去买。"

阿姨一掀帘子进来了，说："吃饱没有？没啥好菜好饭招待你，你又不吃我家的饭。"

我站起来说:"好着哩!真是'大锅稀饭,小锅面条',俺们的小锅饭真不赖。"

阿姨说:"我家差不多每年都有回民来拾花,你问艾巧,她来过两年了。"蓝毛衣妹妹点点头。

我说:"没想到阿姨家还特意开了清真灶,唐大也没给我提起过。"

"算算,这清真小灶立有十来年了,每年都有回民来俺家,一般都是四五个。有一年来得多。"

阿姨坐在床边说:"三年前,二儿媳妇接回来二十二个回民,都是宁夏固原人。那时,家里花工招够了,媳妇说,他们被那家老板赶出来了,嫌他们干活慢,耽误事。我和你任叔商量说,留下吧,人多好干活,咱不怕多吃馍。"

阿姨指指土坯房说:"连夜垒一口大地锅,送去米面菜油,他们有专门做饭的人。不到二十天,他们摸清底细了,知道俺家锅上锅下可干净。蒸馍不用油,炒菜只用鲜榨的葵花子油,俺家找不见第二种油。孩子们在镇上楼里住,家家都有车,很少在这儿吃。家里就俺老两口,年纪大了爱吃素,一年到头不吃肉,顶多买几条鱼炸炸吃,给花工改善生活也是烩鱼汤。第二年他们又来了,男女将近三十口。"

这时,院子里一阵热闹,阿姨说该过秤了,就走出门去了。

我趁机小声地问:"老板收你们伙食费吗?"

艾巧说:"都不收,大锅小锅都不收伙食费,说好的吃住车票都免。老板家可有钱,人家不在乎这个。"

"那还不错。"我说,"一公斤棉花多少钱?"

艾巧说："两块。赶上天冷、下雪，还要涨上两毛。"

"兑现吗？"

"兑现。走时打卡上。"

想起有些棉老板，说是吃住车票全免，结果还是从工钱里扣除，羊毛出在羊身上，拾棉工生气又无奈，只好埋头多拾花，多挣点钱匀过来。我心想，这任家老乡还真厚道。

院子里亮堂堂，四轮拖拉机前挑起一只大灯泡。二娃子两口不知啥时来到了，一个过秤，一个记录，任叔也在那儿帮忙。称过的棉花倒进大车斗，剩下几包装不下了，白绵羊似的靠在车轮边。

院子里彻底静下来，我回到姐妹们的小屋，她们已经洗漱完了，围坐在被窝里。我想退出屋，说："妹妹们累了一天了，早些歇着吧，咱明天再闲聊。"

艾巧下床拉住我说："不累的，姐姐，今天下工早，吃饭也早，怪不习惯哩。明天也不用早起了，老板说，明天气温高，地皮湿，不用进地了。"

我欢喜着说："好事啊！明儿大家伙儿可以睡上一天了。我跟着跑都累坏了，何况你们那么大的劳动量。"

艾巧说："要说累，真没有我在家出羊肉摊子累。"

二十三朵花 "羊肉摊女"艾巧

艾巧，女，回族，四十三岁。生育一儿一女，儿子，十九岁，念大学一年级；女儿，十四岁，念初中三年级。丈夫三年前病逝。

我有些急切,问艾巧:"你丈夫无常了?啥病啊?"

"脑溢血。没抬到医院就不中了。"

艾巧平静地说:"那天,他起五更下乡去拉羊,走时人还好好的,开着半截头车,出大门还按两声喇叭。半下午,我正在街边羊肉摊上忙活,邻居大婶喊:'巧儿啊,你还不赶紧去看看,恁家郭苗晕倒啦!'我一边跑还一边怀疑是不是他,跑到俺家胡同口,听见一车子羊咩咩叫,车边围着好多人。我扒开人群过去看,见俺掌柜的仰面躺在泥地上,当时雪刚化,满地泥,邻居大哥捧着他的头,我一看他脸乌青,咋喊不应声,赶忙往医院送,人没救过来。"

我把眼睛从记录本上移到她身上,艾巧清瘦的脸上如水般平静,只是那深陷的眼窝里波光暗闪,伤痛难掩。

她说:"从回民公墓回来,才知道他不会回来了。我从院里走到屋里,又从屋里走到院里,摸摸他穿过的衣裳,他睡过的床,他最后一次开过的车,最后一批买来的羊。羊在圈里高一声低一声地乱叫,儿子和闺女在身后眼泪汪汪地跟着我。儿子说:'妈,你还有我和妹妹哩。从明天起我不上学了,跟你一起出摊去。'我说,这可不是恁爸想要的日子。你和妹妹该上学上学,我该干啥干啥,咱谁都别乱套,日子朝前过。"

艾巧抓了把葡萄干递给我们,她自个儿也吃着说:"刚过了他的七天忌日,我就把羊肉摊子摆上了。老街坊、老客户一听说全跑来了,说,还以为我不干了,还以为吃不上我卖的羊肉了。那时候,离春节还有两个月,买生羊肉的人特别多,我一天能砍四五个羊筒子,进了腊月生意更好,一天卖十个八个羊很正常。客户说:'老板娘,打二斤羊后腿肉。'我一刀砍下去,正好二斤。客户指哪儿我打哪儿,羊脖、羊腿、羊肋条,带骨连肉,剔骨净肉,分分钟搞定。"

我说:"看不出啊,你精精瘦瘦的力气还怪大,技术还怪好呢。"

"还不是一股硬劲顶着的嘛,俺家掌柜的没有了,这生意门面不能塌了,我要把它撑起来。"她抚了抚右肩膀说,"一到半后晌收了摊,我这肩膀疼得抬不起来,手脖子酸得拿不住筷子,小腿肚子一摁一个深窝窝。可跟前盆盆罐罐摆着一大堆活,煺羊头羊蹄子,刮羊肚羊肠子,洗羊肝羊肺。俺儿子怕我累坏了,说:'妈,把这些羊杂碎卖给李三汤锅吧。'看这话说哩,我可舍不得,连那羊毛都是俺掏钱买的。我就挑灯熬油地干,把羊杂洗净煮好,放在生羊肉摊子上配着卖,也能赚几个钱回回本。"

说到煮羊头,艾巧两手比画起来,她说:"带毛的羊头先在炭火上燎,再用刀片刮,而后划开腮帮子刮舌面、掏口腔、挤鼻液、掏耳朵,清水洗泡,一丝血沫没了才下锅。那可真是费时费劲费功夫啊!哎哟,那个累啊,没法说。"

艾巧张开十指让我看,我抱着记录本凑过去,见她十个指头肚都结着厚厚的老茧,摸着涩刺刺的,一个指纹也找不见。

她接着说:"别人用火碱、柏油煺羊头,那羊毛一扒拉掉个净。我可不这么干,人吃的东西,入口的食物,我才不瞎那个心。我半夜抱着个大羊头,捏着把刀片子,一点一点地细心伺候。"

艾巧说:"我煮羊头啥作料也不加,一粒盐也不放,光用清水煮,煮熟捞出来,趁热剔骨,羊头肉瓷白鲜亮,撕一块填嘴里嚼,咦,香得没法说!俺儿子的老师,站在摊子前吃得摇头晃脑,他舔着手指头说:'哦,这是大地的味道,白云的味道,这才是羊头肉该有的味道。'差点没把我笑死。"

我没笑,担心一咧嘴口水流出来。

粉马甲妹妹拍着肚子笑着说:"巧姐你真坏!黑夜里放毒,馋得我口水咽不及,肚子咕噜叫,你听听你听听!"

她吧嗒几下嘴对我说:"巧姐家的羊头羊肚我可没少吃,我是她家老客户。俺打牌谁赢钱谁请客,一般都叫我跑腿买。热羊头肉蘸着蒜泥吃,好吃得叫你直张嘴。"

"直张嘴?"我问。

她俩哈哈笑。

艾巧解释说:"就是吃了还想吃,嘴巴合不上。"

"那你咋不在家卖羊肉,跑到这儿来拾棉花?"

艾巧说:"俺家生羊肉摊子,每年阴历十月才开始出,一直出到闪过年三月底,整半年的时间。所以我只租半年门面房,夏秋羊肉不好卖,净搭房租钱。"

"这半年我也不能闲着啊!给人打工做点心,在饭店里刷盘子,有活都干,有钱就赚。这俩月你看,一扐蹶子跑这儿拾花了。在老家,我还经常跑乡串县,跟养羊户拉关系、选羊苗、下定钱。我在这儿挣的万把块棉花钱,回去能定一群羊。现在,本地'槐山羊'不好买了,'波尔山羊'养户多。我这人天生爱挑剔,养羊户说我挑羊像相女婿。不光看个头,摸皮毛,抓脊骨,看牙口,还观羊的眼神。一看那眼珠子亮得跟琉璃球一样,不用说肯定是好羊。出肉多,肉嫩香。"

我埋头不停地记笔记,不敢让艾巧看我的眼珠子,她笑得直抹泪,说:"俺的姐,你又不是羊,怕我弄啥哩。"

我说:"害怕你,这哪像一个弱女子,简直比男人还男人。"

她说:"我只想让孩子们的日子,过得跟他爸活着时一个样。"

粉马甲妹妹幽幽地说:"跟你一比,我就不是个好女人。"

我紧追着问:"咋不好了?你离婚啦?"

那妹妹不高兴了,眼白一翻说:"你这大姐咋说话哩?咋还巴望着我离婚哩?"

我赶忙挪坐到她床边,把着她的肩头说:"对不起啊妹妹,姐不是这意思。"

她小红嘴一噘说:"其实离离婚也不远了。"

二十四朵花 "麻将女"乔翠翠

乔翠翠,女,回族,二十九岁。生育一子,七岁,在私立小学念二年级。丈夫公务员,在镇机关上班。公婆是退休干部,在家做饭接送孙子。

我忍不住说:"翠妹妹啊,你是我走访的姐妹中,家庭条件最好的一位。你本该睡在自家的席梦思床上,怎么也来这里熬风雪、睡木板呢?"

她说:"我是来戒赌的。淮哥说,再打麻将就剁手。"我听出来了,淮哥就是她丈夫。

艾巧说:"她吓坏了,半夜跑到俺家里,说要跟我一起去拾棉花,咋个苦累都不怕,只要保住这双手。"

乔翠翠爱怜地看着自个儿的手,说:"这还是人手吗?跟树杈子一个样。恁看看,这倒刺,这裂口,这茧子,还咋摸牌呀!"

她拧巴着小尖脸,说:"不是吹哩!在家时我闭着眼,搭手一摸,一百三十六张麻将牌,顶多错三张。这会儿,哼!连白板我都摸不准。"

"你听听,三句话不离本行。"艾巧笑着说,"就这,拾花累恁很,她夜里还做梦喊:'碰碰碰,吊七万,自摸!'"

乔翠翠急羞羞地说:"我哪有啊!"艾巧在被子上做出弹琴的动作,对我说:"她两只手就这样,还高腔喊:'自摸!'"

乔翠翠扔出一个枕头砸向她,说:"该死的艾巧,你净出我的丑。"

"自摸啥意思?"我问。

"就是自己摸一张牌,和啦!"乔翠翠脆生生地抢着说。

艾巧忍不住咯咯地笑,抱着枕头走过去,点着翠翠的圆脑门,说:"不打自招。"

翠翠在床边踢腾着两腿说:"俺又不是贼,输得再惨也不偷摸一张牌。"

我问:"最多输多少?"

乔翠翠说:"俺玩得不大,三五块钱一把,有时点儿背了,也能输个一二百。"

"上百块?"我俩直瞪眼。

乔翠翠说:"以前打得小,三五毛钱地玩,喊几个姐妹在家打。生了俺儿子,公婆和淮哥把我举到了树梢上,高看哩很。我辞了街道的工作,专职专业奶孩子。孩子一岁半断了奶,公婆就带孩子睡,吃喝不让我管了。我在家没事干,淮哥买张麻将桌,叫来姐妹陪我玩。后来儿子上幼儿园了,怕影响他睡觉,淮哥就收了麻将摊。"

翠翠搓着手说:"可是我手痒啊,一天不搓麻将,急得跟狗过不去河一样团团转。有一天我转到胡同里,听见里头哗哗响。那声音太熟悉了,太亲切了,太入耳了,我一掀帘子进去了,这一玩就是四年多。这四年我天天泡在麻将场,早上去,晚上归,比上班还死守。俺儿子一周见不上我的面,他起床时我已经打牌走了,他睡着了我才散场回来。他对同学说:'我妈妈是无影师太,神猫老怪。'"

她看着我和艾巧,说:"恁听听这是啥话呀!这熊孩子不把他妈当人了。俺家淮哥,不能闻我衣服上的烟味,他抱个枕头睡书房,也不拿我当媳妇了。说实在的,我有自己的原则,从不跟男的打麻将,三缺一也不打,牌场俗话说'救场如救火',他们说我见死不救。但是,禁不住别桌上的男人吸烟啊。说真的姐姐们,有时候我特别恼恨自己,嫌弃自己。下了牌桌,走在夜里,觉得自己就是个没有灵魂的假人,天天活得没丁点意义。赢钱了大家吃喝,输光了回家取钱。虽说不大赌,可小赌也是钱,五块十块的票子往桌子上扔,把钱当纸撒。去年,俺婆婆在生日宴会上出了个谜语让亲友们猜,'什么人拿钱当玩具?'有人说是印钱的人,有人说是小孩,婆婆说:'都不对,赌博的人把钱当玩具。'一桌子人齐刷刷地朝我看,羞得我一头想钻进地缝里去。"

"麻将女"翠翠接着说:"淮哥那天发了狠,说:'再打麻将就剁手。'到新疆了我才知道钱有多难挣,热个死,冷个死,渴个死,累个死,大半天我才拾了一斤花,才挣了一个钢镚子。在家时,一块钱掉地上我都懒得弯腰拾,这会儿才觉出它主贵。这两个月来我一直想,拾棉花的姐妹们,为了孩子、房子、日子往前走,我呢?我也得有个目标,有个奔头,有个喜欢的工作吧。"乔翠翠张着两手说。

"干点啥都比打牌强！要不你帮我煺羊头去。""羊肉摊女"艾巧说,"依我说,你就得吃点苦,过去享福太多啦。"

"翠翠,你想干点啥? 有自己喜欢的工作没?"我强调说,"哦,打麻将可不算,那不是个正经事。"

她板着脸说:"这段时间,我想得最多的是伺候月子。"

"啥? 啧啧,你翠翠是伺候人的人吗?"艾巧摇头说。

我却来了精神,问她:"你为啥想起当月嫂呢?"

"麻将女"翠翠说:"大姑姐在省城妇产医院当医生,我随她去过几次妇产科。得知城里好月嫂很难找,回族月嫂更是少之又少。当时我就有这么个念头,当个回族金牌月嫂。我喜欢孩子,更喜欢炖汤。姐姐们不知道吧,在娘家时炖汤就是我的拿手戏,到婆家虽然做饭少,可熬汤炖菜的活,婆婆还是叫我做,她还夸我性子稳,有耐心。那当然了,打麻将一坐一天我都不急躁。啊,呸呸呸,又说溜嘴了。我是说,但凡有人喝过我做的汤,保准他一年半载忘不了。"

我们替她高兴着。乔翠翠说:"我职专学的是护理专业,图清闲进了街道办公室,晃荡了几年才看清自己的路,新疆这趟没有白来。"

我说:"决定啦?"

她说:"当然! 大姑姐已经替我在省城月嫂培训班报过名了,我用拾棉花的工钱交学费。你们都清楚噢,这钱可是我在棉田里一分一厘挣来的,绝不是打麻将……"

"你还说!"我俩一起警告她。

从艾巧她们的小屋出来,我披紧羽绒小袄,正准备回大屋休息,突见灶屋里漏出暗红的灯光。心想，这阿姨怎么还在忙乎？是在加班蒸馍吗？

我朝着灯光跑过去，一推门，三个人同时吓了一跳。眼前是两个年轻的女子，背靠一堆柴火，坐在地锅灶口，守着面前的大棉包正全神贯注地揪棉花。我走进屋细看，见两个棉包里塞满了吐着白絮的棉桃，这些棉桃，几个小时前还待在棉枝上瑟瑟发抖，不知何时被这两姐妹拽回到这里。

见她们惊慌的眼神，我说："对不起！吓着妹妹们了，我还以为是阿姨呢。"

她们这才稳住神。红脸膛女子笑着说："哦，是作家姐！我说这门咋猛不丁地开了哩。你咋没睡哩？"

我说："恁俩不也没睡嘛！"

灶膛里的柴火早已熄灭了，灶屋的温度并不比外面高多少，前后窗户都没有密封好，冷风不断往里跑。我靠近她们坐在矮凳上，感觉身上的热气嘶嘶往外漏。

面前的两个姐妹倒神情自若，从外表看不出她们的冷暖和疲劳。两双闪亮的眼睛被白绒绒的棉花牵扯着，开花咧嘴的白棉桃，一个个被捏在手里，轻轻掰开，揪出白絮，塞进棉包，双手不停，手指舞动。我猛然找到了她们不觉寒冷的原因：手热则心热，心热则身热，身热则神热，这俩姐妹正是被这劳动的火热包裹着。我心头一热，人就坐下了。

我说："看见你姐儿俩深夜揪棉花，我就想到了那个叫柳枝儿的憨女子。"

我讲述了柳枝儿的故事，俩姐妹眼圈泛红。红脸膛女子说：

"唉，这都是当娘的做下的事。娘为了儿女，不知热冷，不知饥渴，不怕死活。"

白脸妹妹说："可不是！咱女人不都是为孩子嘛。"

我说："看眉眼，你们俩好像是亲姐妹。"

红脸膛女子很爱笑，一笑脸放光，两排碎牙白亮亮。她笑着说："是表姊妹。恁瞧我，黑得跟烤煳的烧饼一样，哪有俺妹漂亮啊！"

白脸妹妹扑哧笑出声，说："看俺姐说哩，她当闺女时那才真漂亮哩。"

我说："恁姐儿俩都好看，亮眼珠，厚嘴唇，额头亮堂，脸圆润。"

两姐妹纷纷捂嘴笑。

一个说："看姐姐你多会夸，跟说书的一个样。"

一个说："咱姐本来就是写书的。"

我问那姐姐："来前在哪里打工？"

她说："我在街口打烧饼。"

二十五朵花　"烧饼女"张粉花

张粉花，女，三十七岁。生育一女一儿，女孩十一岁，在县城小学念五年级；男孩八岁，在县城小学念二年级。夫妻俩在县城街边打烧饼。

我说："听你说打烧饼我就饿了，都闻见香味了。"

"烧饼女"张粉花说："回家后我给你打一炉子送去，俺家烧饼在县城老街上可出名啦，外焦里软芝麻黄，一出炉，满街香。还可以

"烧饼女"张粉花

切开夹豆腐皮、海带丝、茶鸡蛋。"

　　她说："说起来真是不容易,俺两口进城十年才支稳这个烧饼摊。婆家离城四公里,一抬脚就到了。2003年闺女出生后,俺三口子进的城,当时我抱着孩子,老公掂着一口炒菜锅,其他啥也没有拿。托亲戚租了一间小房子,老公找个临时工,一个月只挣六百元。三口人吃饭,外加房租水电,六百块咋着都不够花。老公不断地调换工作,谁给的钱多就给谁干活,俺一年搬了十来次家。闺女能离手了，我就跟着婆家表哥学打烧饼，初开始时手艺不中，一天毛利才二十块。大姐，你就想不到，俺那几年的日子有多难，租不起门面房，在哪儿出摊都被人家撵，跟撵老鼠一个样。挪慢了，他们就上来砸摊子，烧饼到处滚，我跑到马路上拾，差点没被车碾死。坐在马路牙子上我就想啊，这城里人爱吃俺的烧饼，为啥又不待见俺哩？俺村离这县城只有八里地，可是心里相差十万八千里。再难我也没哭过。你想呀姐姐，哭也是过，笑也是过，那何必哭着过哩？我就天天笑呵呵，买我烧饼的人也轻松。后来又生了俺儿子，干活的劲头更大了。老公除了帮我打烧饼，抽空还给超市配送饮料，一个月也能挣一两千。"

我不解地问："那你来这儿干啥？不在家好好打烧饼，再说，两个孩子谁照看？"

"烧饼女"张粉花说："俩孩子大了，自己会做饭，有时就在烧饼摊上吃，俺老公一个人打烧饼。你想啊姐，烧饼啥时候都能卖，棉花一年只一季。虽说在这儿拾棉花不容易，这世上干啥活容易啊？你想使个干净钱，不就得这样干嘛。我来这儿干五年了，哪次都得脱层皮。可我到家从来不叫屈，光报喜。去年，电视台扛着机子到棉花地采访，一个女的说着说着就哭了，说咋苦咋苦，苦得没法活。轮到我了，我说，我想来就来了，来了还怪得劲哩！有累也有甜，在地里有说有笑可欢乐。"

张粉花的笑容很厚实，好像那笑带着光，会起暖，会发热，给人一种安心安稳安全感，连我都想跟她多待会儿。

她说："这一季子七十来天，我能挣一万多块，连续来新疆五年了，哪年都不低于一万二，这也算俺家的一个大进项，存起来年底还房贷。俺去年在县城买了一套房,旁边还有一所中学。一百三十平方米,首付二十万,贷款二十万,每个月还两千元房贷。老公爹有工资,给俺资助点,我又跟娘家妹妹借几个,楼房算是买下了,俺孬好在城里有了个窝。"

我高兴地说:"那咱粉花也是城里人了。"

张粉花的脸膛更红亮了,她说:"不管怎样心里踏实了,烧饼摊子也扎稳了。房主写的是俺儿子的名字,为的是让他城里的同学看得起,将来儿子在城里结婚娶媳妇,他这代人就真正在这儿扎根了。"

"所以咱粉花才半夜不睡觉,拼命揪棉花。"我说。

她笑得很大声,不加掩饰的那种爽,把敞口大铁锅震得嗡嗡响。我把手里的笔杆竖嘴上,说:"嘘!别把姐妹们的美梦惊醒了,她们好不容易睡个早觉,大门口那条狗还正熬夜看门呢。"

表妹一股浓笑掩在喉咙口,她赶紧合上嘴,伸伸脖子把笑声咽下了。

定睛一看,姐妹俩装棉桃的大包矮下去大半截,盛棉花的小包胀起了白肚皮。我惊叹一声:"哎哟喂,咱们说话的工夫,恁俩可不少干活啊!"

张粉花自豪地说:"那是!没听人说嘛,不怕慢就怕站,轻来轻去搬走山。"

"咦——"我长长地赞叹一声,"还说我是个说书的,我看你就是个说快板的。"我摇动笔杆假装打快板,"当哩个当,当哩个当,闲言碎语不要讲,表一表好汉武二郎……"

两姐妹笑得趴在棉包上,我赶忙住了声,说:"别笑了,你们听。"

大门口响起一阵狗叫声。想起主人家喂了一条大黑贝,三个人各自捂住嘴,笑得身子直颤颤。

夜又安静了,我小声说:"刚才我笑出一身汗。在单位姐可不是这样子,闭着个嘴,寒着个脸,有时一天不说话,几天没笑容。这些日子跟姐妹们在一起,一下子把心窗打开了,精神上放开了,心像白云一样自由。"

发现自己的表达越来越文艺了,将要脱离群众了,就马上止住酸,凑近表妹说:"我还不知道妹妹的名字呢,你是第一年来拾棉花吧?"

她说:"我叫汪兰兰。"

二十六朵花 "留守女"汪兰兰

汪兰兰,女,二十九岁。生育两个女孩,大女儿五岁,二女儿两岁,在家由婆婆看管。公爹去世多年。丈夫在广州某鞋厂打工,加工皮鞋底,已有十年,逢春节回家探亲。

"我是俺村里真正的留守妇女。"汪兰兰樱红小嘴一噘,说,"比我年轻年老的妇女,差不多都跑出去打工了,远的跑外地,近的跑镇上,我哪儿也跑不了,只能待家里。俺婆婆患有长秧子病,医生说是老慢支哮喘,受凉感冒都犯病,喘气跟拉风箱一样响,一到冬天就出不了屋。婆家妹妹在广东打工嫁到当地了,俺老公过年才回来待几天。两个女儿年龄小,家里还种着三亩半地。老的老,小的小,病的病,弱的弱,我像被绳子拴着了一样,哪儿也跑不掉。"

她看看我说："姐，你看着我脸怪白，我是天生晒不黑，太阳底下脸乍红，一到阴凉地儿立马白了。姐，你别光瞅脸，看看我的手。"汪兰兰张开手指让我看，只见她个个指甲都空半拉，半截子红肉露外面。我的心尖尖抖几抖，就像看见了"指甲姐"的手指头。

　　"留守女"汪兰兰继续揪棉花，她说："我每天脚踢手拨拉，没个闲时候。家里地里，锅上灶下，风里雨里，起五更睡半夜，可比在这儿拾棉花累人了。在家不光身体累，还心累。说个不该说的话，大姐，有时候可想俺男人了，想跟他说说话，诉诉苦，哪怕拉拉俺的手都中啊。有时看见个男人往村里拐，就以为是他回来了；俺家大门一响，想着是他敲门哩。后来想想，自己觉得很可笑，咋会是他哩？"

　　汪兰兰脸一红说："电话里没说他要回，是我心里想叫他回哩。有时自己对自己说，他回来谁给你挣钱啊，老少几口子吃啥啊？他在鞋厂忙哩很，靠计件拿工资，白天连个电话都没空儿打，累死累活每月才挣五千块。给俺往家寄两千，他在那儿吃喝租房都花钱。结婚前，我在那鞋厂上过班，俺俩就是在那儿谈的恋爱。我在家一个人作难时，总是翻来覆去地回想和他在一起的日子，那时候真甜蜜快活啊。下了班，俩人挎着胳膊去买菜，回来时，我掂着菜，他背着我，俩人两条腿在大街上扭秧歌。半夜起来煮面条吃，俺俩共用一个小铝盆，你拉过来，我扯过去，吃的没有撒的多。那两年，虽说工作累，累到哭，可哭没有笑多，苦没有甜多。怀俺大女儿八个月，这才回家生孩子。俺婆母有病不能带孩子，我抱着个奶娃子又没法去打工，只好看着俺老公一个人走。后来又生了二女儿，这下子可把我拴死了，连跑出去的念头都断了。"

　　我拍拍她的肩膀，说："我理解你，兰兰妹，你把这个家守得真不赖。"

"留守女"汪兰兰说:"去年,粉花姐拾棉花挣回家一万多,我看见大把红票子,心里痒得不得了。今年小闺女两岁了,自己会吃会玩了,婆婆身体也比以前扎实了,我就跟着俺姐来这儿了。"她兴奋地说:"你不知道作家姐,我初看到白花花的棉花地时,心里欢喜成啥样子,张开双臂跑得哇哇叫。俺哩个娘啊,这棉棵子上都挑着钱串子,弯腰就能拾到钱,只要你有劲、肯掏力。"

我说:"我觉得你们太累太辛苦。"

汪兰兰说:"开始十来天,确实感到累,我这手指头本来就有伤,收工后疼得受不了。特别是昨天雪地里,我的手都不是自己的了,回来在温水里泡好久,手指头还是没知觉。端碗吃饭时,那手过电似的麻丝丝地疼,筷子半天找不到嘴。往年光知道,俺粉花姐挣钱了,来这儿了才明白这钱多难挣,真是太不容易了。早上不想起床,俺姐喊了几回我才爬起来。可是,一到地里浑身的劲又来了,手指头抓到棉花也不知道疼了,越拾越有劲。是钱顶着哩。"

我说:"昨天在雪地,有一阵儿我确实冷得顶不住,差点给二娃子打电话叫他来接我。看你们个个不分心,跪着爬着往前走,我自个儿惭愧得直脸红。"

汪兰兰说:"那是你没有抓到钱,在花棵子里白挨冻。你可不知道啊姐,这钱上有火啊,一抓一把火,从手上热到心里!"

"所以你姐儿俩,冒着寒冷拽回棉桃子,熬夜揪棉花也不知道冷。"我说。

"那是。"张粉花接话说,"时间就是金钱啊。姐,你看看这顶多少钱?"

我看见，棉桃包只剩下一层白布皮，棉花包半袋子鼓囊囊。我说："有二十多公斤？"

粉花说："差不多吧。四十多块没跑了，顶我初打烧饼时两天的收入。"

说话间，汪兰兰也揪完了最后一个棉桃子，她拍拍棉包说："俺闺女的小花裙子有着落了。"

我合上本子，摁住锅台，这才硬着身子站起来。

汪兰兰对张粉花说："看大姐怪可怜哩，陪咱姐儿俩说了大半夜，一分钱也没挣手里，还差点把身子冻僵了。"

我试着扭了扭腰，说："还好，软和着哩。"

出门看见满天星，不对，是满天星星在看我。反正，我望着它们时，它们正闪闪地望着我。那眼神多大啊，多深啊，一下子深到灵魂里去了，我的整个身子都是透明的。那该是怎样的一场对视啊，我只看了天一眼，眼珠子顿时化成两颗星挂在了夜幕上。那夜幕，是深黑的纬和浅蓝的经，纵横交织成的珊瑚绒吗？那么多晶晶润润的星星，是打碎了一山的翠玉，抛撒了一湖的钻石吗？它们密密地、碎碎地镶上了珊瑚绒夜幕，那种弘厚的璀璨，深邃的瑰丽，凝重的华贵，把我的心魂一点点敲碎，潜伏在星星的光影里，俯瞰新疆凌晨含露的大地。

在温暖的小屋中醒来，一线羸弱的阳光垂落在我的枕头上。天真的晴了，正如老板任叔预料的那样，雪和冻土在阳光里吱吱作响。我来到院子里时，一群女人尖细杂乱的声音正渐渐消失在大门外。

任叔从大门口折回来，一手扯着三岁大的小孙女。他说："今天集镇开市，她们都去赶集了。"

我兴奋了，赶集从来都是我的最爱。

我问："在哪儿？远吗？"

任叔说："不算远，可也不近。这样吧，你先吃饭，一会儿我让大娃子开车送你去。"

这时，听见有人喊："阿慧姐。"

回头看，见艾巧站在耳房门前。我踏踏跑过去，说："以为你们都赶集走了呢。"

艾巧说："要不是等你，我们早走了。"

掀开帘子，好几张笑脸送过来，我一下认出了"麻将女"乔翠翠、"烧饼女"张粉花、"留守女"汪兰兰。

艾巧把饭菜端上桌，说："给姐留的饭，快吃，俺们等你半天了。"

一碗白面稀饭，一个热乎乎的蒸馍，半碗炒白菜，足够让我饱满和幸福。

五个姐妹一起走出来，任叔和一个敦实的小伙子站在车边等。我料定，他就是任叔说的大娃子。我担心这车坐不下六个人，任叔说："放心吧，这越野车空间大。"果然后排四人座，坐上松松的。我主动坐前头，牛皮座椅咕咕咯咯响。

越野车不声不响地上了路，依稀记得是我来时的那条路。只是此时，路面铺着一片金阳，路上跑着各种车辆，还有匆忙赶路的行人，相比那个雪夜热闹了不少。

两旁的土墙农舍隐在大片的棉田里，雪在不经意中消失殆尽，裸露的土地略显湿软，幸存的树叶格外油亮。

不断有人群从车窗边一晃而过。他们大都头发蓬乱，衣着潦草，面带疲倦，却脚步有力，笑声活泼，背影厚实，一看就是来自各地的拾棉工。

越野车一路好脾气，跑得稳当当，性情像主人。大娃子神态很笃定，单眼皮里藏着机智。他一路言语少，只有两个字："到了。"

后座上响声一片，姐妹们忙着下车，我却稳坐不动，觉得这不像个集市。她们过来敲窗，说："下来呀，到集上啦！"

下车来仍没看见集市，只见停靠在路边、树下、渠旁的各种机动车辆，拉棉花的车居多。我边走边不住地打量，不见密集门市，不见热闹街道，不见拥挤人流，眼前就是一片旷野，哪里是我想象中的集镇呢。

跟着姐妹们往前走，人声浓起来，来到一个丁字路口，猛然看到了集市。

这是在田野里开出的集市，住户零星，棉田密集。水泥铺开极宽的路面，很像一个巨大的拼音字母"h"。路面两边，卖货车首尾相连，车前摆放各种货摊：瓜果蔬菜，粮油米面，鸡鱼肉蛋，四季服装，日用百货；还有牛肉粉汤，羊杂鲜汤，油炸糕点，果仁切糕，拉面拉条，麻辣大盘鸡等。中原集市上该有的这里都有，没有的这里也有。

兜售的吆喝声此起彼伏、丰富多彩，我欢喜地融入了集市的喧闹，紧跟姐妹们身后，紧抱胸前的相机，不断享受人流中拥挤和那不经意的碰撞。对面过来一个头戴翘檐皮帽的大汉，躲闪不及，眼睁睁地看着他，把我撞到了对面的干果摊。我也没有半点生气的意思，正好有机会给这五颜六色的果子拍照。那大汉回头歉意地看了我一眼，我趁机给他拍了一张。

一个黑脸颊、深眼窝的男青年,一头的卷毛在风中乱飞。他半蹲在车厢上卖蔬菜,背后高高堆起一座菜山,青绿的圆包菜,亮紫的长茄子,鲜亮的西红柿。我喜欢这色彩,喜欢在这少雨的新疆看到它们,当然,还喜欢这个卖蔬菜的硬线条帅男。我端起相机把他和菜框进镜头里,正准备按快门,头顶一声吼:"干撒子(方言,"干什么"的意思)?不许拍!"

　　镜头里,那青年两条浓眉飞上鬓角,我拍,我拍,而后,假装没拍上,两手沮丧地一摊,朝他笑笑,说要买番茄。

　　拎了一兜红番茄正逛悠,艾巧和粉花挡在了我前头。艾巧大声说:"咦!可找到你了姐,挤丢了可咋办?"

　　看她俩紧张的表情,我笑了,说:"姐又不是小孩子,鼻子底下就是路,我一路问着也能回到家。"

　　粉花一皱眉说:"姐呀,这里可不比咱老家的小集镇,十里八村的人都认识。这集上的拾棉工,全国各地哪儿来的都有,你举着相机到处照,指不定会惹恼谁。你看东路口,再看西北角,公安的警车一辆辆停在那儿,保护市场的安全哩。"

　　我站在衣服摊边的水泥板上,踮着脚使劲望,看见东边一辆小白车,车顶上警灯旋转着。

　　我看看她俩身后,问:"乔翠翠她们人呢?"

　　张粉花说:"挤散了。不要紧,她们都认识路。我们逢八都会来赶集,十天一集,一般老板会放半天假,缺啥买啥,也怪方便。"

　　我说:"这是在镇子外边吧,三面都是棉花地。"

　　粉花说:"这儿就是集镇了,不像咱们内地集市那么封闭。"

　　艾巧突然说:"哎,对了姐,大娃子有事先走了。他说咱啥时候回去,让你给他打电话。"

在一个衣帽摊上,艾巧挑了两双厚袜子、一条深绿色长围巾,当即把围巾缠在脖子上,满足地说:"还怪起暖哩。"

张粉花正在翻拣腈纶线手套,手里抓了两双,又相中两双。我说:"买这么多干啥?你当鸡爪子煮煮吃吗?"

她一双双戴上试,说:"你不知道姐,我干活手狠,手指头活像长牙了,抓几天棉花,手套就挂烂一双,已经烂掉五双了,干脆多买些,回家打烧饼也能戴。"

我也趁价买了一双,学着艾巧当即戴手上,参着十指说:"还怪暖和哩。"

转眼看见了一顶橘黄色女帽,粗绒毛线,人工棒针编织,右耳边缀一大一小两朵五瓣绒花,也是橘黄色。我少女时,曾一度编织毛线帽上了瘾,一家七口各顶一帽,冬天扫雪时五光十色。二十年不曾见这手工帽,先戴上再付钱,拿手机来个自拍,橘黄线帽配大红羽绒袄,镜头里整个是"老黄瓜的不老春天"。

轻巧地把卖帽子的长睫毛少女拍进来,连同她的彩云般的衣帽摊,心想,这才是真正新疆的春天。

一股烤红薯的甜香,我吸吸鼻子,见艾巧也在努力吸鼻子,眼珠子滴溜溜四下里找。

张粉花咯咯大笑,说:"馋猫鼻子尖,我也闻见烤红薯味了。"一个声音顺味钻过来:"地瓜!烤地瓜。"我们仨一起拥过去。

棉花地旁边,一个胡子拉碴的胖男人,手拿一块烤煳了边的破抹布,歪着身子一下下给炉子扇风,炉子是个圆铁桶,从里面冒热气,红薯的香味冒出来,被他扇得四处乱跑。男人一见来了买主,热情地喊:"烤地瓜! 烤地瓜! 买吗?"

艾巧伸头朝炉子里看看说:"啥地瓜,这不是红芋(地方话,也指红薯)吗?"

那男子说:"烤地瓜就是烤红薯,烤红薯就是烤红芋。"

我听出他话里的河南音,就扑哧一下笑出声,用河南话说:"老乡,你普通话说得真不赖! 你是河南哪里人?"

他"哦"了一声,粗糙的脸上显露出惊喜,他用河南本地话说:"我老家是河南许昌的。"

我们仨同时"咦"了一声,我说:"咱们离得近,俺仨都是周口哩。"

他正用铁夹子往外夹红芋,停住手说:"按理说,我还是你们周口的女婿呢,我老婆也是周口人。"

"啥?"我惊奇地说,"真是怪,走到哪儿都能碰见俺周口人。"他朝远处看了看说:"我老婆该来送饭啦,不信你去问问她。"

我掏钱买了三块烤红芋,三个人站在烤炉边吸溜着吃,满口糯糯的甜,红芋和人嘴都呼呼冒白气。太阳藏在了云层里,泛着一圈混白的光,空气一点点地寒下来。

艾巧和粉花看样子还想转一转,我示意她们往前走,自个儿站在原地不肯动。艾巧交代我说:"姐,你别乱跑,等会儿咱一块儿回。"

我细看这烤红芋的老乡,脸颊虽然被烤炉熏黑了,但看起来年龄没我大。我问:"大兄弟长住新疆吧,老婆孩子都搬来了吗?"

他正要回答我,一个女子把保温饭盒往烤炉上一蹾说:"吃饭吧!"

二十七朵花 "散工女"王菊霞

王菊霞,女,四十一岁,周口人。二十四岁嫁到许昌鄢陵农村。生育两个儿子,大儿子十五岁,念初中二年级;二儿子十一岁,念小学五年级。丈夫在新疆玛纳斯开车十二年,五年前遭车祸腿部受伤。王菊霞和丈夫在六户地租房谋生。

王菊霞两只眼睛不算小,两颗门牙也不小。这老乡妹妹看来有些反感我,她兔牙一亮,说:"你问这弄啥啊?俺老公可是老实人。"

我却看她挺可爱,有观动画片般的美好,就搓着手对她说:"妹妹,赶紧再给我掏块热红芋暖暖手吧,这天儿又冷啦!"

见她收了红芋钱,我把身份证摸出来给她看,用周口话说:"你看啊妹妹,咱俩都是周口的闺女,在离家万把里地的大新疆,我吃块红芋就能遇见你,你说,这能是一般的缘分吗?我只想关心一下大兄弟在这儿的生活,真没有别的啥意思。"

她把身份证还给我,松动了一下表情,大眼珠子一骨碌,说:"不是的,大姐。你看俺在这儿生活不容易,做个小买卖,生怕惹是非。"

她看了一眼丈夫说:"你别看他吃得怪胖,怪虎狼,其实他是个半拉人。"

我正用上下门牙一点点地哂红芋,第一块已经把胃占满了,这一块很难咽下去,这时听见王菊霞如此说丈夫,就停住嘴,兔子似的支棱着耳朵听。

"俺老公先来的玛纳斯,算上今年有十一年了,那年我刚生了二小子。他一个堂弟在这儿跑大车，叫俺老公来帮忙。我开始哭着不想让他走，你想啊，他一个人跑到天边了，这俩吃屎的孩娃子，叫我一个人咋摆治？可是想到家里又多了一张嘴，两个孩都是带把儿的，花钱的地方多着哩，后边的日子稠密得搅不开，就不得不放他出去了。第二年他包了一辆大货车，跑得也不赖，挣的钱把老房子翻盖成两层楼。这日子刚往好上走，哪想到，老天爷哎，他出车祸把一条腿撞碎了。出事那几天气温高，老公差点得了败血症，从膝盖以下锯掉半条腿，总算保住了一条命。"

我不由得朝她老公看，见他坐在机动三轮的驾驶座上，两手捧着饭盒喝面条，两条腿看上去好好的。

王菊霞说："你看他怪囫囵，其实左腿是假肢。不能干重活走远路，只好弄个烤红薯的摊。"

我看看市场说："这十天才逢一个集，能赚几个钱呢？"

她说："今儿逢八，六户地集；明儿逢九，北五岔集。周边几个镇子挨着排，哪天都有集。我老公开着三轮车到处赶集市，整天不闲着，生意还可以。"

这时，来了一对恋人买烤地瓜，王菊霞熟练地称了两块递过去，把两块生的放进炉膛里，重新盖上炉口。

她忙活时我在一边等，还以为她不再搭理我了，嫌恶我无端的招惹和打搅，没想到王菊霞取一只塑料小凳子塞给我说："站着怪累的，坐下歇歇吧。"

感觉出她还想说话，还有话要说，我心中一阵暗喜，稳稳坐下来，把记录本放腿上，小学生似的望着她。边记边想，其实人人都需要倾诉，哪怕是最不爱倾诉的人。就如眼前这位老乡妹，生活的沉重冰封了她的口和心，但一旦有人献上真诚和尊重，恭敬地聆听，她的倾吐就像裹带冰碴的瀑布，冒着袅袅寒烟，倾泻而下。

王菊霞嘴里吐着股股白气，说："伤好后俺老公不肯回家，怕残着个身子回去村人耻笑他。现在的人眼角子浅，妒人有，笑人无，俺老公没挣到钱，又没了腿，还不被他们笑话死。"

她叹了一口气，见老公正翻烤炉膛里的红芋，就欠着身子放低声音对我说："不回就不回吧，小鸡带俩爪就能挠食吃，只要肯出力，到哪儿都饿不死。我把俩孩子交给他爷奶了，来这镇上租间房子住，俺两口开着三轮车赶着集市走。一开始批发水果卖，后来又卖烤红薯，赶上收棉花季节我就报名拾棉花。"

我追问："去哪儿报名？"

她说："镇上劳务所。打散工的人都可以报名拾棉花，不收费，他们把人集中在一起，联系种棉户，到镇上来拉人。早上拉走晚上送回，雇主把饭送地里，晚上把我们送到镇上的出租屋。不住雇主家，他们少费心，就在工钱上补，一公斤两块二，雨雪天还要多，我哪一年都挣个一两万。"

王菊霞面上添了喜色，嘴角一绽，兔牙生动活泼。

"拾棉花结束后，你还干啥活，继续卖烤红薯吗？"我问她。

王菊霞眼光闪亮地说："哪还顾得卖那个！这边一开始犁地，我和老公就开着大三轮下地了，满地溜棉花。"

周口农村把捡拾地里遗漏的庄稼作物叫作"溜"——溜麦子，溜红芋，当然也溜棉花。

她声音里有些得意："可不是什么车都能进地，我们的三轮是经过审批的，有牌号，没牌没号的车不允许到处跑。"

我眼馋心热地望着她,这拾荒"溜"财的活我压根儿就想干。在公路边见到捡拾棉花的人,我就迫切地想加入他们。觉得这要比码字挣稿费来得快,而且爽,腰一弯、一直,效益就有了。

王菊霞说:"也不像你说得这么容易,有时蹚了大半块地,才在棉棵子上溜了几斤花。这种晚开的棉桃子,往往是在拾棉工走后它才开白了,棉绒短,不暄腾。主家赶不及就不要了,眼看切秆、犁地时要翻土里了,我们连三赶四地抢拾,下雪了也挡不住。冷风薅手面,雪片子打脸皮,俺坚持溜花,捡出一点是一点。你想想,土地爷和种棉户,费劲巴力地把白棉花给恩养出来了,还没等采完呢,又埋到地下了,那该有多大罪过啊,咱能多溜回来一些也心安了。"

在河南大平原生长的农人,大都有这种惜物情结。

她说:"不过,有时也有小幸运。在机器采摘过的棉田里,碰巧会拾到漏掉的棉花团,虽说沾上了碎棉叶,可是一捡一大抱,那惊喜劲,活像拾到了大元宝。"

王菊霞满脸知足地笑,她说:"把一朵朵拾到的棉花拉回家,堆放在墙角里,看它一天天长高,慢慢地长成了一座棉花山。我端着饭碗蹲在那儿看,乐得合不住嘴。老公说我没出息,是个小庙里的鬼。"

王菊霞低着头,努力抑住笑,只是嘴唇包不住牙,怎么也合不住。

我问:"那棉花山怎么卖出啊?"

她说:"棉花场不收私人的散棉花,有人下来专门收购,我们年年卖给他。"

我问:"多少钱一公斤? 那可是要卖不少钱吧?"

她轮着眼珠看了一看老公,回头对我说:"也不算多,还可以吧。"我意识到,他们两口子是不想告诉我。想想,有句老话叫"外财不露",我也不好再往人家隐秘处探究。

我问:"冬天田里没活干,可以回老家歇歇啦。"

王菊霞摇摇头说:"哪能闲下了?跟老公一起跑集市卖烤红薯,腊月里生红薯卖得也很快。俺孩子放了寒假都来这儿过年,有时他爷爷奶奶也一起来,在这儿过个团圆年。"

我"哼"了一声说:"人家春节往家奔,你们合家朝这儿来。"

她说:"腊月一过,我就接上活了。棉花育苗前,要用大型耙地机耙土地,地膜缠在了耙齿上,容易烧机器。再说了,白地膜要是被牲口误食了,那可是要命的。我们这些散工,就被雇主叫去捡地里的白地膜,连没有切碎的棉花柴一起给捡了,把地面拾得净光光。雇主按天给工钱,有时按小时算,一般不差钱。确实苦了点,野外气温低,说句不好听的话,撒泡尿都上冻。风刮得迈不动腿,手指头冻得打不了弯。"

"散工女"王菊霞一扬手说:"这几年多难都坚持下来了,我铺地膜、种棉花、打葵花头、揪西红花,逮啥干啥,钱也一毛一毛地挣下了。老乡姐,你别看我长成这模样,我心可大着哩。河南老家的小楼盖好了,下一个打算,就是在这六户地镇上买套新楼房,把孩子们接来上学。我相信啊,人不管本事大小,只要手脚勤快,就过不坏日子。我老公少条腿和没少一个样,他没吃过一天的闲饭。我常说,要饭的腿脚勤,多串几个门,也能多讨要几个馍馍吃。你说对吧?"

我突然很想拥抱一下王菊霞,拥抱她的强大、她的坚韧、她的不屈、她的一往无前。

老远看见了乔翠翠和汪兰兰，她俩一人拎一只鼓囊囊的食品袋，缩着脖子在原地转，活像两只寒号鸟。

乔翠翠一瞄见我就尖着嗓子叫："作家姐你去哪儿啦？快把俺冻硬了。"

我说："大娃子打电话了，一会儿来接咱。"

这时，丁字路口聚集了不少车辆，拉棉花的拖拉机居多。有的车刚到，钢丝网的车厢里，挤满了赶晚集的拾棉工。我看到他们一个个从钢网的后洞里爬出来，轻快地落地，犹如一群蓬勃的鱼。

一群女人大呼小叫，她们提着大兜小兜，边吃边走，边说边笑，从我身边莽撞地挤过，不在意被冲击得歪歪斜斜的我，却含混不清地招呼更远的同伴："快点儿撒！车走了！"

一辆拖拉机在路边隆隆地响，女工们掀开钢网熟练地爬进去，恬淡地说笑，网格子上沾挂的棉花穗，在她们头顶乱晃悠。

两个年轻的女子从对面走来，身边随着两个男子，矮小精干，一看就是南方人。走近了，看清了，这俩女子年龄不超过二十岁，憔悴的面容难掩稚气。她们皆穿玫瑰红大襟上衣，胸襟、领口、袖口绣着亮金、洋紫、草绿色花纹，深黑色镶花边阔腿裤子，头戴青蓝色状如荷叶的帽子。背上背一个绣花裹兜，上面蒙一张儿童绒毯，我一眼瞧见了裹兜下探出两条孩子的小细腿，还有裸露在寒气里的那截红白的小脚脖。

孩子在绒毯里唧唧地哭，女子将细嫩的身子轻轻地摇，男子掀开绒毯，给孩子一片硬邦邦的花生糕，孩子伸出黑乎乎的小手，极快地抓过去，迅速填嘴里。这是一个男娃子，一岁多的样子，头发稀黄，小脸尖瘦，两腮皴裂，额头一块暗紫色伤疤。我的心如被玻璃划过似的疼，殷殷地渗血。这小小的人儿在妈妈背上啃着糖，却失了幼儿该有的甜润。

张粉花见我看得专注，用肩膀碰碰我说："我认识他们，从云南过来的，听说是彝族人，是西边那家老板雇来的，在棉花地里我们常碰面。她身上背的是老二，去年大儿子在地头跑，没人管，磕碰得少皮没毛的。今年她把丈夫、婆婆都带来了，婆婆也下地拾棉花，老板娘帮他们看孩子，一院子跑着十几个。另一个背孩子的是她亲妹妹，沾亲带故的全来了，听说他们那里是山窝窝，有时吃不饱。"

说话间，背孩子的女子们走远了，似一片飘忽的红云彩。

回到任叔家，见大院里停了辆庞然大物，变形金刚似的威武。任叔说，这是大娃子开回来的大马力拖拉机，后边拖带的大家伙，是犁地耙地用的铁铧犁，有五六米宽，看上去张牙舞爪令人生畏。

我从小屋换衣服出来，见大娃子正和一个身穿迷彩工装的壮年汉子，倚着大马力车说话，大概是说犁地的事。有些棉农地里棉花拾完了，准备趁着雪后天晴，赶紧把地犁好，春天好种棉花。棉花的事情就是这，尾巴挨着头，没有闲时候。

大娃子他们开着大车轰隆隆地走了，像辆大坦克开往了战场。任叔去水塔房了，小孙女丫丫一个人在菜园边玩。我走过去，见她正用小铁铲挖土，吭吭哧哧，把吃奶的劲都使上了，小红嘴吐着白气，小手指头冻得像几根红萝卜。

我弯腰看时，丫丫已经挖好了一个小圆坑，能种得下一棵白菜了，但是丫丫还在使劲挖。

我模仿小孩的语气问："丫丫在做什么呀？"

她头也不抬，奶声奶气地说："种任二超。"

我哈地一下笑出声,立马刹住车,故意问:"任二超是谁呀?"

"我爷爷。"

这时,任叔从外边回来了,他笑着说:"这娃娃很少喊我爷爷,提名道姓地叫我任二超。"

果然丫丫丢下小铲子,扑向她爷爷,说:"任二超,你去哪里啦?我找不见你了。"

任叔把一把蘑菇放在地上,拍拍手上的泥土,把丫丫抱起说:"噢,丫丫找不见爷爷了,就再种一个爷爷出来,是吗?"

任叔对我说:"这娃儿几个月大就跟着我,她爸妈住楼上,抱不走,一天到晚黏在我身上,连她奶奶都不让抱。"

我摸摸丫丫身上的小薄袄,担心她会冷。任叔说:"打小冻习惯了,不害冷。"

我看那蘑菇长相有点丑,任叔说,这是树林里长的野蘑菇。

进了大堂屋,暖气让我很受用。说实话,早在集市上我就冻得受不住了,一开始是皮肉哆嗦,没多会儿心肺一起哆嗦,像有人在腔子里提着来回甩,甩得我摇摇晃晃站不住。我在沙发上坐下,背靠一组暖气片,热气从里面传出来,源源不断的暖。这大屋沿墙壁安装了六七个暖气片,一个小型的炭火炉把屋子烧得热热的,把这个冬天烤得暖暖的。我微笑着伸伸腰,像一只按着四蹄拉长身子的老猫。

阿姨从厨房走出来,两手湿淋淋的,她黄瘦的脸上始终布满笑,好像她从没为什么事犯过愁。她笑吟吟地问:"慧回来啦?"

随阿姨进了里间的厨房,空间不大,却安置了两个铁炉灶,红红黄黄的炭火扑向水壶的大屁股,烫得它吱吱叫。两条二尺来长的大草鱼，平躺在大洗衣盆里，亮起丰厚的白肚皮，两头翘出盆沿，看样子，它们躺得不怎么舒服。我刚在盆边蹲下，正赶上一条鱼伸懒腰，扑棱一下，一个精彩的打挺，溅了我和姨一头一脸的黏腥。

阿姨说："你看看你看看，它有多大劲，怪不得咱老家人叫它'混子'。"

她顺力把大混子拨拉到脚旁的案板上，说："这是二娃子两口一大早送来的，开车从人家渔场现捞的。趁花工都在家，你来家也没吃上啥，今儿个咱炸鱼，喝鱼汤，改善改善生活。"

阿姨抹掉额头上的一片鱼鳞说："其实俺们接长不短地改善生活。"

菜刀落在鱼身上，阿姨斜着刀刃刮鱼鳞，嚓嚓两刀，那鱼腾地竖起来，尾巴支住盆底子，大嘴朝天吼。我没听见它的吼声，但看见它亲自站起来，个头几乎和我蹲着一样高。正惊诧，它"呼通"一声躺下了。

阿姨惊魂未定地看着鱼，惊呼："天爷啊，看疼哩！看抖哩！罪过罪过，我叫你受苦了！"

她拿眼睛望着我，眼神像个犯错的小孩子。阿姨说："光顾着给你说话哩，咋忘了先拍死它？看弄的啥事，天爷吡！"

在阿姨没拍到鱼头之前，我抱着头先逃了，一蹦子跑到院子里，直到一丝鱼腥闻不见。

整个下午没见太阳，也没见拾棉工姐妹出屋，我溜出来在她们门口遛了两趟，没听见啥动静，知道她们在歇身子补瞌睡，就轻手轻脚地退回了。独自出了大门，站上通往水塔房的水泥路，见五六只肥硕的大母鸡懒散地站在路面上，叽叽咕咕地说鸡话。说它们大，我可绝对没有夸张，它们头大，爪大，身子大，一只至少十五斤。红黄的羽毛，自己会发光。母鸡们一走一探脖，一步一晃悠，两步一停歇，三步一抖擞。那架势，活像宫殿里的娘娘们出游；那做派，又高傲又散漫，还矜持得让人受不了。

我一看见这群瓷实实的母鸡，肠胃就开始受不了。不知怎么的，就幻想出它们在炒锅里的种种模样，那醇厚的汤柱高高低低、咕咕嘟嘟，那鸡肉的酥香起起伏伏、稀里哗啦。我的幻想越来越不像话，只好张开臂膀赶鸡走，它们依旧从容踱步，鸡眼直视。只好我走，毅然弃鸡而去。

走到两棵大树下，仰脸看，却辨不出是什么树。树干直溜，别的树已成斑秃，或全秃，它俩却一头青丝，简直是枝繁叶茂，还挂着点点绿果。这有点气人，我跳着脚拽它们的枝条，直到跳不动了，也没能动得它们一根毫毛。

刚回到院子里，任叔抱着丫丫回来了，丫丫手里拿着一簇青枝绿叶。我一看，就说："那两棵树，叫什么名字？"

任叔说："沙枣树。"

他从丫丫手中抽出一枝递给我，柳枝似的叶片间，藏着两粒小青枣，似两枚青玉耳坠。

晚饭后走进土坯房，挑开棉帘，见里面昏暗一片，一个小灯泡散发着有限的光。小屋空间不小，两排搭起的长铺，中间留有走道，靠里的窗户下放一张长木桌，一个女子在照镜子梳头。

我含着浓浓的情感说："姐妹们好哇！"

几个躺在被窝里的人没有动，也没有搭腔。侧歪在被垛上的两姐妹翻身下床，一个说："哎哟，大姐来了，刚才我还想到你，以为你还在睡觉哩。"

张粉花拉上我的手，汪兰兰拍着床边让坐下，我示意她们小声点，铺上的姐妹陆续欠起身子说："不碍事，俺都没睡着，睡了一下午这会儿不困了。"

我朝她们看过去，说："一听话音就是咱周口人，在这儿见面亲哩很。"

一个黑胖大姐接话说："可不是咋的？看着在家时不觉得，出门在外就显得亲了。"

她好像来了精神，爬到我跟前，口里冲出一股腐腥味，她说："想起初来时的事，差点吓死俺。"

我问她咋回事，她说："一下火车，我跑厕所解个手，就这一泡尿的工夫，俺找不见大部队了，咱周口来的几百口子人一个都不见了。俺哩个亲娘哪，我手机也没拿，身上一分钱也没有，这可咋弄啊！我哭着跑着找，又回到了厕所门口。一个男的正低头拉裤子拉链，听他说：'乖乖哩，拉锁掉牙了，拉不上了，弄不好这老二都露头了。'我一把拽上他的手说：'兄弟我就跟你走，我听出来了，你就是咱周口人，离俺村不太远。'他一甩膀子说：'你这个人，我这拉链才合上又被你拽岔了，这回真坏了，看咋弄！'我双手箍紧他胳膊，那会儿也不嫌害臊了，他走哪儿我跟到哪儿，说句打嘴的话，那会儿他比俺亲爹还亲哩！"

一个高音说："你中啊水莲，一出门就认了个小爹。"

一屋子人哈哈笑。我说："可不是嘛，出门三分亲。"

二十八朵花 "家暴女"江水莲

江水莲,女,五十六岁。生育一个独子,三十四岁,已成家生子,小夫妻在乡镇街上开门市,修理电器。婆婆健在,八十三岁。老伴六十二岁,守家伺候老娘。

江水莲扑过来拽住我的记录本,那阵势像是拽上拉链男的手。我被她的举动吓住了,见她鼻梁有点歪,把整个脸都带歪了,面目有些别扭。此时江水莲的黑脸上又黑了一层,她紧张地问:"你这是弄啥哩?又问又写的,俺没犯啥事啊。"

我拍拍她的手面说:"没啥事,大姐,我准备写书呢,收集点资料。"

她结结实实地按着本子说:"别写我,我不叫你写。"

我心里毛刺刺的,采访那么多人,这姐儿们的反应让我第一次感到难堪。一屋子的姐妹眨巴着眼睛注视我,我放低声音,放大笑容,说:"没写你,莲姐,书里谁也没有写,里面的人物都不是真名。"我给她打比方,"你看过电视剧吧,跟那一个样。"

她"嗯"了一声,慢慢松开手。

江水莲掰扯着手指头,说:"我可不敢在外惹事,俺婆婆要是得信了,回去还得挨顿打,以后就不叫我来拾花了。"

我以为自个儿听错了:"啥?挨打?谁揍你?你是旧时代的小脚女人吗?"

汪兰兰朝我点点头,说:"她男人常打她,俺俩一个村,按辈分我该叫她婶子哩。瞧莲婶的鼻梁子，就是俺根叔打断的。"

我感觉脊梁骨冒凉气，对江水莲说："这明显是家暴啊，你怎么不去妇联告他呢？"

她说："咦，这事哪能告？那是俺孩他爹呀！俺娘家妈挨了俺爹一辈子的苦打，生养俺姊妹五个，她也没告过俺爹，到死没说过他一句坏话。"

我说："不可思议！这都啥年代了还有这事。"

一个姐妹说："有。俺庄里也有一个，娶了俩女人，都被他打跑了。"

江水莲说："俺男人是个老实头，孝顺得很，三五个村子都难找。他一辈子哪儿也不去，不离身子地伺候俺婆婆。婆婆娘家爹是汉口的大财主，躲日本鬼子那阵子来到安徽界首，那时候，俺婆婆还小，在奶娘怀里抱着哩。俺男人上头有两个哥一个姐，都死了，俺男人先娶的女人难产也死了。俺婆婆相中我身板硬实，说我像个小铁塔，能压势，能干活。我进门后，俺男人就没有挨过地边子，我在地里浇水抗旱，打药除草，他在家树荫下搓麻绳，跟玩一个样。我看不下去，婆婆拿拐棍敲地说：'俺根儿是个可怜人，十八国里没怜受。'我听出来话音了，她是说，她儿子是根独苗，没有人疼，不能下地受苦累。我哪敢叫屈，一个人侍弄四亩地。下地回来，不顾一身泥水，一头钻进灶屋里烧火做饭。盛好后，端给婆婆一碗，再端给男人一碗，我就是他们梅家的一个大脚丫鬟。"

我说："人家丫鬟不下地干活，你就是一个不花钱的长工。"

水莲并不恼，嘿嘿一笑说："别管是个啥，我打下的粮食可不少，夏季收麦子，秋季收玉米，还有黄豆、红芋，屋里院里满腾腾的。三

大地的云朵

年头上俺的肚皮也满了，大得像只大簸箩。疼了一夜，鸡叫时生下了。俺婆婆不让我看孩子，说谁先看了就仿谁，她怕孩子长得像我一样丑。俺婆婆一看是个带把儿的，又是哭又是笑，抱起她大孙子屁股一扭就走了，没看一眼产床上的我。婆婆天天搂着她大孙儿睡，喂奶时才塞到我怀里。有一回，我下地翻红芋秧子，跟邻居嫂子站在地头拉呱了一会儿，俺婆婆抱着孩子在村口骂开了，骂我是个不精细的大憨货，丢蛋老母鸡，嬎个蛋就不管了，诚心要她的老命。我进门坐下奶孩子，俺男人一拳头打过来，我听见轰隆一声响，鼻子跟爆炸了一样，红血淌了俺儿子一脸。儿子哇哇哭，我疼得哭不出声，他蹲在门边说：'再敢惹俺娘生气，还打你！'"

"啥？"张粉花忍不住了，嘴巴凑到江水莲脸上说，"你就不是个人吗，姐？你不会抱上孩子跑吗？还在那儿等着挨死打？"

"家暴女"江水莲说："我没想到跑，也不知道往哪儿跑。要是被梅家人追上了，抢走俺儿子，我还咋活哩！我放不下俺孩，舍不得我种的庄稼，还有这个家。"

我一时无语，只能无语。

张粉花缩回脑袋，坐直身子说："活该你受罪！"

江水莲说："受就受吧，生来受罪的命。那时候，一个心眼盼着俺儿子能长大，能像他爹疼他奶一样地心疼我。谁知这孩子从上小学起，就不正眼瞧我，嫌我黑丑，窝囊，站不到人前去。上大学回来，他给我说话的口气就像呵斥一条狗。我忍了，一个人在暗影里打哆嗦。心说，只要他没病没灾的就好，只要他平平安安就好。儿子梅栋是三代单传，婆婆说：'俺栋栋是十八亩田里一根苗，主贵着哩。'俺见儿子一天天长得嫩呱呱的，跟杨树苗一样，心里那个甘甜啊。

儿媳妇娶进门，我还没有摆起做婆婆的架子，新媳妇就耍起威风来了。她跷起指头说：'我可不是刷锅烧灶的人，家务活谁想干谁干，我可不干！'她不干我干，进家都是神，我是敬神的。我一天到晚心里发慌，恐怕惹了老的，恼了小的，连口大气也不敢出。年节里，我一个人锅上锅下地忙乎，菜一上桌，老老少少都吃开了，没有人记得还有个我，还有我这头没有卸磨的老驴。我倚着门框，捶自个儿的老腰，歪鼻子又酸又疼。这两年俺老了，儿孙们也离手了，牵挂也少了，我想的事也多了。夜里睡不着就对俺娘说：'娘啊，这人心咋恁深哩？咋恁凉哩？一家人都摸不透、暖不热。我把心砸碎了，熬成渣，一星星地喂他们，他们咋就不知饥饱哩？品不出甘苦哩？'天亮了，我想走，去哪儿哩？去哪儿都中，只要离开家就中，只要叫梅家老少看不见我就中。我就报名来新疆了，俺男人说：'不伺候俺娘，还捶你！'他都六十多的人了，还有这狼心。我一句话也不说，硬着眼珠子瞪他，他放下拳头蹲在了床脚。那一会儿，我觉得他也是个可怜的人。"

江水莲很响地吸溜一下鼻子，好像这才感觉到鼻孔在顺畅地通气。这个善良到无法再善良的女人，一生都在为爱妥协、退让，一尺尺，一分分，一寸寸，只退到无路可退，只爱到无爱可爱。最终，她选择了爱自己。

"家暴女"江水莲孩子似的说："俺抓俩钱回家，先到集上给自己买一件红鸭绒袄穿。成亲那天穿的棉袄，是俺大姐手工做的，胖胖大大的可难看。"

我想象着水莲姐穿上新红袄时的样子，两鬓的白发如棉丝，侧歪的鼻梁很俏皮，黑油的老脸有点红。她老伴看后有什么反应呢？

不去想他,一个不值得去想的愚忠愚孝的可怜虫。

　　股股冷风,不断从棉布帘与门框缝隙钻进来,泥屋的温度越来越低。我抱紧膀子坐着,见门后大铺上的一个姐妹,伸手把棉帘拉严实了,依旧坐回被窝,两手揣进袖筒里,面带笑容地望着我。她原来一直在听我们说话,一个人靠在墙角,直笑,不语。

　　我冲她一笑,说:"谢谢你,妹妹,这样暖和多了。"

　　她依旧浅笑,说:"呢是个啥事了!"

　　我没听懂,迷茫地看旁边的姐妹们。张粉花哈哈笑着说:"她是说,'那算个啥事!'山西话。"

　　"噢!"我远远地问她,"你是山西人?"

　　她笑着点头说:"嗯哪。"

　　我一时来了兴趣,走到她床铺前,说:"妹妹叫什么名字? 一个人来新疆吗?"

二十九朵花　　"互助女"张小彩

　　张小彩,女,三十九岁,山西农村人。生育一对双胞胎,一男一女,十六岁,念高中一年级。丈夫四十二岁,四年前患脊柱侧歪,手术两次,无性能力,无劳动能力,在家留守。她的"互助"男友,河南周口农村人。

　　张小彩圆脸大眼,肉肉的鼻头,下嘴唇一道天然黛色唇线,看上去更有立体的美感。

　　我说:"山西出美女,小彩妹妹很好看。"

她轻咬下唇说:"哪儿呀,我丑啊。"

我说:"你会说普通话? 还挺标准的嘛。"

张粉花走过来说:"她还会说咱河南话哩。"她朝小彩飞了个有内容的眼神说:"对吧小彩?"

看来姐妹们对小彩的情况挺了解,她们波澜不惊的样子,让我有些吃惊。

我问:"你爱人生活能自理吗?"

她轻言慢语地说:"他前年第二次手术后,能下床走路了,腰板直不起,走不出院子,出不了山,只能在家做顿饭。今年双胞胎娃娃考上镇高中了,住校不回家,他一个人在家轻松些。我来新疆打工三年了,春天来,腊月走。种苗、摘瓜、打葫芦,什么活都干过,棉花季结束后,我就进城里饭店打工,有时在棉花场打杂。在城边租房住,有时几个人租一间。我一挣到钱就打给我女儿,让她转给她爸爸。我识字少,不会打钱,邻居吕梁帮助我,他是你们河南人,来新疆打工七八年了,在工地上拉电线、装电灯。他的婆姨跟人跑了,一个女娃五岁了,在周口奶奶家养着。吕梁每个月都骑着摩托带我去打钱,有一次,我两个月没有发工钱,娃他爸没药吃,两个娃娃没饭吃,我站在门口急得哭。吕梁把他身上的钱全掏给我了,骑摩托连夜到市区去打钱。回来时刮大风,下大雪,吕梁让我钻进他的大衣里,我搂着他的后腰,闻到他身上的味道,被他热烘烘地暖着,幸福得差点晕过去。到家时,吕梁冻得下不来车,我给他做了一锅香辣刀削面,把吕梁吃哭了,我也哭了,外边下着雪,我们在屋里傻不叽叽地哭了大半夜。后来我就搬到他屋住了,我省了房租,他省了生活费。我把节省的钱打回家。他以前穿得邋里邋遢的,我一天天把他打扮得展展挂挂。有时候，我感到心愧，觉得对不起娃他爸。几次想和吕梁分手，可是感情上分不开，我很待见他。身边不少打工的也这样，临时搭伙过日子，还是各养各的娃，各顾各的家。"

张粉花说："俺听说这叫'互助'，俺村里在广东深圳打工的人也'互助'过，回村后他们互相说。家里人知道了，有的找对方打一架，有的索要几个钱，有的不哼不哈过去了，也有个别离婚的。"

我问小彩："你丈夫知道吗？"

她眼里漫起一层泪水，说："他可能怀疑到了。我回家他也不问，无奈吧。"

张小彩无奈地摇摇头，几滴泪珠溅下来，有一滴落在我的记录本上，"噗"的一声闷响。

我望着她，心隐隐地疼。

我说："这样不行，小彩，还是分开吧。趁他还没谈女朋友，趁悲剧还没来。"

我不敢待在泥屋了，掀开棉帘钻出门。小彩的哭声洪水般不可遏制地冲出来，冲得我的脚步磕磕绊绊、歪歪扭扭。

我走进厨房，见阿姨坐在盆边洗衣服，衣服和水冒着烟。我看出盆里花花绿绿小孩的衣服，知道都是丫丫的，就撸起袖子说："阿姨，我来洗，你歇着。"阿姨也不外气，站起身给我腾地方，像对待自家的亲闺女。她一边往小锅炉里填煤炭，一边说："慧啊，今晚我熬小米粥，你过来喝吧。"我用力地搓衣服，说："好的阿姨，我好些天没有喝热粥了，小米粥更想喝。"

我朝门口看了看说："刚才那女子是谁呀？我听见她叫你姑。"
阿姨"哦"了一声说："你说杨敏啊，我娘家侄媳妇，她年年来家帮我拾棉花。"我说："人长得不错，就是一脸愁容。"阿姨回头看看我，没说话，又往炉膛里加了两块炭。

我在院里铁丝上晾衣服，见任叔扯着丫丫往大门口走。我擦干手追上去，问："你们这是去哪儿啊？"

任叔站下说："带丫丫到果园玩。"

我也想看新疆的果园长啥样，跟上一起出了门。

向北走上一段路，路西一片树林子，我初来那晚看见过它，却没想到是任叔家的果园子。我们在园子边站下，落叶的果树站得密实实的。任叔说："这是你弟弟妹妹们开的荒，种的树，有桃树、苹果树，十来亩地呢。"

我说，我只见了大娃和二娃。任叔说，还有大妞二妞和三娃，丫丫的爸爸是三娃子。

果园里的土地湿黏黏的，雪刚化过，无法往里走。丫丫采了一朵大蘑菇，高举着让爷爷看。任叔说，雨雪过后，蘑菇生长，果树下最多。想起那天任叔采摘的野蘑菇，我俯身满地找，任叔指给我说，蘑菇一般长在倒伏的树干上，还有腐烂的树根上。果然，一个圆盘似的树桩，隐在湿潮的枯草中，旁边生出一窝小蘑菇，像拱出地面的小白兔，嫩呱呱，肉乎乎，顶上圆嘟嘟。我兴奋地采了一大把，任叔敞开塑料袋装进去，说："还好，没有采到有毒的。"

"还有毒蘑菇？"我吓了一跳。

任叔说："你看这边几朵大的就有毒，吃了呕吐拉肚子。"我看它们生得挺好看，个个高高挑挑，细皮白肉，一蓬小白伞似的。难怪呢，越好看的东西越危险。

站在路边，任叔指着房屋让我看，果然发现，远近几座主房都面

　　　　　大地的云朵

朝东方,稍微偏南,不是坐北朝南中规中矩的那种房。任叔说,四十年前他逃来新疆时,也觉得这里的房屋走向很奇特,后来才知道,东方是每天太阳升起的地方,人们唱着《东方红》,把房屋盖向东方,在当时是有重大意义的。

任叔说:"有一个从口上(内地)来的年轻人,他盖了一排坐北朝南的新房子,谁看谁别扭,都说他的房屋盖歪了。好比一张桌上十人吃饭,九个左撇子,一人用右手,正确使筷子的这个人,反而被认为不正常了。"

"有意思,"我说,"任叔不愧是老三届高中生,语言表达那么好。您也是早年移民新疆的吗?"

他摸了摸额头说:"不是。最初是盲流。"

三十朵花 "盲流叔"任二超

任二超,男,六十二岁,新疆昌吉州玛纳斯六户地二道渠子人,原籍河南周口农村,20 世纪 70 年代初到新疆谋生活。生育三子两女,皆在新疆成家立业。任二超成为本地植棉大户,受到当地政府嘉奖。

1

沙发前的茶桌上,两杯茶水静静地消耗着热度。我面朝任叔恭敬地坐着,急切地摇动手中的笔杆,记录本上的直线横格似一垄垄精心修整的棉花畦,引领我种下一棵棵小棉苗。当我一字字记下任叔的口述时,我和他都没有想到,在余下的四天里,我的笔录,会不间歇地填满上千行横格,记下两万多会呼吸的文字。

这是我和任叔都没有想到的。

任叔刚在沙发上坐稳,就说:"其实我不姓任,因为我家老太爷不姓任。关于家族血脉,百十年来族人们从不提及,我爷爷奶奶没有说过,我爹娘在世时也没有说过,可是任家庄七十岁以上的老人都知道,我们这一支是河北回民马家的后人。"

我吃惊地望着任叔。他的右手在头顶缓缓抚过,花白的寸发在瞬间的倒伏中纷纷复原,犹如苍茫岁月的起伏。

他说:"我爷爷叫任安,大爷爷叫任套,可是村里人却喊他们马套、马鞍子,我和大哥小时候也听见过几回。有一回,我无意中听到爹娘的谈话,俺爹说,那天他睡在俺爷奶的脚头边,村里人给他们开玩笑,趴在窗外喊:'官兵来抓恁啦!'爷奶慌忙往外看,吓得连鞋都找不着。我一来二去明白了,俺老太爷是捻军的一个小头头,人高马大,练就一身好拳脚。起义失败后,官兵一路追杀,俺太爷骑马跑,怀里搂着俩儿子,后面坐着俺太奶。他们一气跑到黄河边,俺太奶回头一看,大队的官兵快要追上来了,她翻身滚下马,大喊:'快跑啊!'俺太爷勒马转回来,见俺太奶掏出剪刀猛扎自己的脖颈子,血柱子喷到马腿上。这时候,官兵的马队追来了,河道上的尘土飞起来,有树梢子那么高。俺太爷趁机裹紧俺爷爷和大爷爷,一头扎进黄河里。"

我端起茶杯,猛喝两口水压压惊,那情景就像在脑子里过电影。

任叔不喝水,他接着说:"他爷儿仨喝了一肚子黄河水,被人救上羊皮筏子时,发现还会喘气哩。就这样逃到河南任家庄,俺太爷觉得安全了,就待在村里不走了,住进村头的草庵子。村里有一对老夫妻,一辈子没有生孩子,村人见俺太爷拉扯两个小娃子不容易,提议让他入赘。俺太爷本名叫马喜,老夫妻给改成了任国喜,随了任家的国字辈。从此,俺这一支就姓任了。"

阿姨提着热水壶,给我们的杯子续满水,她笑着对任叔说:"当初媒人婆也给俺说过恁姓马,不姓任,我说,管他是马还是人,我愿意嫁他就中了。媒人还说,他家是'黑五类',我说,我还富农哩,正好门当户对。"

我跟阿姨一起笑起来。我说:"咱仨是'黑五类'开会,俺家原先是地主成分。"

任叔说:"提起这,我心里还是打哆嗦。不是因为俺爹,我还来不了新疆哩。"

"这里面有故事?"我端起茶杯。

任叔小心地抿了几口茶,他说:"俺爹叫任甫,当过兵,能写会算,在国民党的部队搞军需,俺娘也从老家接部队去了。娘活着时说:'游击队的陈同志和赵同志,隔长不短地来咱家,他俩也是河南人,喜欢吃我擀的面条。恁爹给游击队弄过几回药和枪,有一回还装成逮鱼的,划着船把东西送到黄河边的芦苇棵里。'后来俺爹怕暴露了,偷跑回老家种地了,一直到1955年全国'肃反'。"

他放下茶杯说:"那天我和俺哥在奶奶里屋睡,半夜听见有人哭,哭声很吓人,像被人扎了一刀子。我往俺奶怀里钻,俺哥说是娘在哭,跑到西屋一看,俺娘大着肚子披头散发坐在地上哭,手里抓着俺爹的破夹袄。俺哥说:'咱爹叫人抓走了。'我问谁抓的,他说不知道。后来俺爹回忆说,那晚来人跳墙而入,个个蒙面,喊一声他的大名,蒙上脸捆起来就走。俺爹以为遇上绑票的乱匪了,出村二里地,他听见风吹芦苇棵子响,估摸是到乱坟岗了,就说:'好汉,俺要钱没有,要命一条,恁要杀就把我杀在这儿吧,村里人听见枪响,能给我收尸,就地埋葬,别被野狗撕吃了。'有人说:'没人要你的命,我们是政府的人。'俺爹一听明白了,他是被人诬陷了。从此俺爹离家了,被判了十五年,在青海戈壁滩劳改。俺爹被抓时,俺哥十岁,我七岁,妹妹四岁,俺弟弟还在娘的肚子里,两个月后才出生。1959年吃食堂,四岁的弟弟坐在地上端着小碗喝汤,俺娘俺奶奶碗里一寸长的面条都挑给他吃了,我和俺哥不舍得吃碗底上的几个面疙瘩,也跑过来倒给弟弟。他两腿瓢拉拉,不会走,坐在地上,肚子鼓鼓的挨着地皮,连小鸡鸡都盖住了。肚皮像一层薄纸,透明似亮的,能看见里面的菜梗子。"

任叔嘴唇颤抖,他张开右手掌说:"俺弟弟现在身高也不足一米五,外号大个子,五十多了没娶上个女人,但他性格倔强,是个大男人。1972年,我和弟弟一起来新疆找俺哥,现在弟兄仨都在这儿,妹妹也嫁到新疆了,1974年我们也把爹娘接来了。"

"您家老父亲平反了吗?"我仍牵挂着这件事。

任叔摇摇头说:"来新疆时还没有,但他在青海劳改场被提前释放了。1962年的一天,俺爹正在山上砸石头,两个人骑着大马走过来,递给他一个盖红章的公函。"

这时,阿姨把两盘菜放桌上,对我说:"别光顾着听恁任叔说,饭菜快凉了,赶紧吃吧。"

我不好意思地合上记录本,朝门外看看,天不知什么时候黑下了。丫丫跟随阿姨从艾巧屋跑回来,任叔一把抱住她放在腿上。他有一阵子没注意到丫丫了,连她什么时候睡醒的都不知道。

阿姨麻利地摆好碗筷。这些餐具好熟悉，我认出是艾巧屋里的，我从家里带来的小碗摆在那儿，稠稠的小米粥冒香气。阿姨指着盘子说："尝尝这盘辣椒炒蘑菇，这蘑菇还有你采下的。都是在艾巧灶上做的饭，你放心大胆地赔吃吧。其实俺家干净得很，就是怕你不安心。"

我正想说句感谢话，门外汽车响，二娃子两口进屋来。我站起来让他们入座吃饭，二娃媳妇说吃过了。她手上提了两个食品袋，里面两只褪过毛的鸡看得很清楚。我发现这二媳妇，啥时来家都不空手，不是鱼就是鸡，不是水果就是蔬菜。她不声不响地把袋子放进冰箱里，自个儿找个位置坐下了，依旧悄声不语。

二娃子同任叔低声说了一阵子，我听出是说大娃子，大娃子开着"大马力"给人犁地，现在还没回来。二娃子说要开车接哥哥，但有三条路，不知该走哪条。任叔说："你走兵团大道接，其他的路窄，你哥开的刮板子车，犁铧就有八米宽，小路的话，把道挡完了，来往的车又多，这天儿也黑严了。"二娃子答应一声出门了，小轿车一响就走了。

吃过饭，我把锅碗瓢盆送到艾巧屋，洗刷干净，又坐在床边说会儿话。院子里车轰鸣，出来一看，大车小车都回来了。车灯映照任家父子三人的面孔，是那种沉稳中的默契，危机中的冷峻。

二娃子夫妻开车回家了，大娃子在里屋歇下了，阿姨也抱着熟睡的丫丫进了屋。客厅寂静了，只有暖气在流动。

2

我仍然惦记着那张信函，捧着本子问任叔："公函上写了什么？"

任叔说:"我也没有亲眼见,过后只听俺爹讲,大概意思是原判失当,函到之日即是释放之时。俺爹说,当年所有的材料都是假的,人为的陷害,是为了表功充人数。我爹含冤劳改了七年零一天,当时还没有给他落实政策,回家后村人说劳改犯回来了。整风运动,开批斗会,还是把俺爹给喊上,俺爹成专政对象了。我和俺哥在台下眼睁睁看爹挨批斗,还要举拳头喊口号,那滋味别提了……"

任叔把花白的脑袋埋在臂弯里,过了一会儿才说:"1965年俺哥二十岁,他实在是压抑得不行了,就跟村里的三个年轻人商量要去新疆,说那里地多人少能吃饱。族里有个姑奶奶嫁到新疆玛纳斯了,俺哥他们决定投奔她。哪知,一路忍饥挨饿刚下火车,就被人抓到了收容所。收容所里聚集着许多来自全国各地的盲流,俺哥他们在那里干活垒墙头,看守的人说,等收容的盲流够一车厢了,再一起遣送回河南。有一天,俺哥瞅准时机,一摆手,四个人跳墙逃跑了,一头钻进了一人高的玉米地。趴在玉米棵里,听见追赶的马队嗒嗒嗒地跑远了。他们白天不敢走,饿极了就躺在地里啃玉米。玉米粒子刚灌浆,一啃一股水,哥儿几个连棒子芯一起嚼吃了。天黑透了才摸索着爬上路,等摸到了姑奶奶家,一个个土猴似的都看不出人样了。姑奶奶刚给他们做好饭,大门咣的一声被踹开了,四个人又被抓进了收容所。"

我提着一颗心,问:"后来呢?"

任叔说:"没几天,一个管事的人说:'你们这些盲流赶上好时候了,中央一个副主席来视察,指示说,愿意留下建设新疆的,可以就地安排工作。'俺哥他们是在玛纳斯六户地抓到的,就在这里落户了。"

我松了一口气，问："六户地，这地名好质朴，原有六户人家吗？"

"初来时我也很好奇。"任叔说，"后来才知道，这地名有两种说法，一是官方，二是民间。官方说，清朝时期，以当地的周、朱、王、陈、施、窦六户人家联名上书，县上以户分水、纳粮，就取名六户地。民间说，当地土地面积是以斛、石、斗、升为计算单位的，就是种地时，手撒一石重量小麦种子的地，就是一石地。一斛大概是手撒一斛重量小麦种子的土地面积。我刚来这里时，请教过当地的老年人。他们说，以前在折算土地时，将一斛地分为三个等级，上等地为一百亩，中等地为二百亩，下等地为三百亩。清政府官员登记时问多少地啊，当地农户答，有六斛地吧。后来这里就叫六斛地。可是'斛'字有好多人不认识，也不会写，就写成'户'字了，从此就叫六户地。"

"有意思。"我说，"看来在清朝时期，这里不过六斛地。而今，别说整个六户地了，就说任叔您一户人家开了多少地吧。"

任叔整个人来了精神，他挺起腰板说："我和二娃子合作种了三百多亩棉田，还不算果园和自留地。早年我自个儿开荒，开了三千亩地，一部分租给别人种，一部分转让出去了。大娃子一个人又在外地开发了三千亩，植棉五百亩，其余的也转让了。"

我的眼珠子越鼓越大，说："任叔，你到底是六户地数一数二的土地大户，张嘴就是几千亩。当初俺太爷爷置地三百亩，就被打成了老地主。"

"当初来新疆时，咋也没想到有今天。"任叔说，"说实话，我压根儿没打算来新疆，俺哥来时我也没动心。后来咋又来了哩？这还得从头说。"

他喝了一口水,说:"1967 年我高中毕业,回家种了两年地。1969 年县水泥厂招工人,我被招上了。我有学问,个子大,也说是个人才吧,厂领导就把我分到了政工组。我由此自豪过一阵子,穿着白衬衣,挎着军用书包,骑着自行车在街上跑。当时工人老大哥,地位相当高,还吃商品粮,工资也不低,多少人眼气啊。有一个叫朱玉芬的女同学,家住县城,她在一所小学当老师,父母也是教师,真正的书香门第,家庭条件不错。朱玉芬有空就骑车来找我,我也喜欢跟她在一起,散步聊天很对脾气。有一次她到我宿舍来,把被褥卷巴卷巴带走了,拆洗干净才送回来。她带我去她家,一进门就喊:'奶奶,他就是那个姓任的小孩。'看来她给家人没少提到我。有几次她骑车跑到俺家里,弄得嫂子大娘见她来就喊:'朱玉芬吗?玉芬来啦!二超快出来接啊!'喊得她不好意思了,后来,她就带个女伴一起来找我。她的心思我明白,可是,俺俩自始至终谁也没有提婚姻的事,即使在我来新疆的前几天,我和她在小树林里坐了两个多小时,谈工作,谈读书,唯独没有谈爱情。我俩都心照不宣,她期待我捅破这层窗户纸,可是我始终没有勇气说出口。

"我和玉芬是两种阶级,她是根正苗红的无产阶级,我是反革命分子的儿子,我俩之间隔着一条难以逾越的鸿沟。即使玉芬不惜粉身碎骨跳过这沟去,她的父母能同意吗?我痛苦得无法自制时,就一次次地告诫自己:'你若真爱她,就别连累她。'"

任叔不再年轻的脸上,现出真实的疼痛。有些心病,不会因时间而痊愈,这就是爱情。

"你始终没有忘记她吗?"我问。

"没有。"任叔说,"我俩至今还联系着。"

"真的？阿姨知道吗？"我看看里屋，压低声音说。

"她知道。"任叔收回目光说，"还时常催我打电话问候玉芬。"

我真的有些不明白了，熬老了的爱情，就是这种味道？

想起一句话，就问："任叔，你说过没打算来新疆，咋又来了呢？"

他用拳头支起腮帮说："我被厂里除名了。"

"1972年冬天，"任叔回忆说，"那年的寒冷让我一辈子都忘不了。村里有人写信反映到县革委会，意思是，村里那么多贫下中农的子女当不上工人，他任二超一个旧军官、劳改犯的儿子，倒让他当工人。'工人阶级领导一切'，他个'黑五类'能领导俺们吗？没几天，厂领导让我烧锅炉。我想，烧就烧吧，革命工作不分贵贱。哪知村人又写信给县里，县里通知水泥厂，水泥厂通知到我，说我被工厂除名了。户口从镇上转回乡派出所，补发我三个月工资，我又做回了农民。那段日子，我把白天当黑夜，黑夜还是黑夜。不出门见人，也不肯见人，我在他们眼里就不是个人，只是一个坏分子的后代。我蒙头大睡三天两夜，我心不甘啊，半夜起来给俺爹说：'我要去新疆找俺哥。'爹两腿垂在床沿上，耷拉着头，他流泪了，说：'带上你小弟，走吧，都走吧。离开爹，越远越好。'俺爹一仰头说：'是我连累了俺儿啊！'"

任叔说不下去了，他孩子似的抽噎着。我递给他两张面巾纸，他摆摆手说："那晚俺爹的声音，至今都在我的耳边响。我和弟弟坐上开往新疆的火车，没出许昌地界，我的泪水啦啦淌，擦也擦不干。俺弟光拿眼看我，他年龄小，不明白事。我那心情压抑得很，沉痛得很。想想自己努力了那么多年，却丢失了工作，丢失了爱人，还丢下了年迈的老奶和爹娘，那眼泪就止不住。还好，俺哥儿俩在新疆的火车站没被人逮住。事先听俺哥安排了，不背包，不带被褥，空着两手走，他们果然就轻易放行了。在六户地顺利找到俺哥，哥腾出两间破土坯房，我和弟弟住下了。弟弟是个初中生，正上学，他的户口就落上了。我还是个盲流，只能干个临时工。在生产队干，在粮站干。那时期，不给现钱，只记工分，干一天算一天的工分量。十分的工，给一市斤口粮，也叫工分粮。我一天挣二十四分，能分到二斤四两面粉，能吃饱肚子。俺哥有户口，他每月多分十五公斤的'人头粮'。"

任叔朝里屋看了看，说："1973年的一天，一个叫桑爱兰的姑娘来找我，背着一个小包袱，从河南老家来新疆。她和我同岁，娘家离俺村不太远，细高个儿，瓜子脸，说话很响快。原先在水泥厂上班时，有人给我介绍过桑爱兰，当时我满心都是朱玉芬，没有留意桑姑娘。前一段，家人来信说给我介绍一个对象，我一看名字就乐了，还是这个桑爱兰。就写信说，让她来吧。我俩没打结婚证，没举行婚礼，就在破旧土坯房里成亲了。她不认识字，只认识我，心里眼里只有我，她心疼我，肯下苦，给我生养了三男两女五个孩子，五个大学生。"

我第一次得知阿姨的名字，她是任叔的"桑姑娘"，同甘共苦的老伴，五个孩子的娘。

任叔深呼一口气说："1974年正月初七，我的大妞出生了。孩子落地了，没有包裹她的小褥子。咋办哩？我来时穿的棉布袄，刺啦几下把袄面子撕下来，赶紧包上俺闺女。俺弟弟拿来一条床单子，还是他在旅社打工时留下的。撕掉单子上的红字，几个人慌忙套了一个小褥子，这才把大妞严实实地包好了。新疆的冬天那个冷啊,外面温度零下二三十度(摄氏度),屋里即使烤着火盆子也是干冷干冷的。我把大妞装进裤腰里,白天随便她屙尿,晚上才脱下棉裤洗净烤干,天明再穿上。她妈坐月子,一个月子里只喝了一小瓶红糖,还是一个老乡得信送来的。想想那日子可真苦啊。"

"嘿——"任叔长叹一声说,"最苦最怕的还是贫专队。"

我不解地问:"啥叫贫专队?"

任叔说:"当时吧,贫下中农宣传队简称'贫宣队','贫专队'大概就是贫下中农专政监管队。贫专队人员,骑大马,戴袖章,一支马队五六个人,专抓没户口、没证明信的盲流。我被他们抓过一回,我现在讲的这是第二回。春天一过,积雪化了,贫专队的马跑得更快了。白天好躲,晚上我不敢睡屋里,天天睡房顶,再冷也不回屋,好提早发现马队,提早逃跑。那天,我在屋顶上听见大妞在屋里哭,哭得很厉害。我心疼孩子,下来看看。没想到马队就到了,抓住我胳膊摁地上,麻绳一捆就拴走了……"

这时里屋一声小孩哭,我还沉在故事里没出来,以为是大妞。丫丫却在屋里哭着喊:"任二超,任二超。"

我一看手机凌晨三点了,"呀"了一声站起来,任叔早已跑走哄丫丫了,似乎比当盲流时跑得还要快。

我躺在小床上,合上眼睛,脑子里却如火车隆隆。那豆虫般的绿火车,在越来越荒寂的大山里剧烈地蠕动,它接连吐着墨汁似的浓烟,不断发出撕心裂肺的鸣叫。荒原里雾气蒸腾,隐现盲流者年轻的身影,随风飘动的破布衫,倔强而青葱的面孔,火烧云烧透了的天空,唰唰作响的玉米地,马蹄踏碎的金盏花,仓皇逃生的脚步,撕碎空气的喘息,婴儿惊愕的啼哭……

3

今天的早晨是从上午开始的。

我伸个懒猫式的懒腰,听见后窗外有动静,透过玻璃张望,二娃子两口正挥舞铁锨刨菜地,白菜、大葱、萝卜还在地里结实地生长着,半死不活的番茄棵子被连根拔掉,陈尸一旁,散乱无章。两个年轻人齐头并进,听不见铁锨插进泥土的声音,但见他们劳动的姿态生动可人,面前翻出的新土黑湿一片。

哦,原来这房后还有一片大菜园,新疆的土地那么多,任家老少却爱惜地打理出一片又一片。骨子里的河南人,骨髓里的土地情结。

走出屋子时,阳光像关闭已久的金毛大狮子,忽地一下扑到我身上。没想到雪后的太阳会这么生猛,我在院里拿双手捂眼睛,从指缝里瞄见了院前菜园的人影。阿姨一手拿小铁铲,一手举着一棵大白菜,迈出菜园子,绿莹莹地朝我走过来。白菜被她剥去冻坏了的老叶,它就扑棱着青白的大叶子,在我的眼前开着素净的花。我上前揪下一片白菜叶,不由分说填嘴里,嘎吱嘎吱地嚼起来。味蕾开了花,清爽得没法说。阿姨惊讶得嘴巴合不拢,她拿白菜戳了我一下,说:"这闺女,生吃啊!这不洗不涮的能入口吗?"

我喜眯眯地又伸手,她麻溜地把白菜藏身后,说:"晌午吃,白菜炖豆腐。"

任叔在那边说:"薅个萝卜吃吧,霜雪打后,萝卜脆甜脆甜的。"

走过去,见任叔挥舞铁锨,已经翻好了很长一垄地。我刚挨近地边,小风送了一股新鲜的土腥味。我说:"没想到雪后的土地干得

大地的云朵

那么快，要是咱老家的淤泥地，会湿黏得刨不动呢。"

任叔边刨边说："那是，这里土地干，前日的小雪只是湿湿地皮，没洇到土层去。风一刮，太阳一晃，这地就干绷绷的啦！"

我望了望土坯房说："她们都下地拾花啦？地里可以进人啦？"

任叔点头说是的。我站在那里迷瞪了好一会儿，不确定是去找拾棉工，还是继续采访任叔。任叔往手掌心吐了口唾沫，使劲挖几锨，很快到了地头。他拍拍手上的土，扛上铁锨说："回屋，叔接着给你讲。"

虽然出着太阳,但屋里还是比外面暖和。我把茶端到任叔的面前,他啜了一口说:"昨天啊,叔让你见笑了。细想想,自从俺爹娘去世后,我多年没这么掉泪了。闺女,你一来一问啊,我把沉到地底下的老事都翻出来了,就跟翻菜地一个样。"

他放下茶杯,接着昨晚的话头,说:"我被贫专队五花大绑出了门,黑影里还有一帮捆着的人,有的脸熟,在一起干过临时工。我们一拉溜十几人,前头一个女的很年轻,也是被反手捆着,疼得她小声哭。我明白她是一个姑娘家闯新疆,没男人可依靠。有家的女人孩子不抓,把男人抓走遣送回去,妇女孩子就跟着走了。看押我们的人里头,有一个我认识,他偷偷地给我松了绑,两手在前头捆绑着少受疼。我用胳膊肘杵杵他说:'也给那女子松松绑吧!有情一块儿补。'那女子也改换到前面捆住手,一路上没再听到她的哭声。

"转来倒去,我们被押进了县收容所,四处一看,高墙大院,四个墙角盖四个小岗楼,高得很,仰脸看掉帽子。我们住进筒子房,睡大铺,人一个挨一个。关进去头三天没让干活,吃的是玉米面发糕,没菜也没粥,噎得翻白眼,就这晚上还不给吃,一天两顿饭。第三天早饭后,一个带班的小矮个儿,站在院子里喊人出去干活,见我个子高、块头大,就把我给喊上了。二十个人被带进拖拉机厂,安排我们除草、扫地、清理垃圾。我干活不惜力、不耍奸,带队的人看着怪满意,第二天又点名让我去了。这一回,我存了个心眼。昨天我就踅摸到了,拖拉机厂院墙不高,也没有岗楼,除草棵子时,我瞄见墙角掉了几块砖。我刻意没砍那棵树,留着它遮蔽墙豁口。我们一猛劲干到快中午,日头的热度上来了,饿劲、乏劲也上来了,监管的人软塌塌地堆在棚子下。这个时候我两手一摁墙砖，一纵身子，噌地一下翻过去了。我撒开腿没命地跑啊，前头是条大街，我往人多的地方跑，还是被他们发现了，我听见身后喊：'抓盲流啊！''别让他跑啦！'这么一喊，街上人就纷纷躲开了，给我让出一条光溜溜的大宽路。我跑得更快了，跟一匹疯马一样，耳边的风呼呼响。这时街边有人喊：'跑我家来！'我溜冰似的刹住脚，那人伸手把我推进身后的临街门，啪地把门关上了。他仍旧站在门外边，我听见马队哗啦啦朝前跑了。那人领我进了后院的屋子里，问我在里边几天了，我说三天了。他说，那该饿坏了。赶紧撸袖子给我做饭吃。记不清他做的啥饭了，光知道很好吃，我不抬头地吃了两大碗，这才腾出嘴来问恩人的大名。他说：'我叫陈国平，江苏海门人。'我说：'我叫任二超，是个盲流。'陈大哥1958年来到新疆玛纳斯县，属于上海支边青年，如今住在县城里。他一米八多的高个子，身架子又宽又大，看上去比我还猛壮。我俩说着聊着挺对脾气，这时，他老婆领着三个闺女回来了。天黑透了，陈大哥把我送到城外的漠河渠桥边，他转身回去了。我望着他的背影，一句感谢的话也没说出口。我是盲流，分文没有，人家跟我无亲无故，却这么出手相救，我无论说啥都显得很贫乏。站在桥上，我把恩人的姓名和住处，牢牢实实地记下了。"

"家里人可急坏了。"任叔说，"俺大哥听说我被抓，带着吃的穿的去收容所找我。一问，说：'任二超啊，跑啦！八匹马都没撵上他。'我大哥一听高兴了，背着包袱回来了。当晚我就摸回了家，有了经验和教训，再也没被抓到过。"

任叔的表情松弛了许多。他说："生了大妞后有家有口的，我打算盖所新房子。我去河坎上打芦苇，脱土坯，跑兵团砍树。树干扛不动，就滚到水渠里，顺水拉着走。几间新房终于站起来了，我和家人差点累趴下。不管怎样，总算有个立身的地方了。1975年阴历七月，大娃子出生了，一家四口的户口都报上了。当时，一口人给了三分自留地，俺四口人共一亩二分地。俺有自己的地了，也成了一名社员，跟大家伙儿一起下地割麦子、掰苞米、砍高粱。我干活又麻利又猛张，浑身有使不完的劲。我不怕苦不怕累，就是怕低人一等，不被人当人看。那阵子，我感觉自己是个人了。到秋后，全家分了'人头粮'，基本上够吃，最重要的是不被贫专队抓了，我这才安稳了一颗心。盲流的日子结束了。有房子有家有地种，俺哥仨一商量，回老家把俺爹娘和妹妹接过来，一家人在新疆团聚了。俺爹那晚高兴得睡不着，在这儿没人清楚他的身份，老人家心里舒缓了。"

4

"还记得那个叫任水流的人吗？"任叔突然这么问我。

"哦，"我想了想说，"同你家大哥一起逃来的四个人之一吧？"

任叔点点头。他说："我一落上户口，就被生产队重用了。社员们选我当青年排排长，当时生产队分有壮年排、妇女排。一个拖拉机大齿轮，钢做的，挂在俺家的大树上，我一敲当当响。我带领青年排下地劳动，记工分、分派活。任水流当时受我管，我指派他干啥他干啥。时间一长，他就有些不情愿。我爱读书看报，爱在种庄稼上动脑筋。新疆的气候、光照、降水，包括种地的时令、庄稼的习性，我都摸得透，弄得懂。这六户地二道渠子，之前种过小麦、玉米、高粱、油葵、甜菜，却从没有种棉花的历史。我看水沟那边的农八师棉花种得不赖，就对生产队长说：'咱也种棉花，准成。'队长说：'别看隔条沟,水土就不同,恐怕种不成。'我回去给队员们一说,他们都信任我,当年我们队就改种了棉花,收成挺好。你阿姨把三亩多的自留地也种上棉花了,白棉花开得往下流。队长说,这棉花收成了,没处加工也不成啊!不加工的籽棉卖不掉。我就骑着自行车,走七公里土路找到一个加工厂,给厂长坐月子的老婆送了一桶鸡蛋,给办公室主任送了一袋大米,结果很快就把籽棉加工成皮棉了。当时棉花紧俏,玛纳斯棉麻公司说有多少要多少。那年,我们生产队的收入大大提高。三年前,镇上一个记者来采访,听说我种棉花的事情后,他哎哟一声说:'老伯啊,你是咱玛纳斯镇种棉第一人。'"

我惊叹一声,说:"任叔,你真是敢想敢干!"

"任水流可不这么说。"任叔说,"那天我当了壮年排排长,他对我说:'看你任二超怪能耐,可跟我没法比啊。我任水流八代贫农,从我这辈起向上数到清朝,俺家都是小葱拌豆腐一清二白。你可不一样啊,恁老爹是旧军官、劳改犯,恁家属是戴帽子的富农,你咋能跟我比哩?'我心里咯噔一声,一时认不准他是狼还是人。俺任家父子万里迢迢逃到边疆,还是没逃掉这可怕的诅咒。想到年迈的老爹,我忍住怒火,拍了拍他的肩膀说:'咱弟兄们比个啥?不都是给娃儿们开条路嘛。'这事过去没几天,从老家来了个放蜂的,他养的蜜蜂来采棉花蜜,那时红红黄黄的棉花朵子开得正旺。他从鄯善来俺家,我和你阿姨照顾他吃住。他说:'听的和见的就是不一样。任水流说恁家没好种,弟兄仨都是孬种,任二超人凶、人赖、人厉害。'我气得双手麻,还是笑笑说:'一人一性格,人和人看法不一样。水流哥也是苦出身,来这儿挣生活不容易。'那兄弟说:'他说你坏,你说他好。一村一姓的人也不一样。'"

"第三次忍他是在俺家里。"任叔说,"家里喂了鸡子、牛、驴,还有马。生产队里挖甜菜,剩下一小堆,不够一车拉,公家丢在田里不要了。俺弟套上驴车,拉回家喂牲畜。刚刚卸到后院里,任水流追到家里,跳着脚说:'这甜菜是我看好的,今晚上你任三超就得拉到俺家去。要不送,今晚上我就叫人批斗恁爹,口上人谁不知道恁爹是反革命、劳改犯。你以为到了新疆就没人知道啦?你拉不拉?我这就去村上说去!'俺弟气得一蹦老高要打他,被俺爹在屋里喊住了。爹摁住床帮说:'装上甜菜,给他送去。'俺弟孝顺啊,忍住气套上车,连夜给他送家了。第二天我才知道这件事,气得我两眼直蹿火。我抄起铁锨就走,被俺爹一把攥住了。爹说:'君子怎跟小人一般见识呢?这一把甜菜不值几个钱,也不是咱自家种的,是公家田里长出的,咱不要了,咱给他。'我那个气啊!气他骑在我脖子上拉屎,气他往我眼睛里推石碾,气他都是同村人不该生歹心,气我怎么努力都被人看不起。我想不开啊,一天一夜不吃不睡,那气直往脑门上顶,眼前灰蒙蒙看不清东西,我真想一头在墙上撞死。一连半月我气难消,出门脚打飘,扶墙走。你阿姨一步不离地跟着我,怕我气死了,还怕我把任水流杀了。"

屋内不热,任叔却一额头的细汗。他说:"第二年,1976年阴历五月,刚收完小麦,老家的公安局寄来了一封信函,队长召开群众大会,我们全家老少都参加了。队长在会上宣读了组织上给我爹的平反通知,我坐在人群后面,没有看清前排俺爹的表情。晚上,我去老爹屋里看他了,知道他心情不平静。见他坐在椅子上,白脑袋一个劲地摇晃。我喊了一声爹,他哇的一声哭出声。爹说:'二超啊,组织上没忘我啊!爹清白了。太晚了!太晚了!要是早一些,恁哥儿仨学业都能上成了,也不会到这里来,也不该受恁多苦了。儿啊,爹误了你们了……'"

任叔泣不成声,我的泪珠落在纸上啪啪响。他说:"心疼啊,1981年俺爹去世,俺哥儿仨把他埋到了新疆的自留地。站在坟边,我心疼得很啊!俺爹几十年的苦和冤,他从不言语。可是那一晚,他老人家哭了又哭,像是要流完一辈子的泪水。这是我见到的他唯一一次流泪,在这以前,我们的大哥,十几岁生病去世了,我爹把他抱出去埋了,家里家外没掉一滴眼泪。他是个大男人,心里有爱憎,却一生没有尊严地活着。"

任叔平静了一下心绪,接着说:"俺老父亲去世时,走得很平静,面色可好看,跟睡着了一个样。几年后,老母亲也走了。1998年任水流生病了,肝癌,他平时好喝酒,见酒走不动。最初听说他住院了,我赌气不去看他。后来想想,还是去吧,谁能不犯错,谁能不生病哩。眼下他在难处了,我不能看着不管。我去医院看他几回,也喊上俺哥一起去,有时送俩钱,有时买吃的。任水流去世后,我在他家忙活了几天,也让三个儿子去帮忙。毕竟都是周口人,都是一个姓。恩怨再大,一死就了。那天队里有事找我,我刚出他家门,任水流的老伴哭着追出来,说:'他叔啊,你可快点来!这一摊子事还等你拿主意哩。'我说:'来!咋不来哩?再忙也要把俺流哥送入坟。'侄子也是孝子,我的仨儿子披麻戴孝,守灵、送殡,把任水流埋进公墓,葬在他老娘的脚头。围观的人都说:'瞧人家河南人多仗义,多抱团,这葬礼办得多热闹。'不远处就是我老爹老娘的坟,这里是我们的又一个村庄,死后都会来这里。我们生在周口,死在他乡。像任水流一样,当盲流来到这里,就再也回不去了。任水流死那年五十三岁,他的五个儿女都没有成家。办过任水流的丧事,他二女儿参加工作误了报到时间,我亲自送她去乡供销社,找她领导说明情况,这才把她安排到供销社下属的棉花加工厂。"

<h1 style="text-align:center">5</h1>

这天中午,二娃子两口从后院回来,放下铁锨进屋喝茶说话,二娃子媳妇说到了"倒包"的事。在我们周口"倒包"就是"捣蛋",有节外生枝的意思。我听了一耳朵,以为是哪个拾棉工捣蛋了不好好干活,细听才知晓,是前天晚上在院里称棉花的事。二儿媳妇发现,有两个女工的棉花数量忽然高起来,比平时多了二十多公斤,她怀疑是她俩"倒包"了。打开监控一看,果然一个女工把称过的小半包棉花,倒手转给了另一个,那女的塞她包里又称了一回。我听了呵呵笑,新奇还有这种事。二儿媳妇却平静,她说:"我没有搭理她们。"任叔说:"你做得对,几个钱的小事,撕破了脸面不好看。叫杨敏暗地里给她俩透个话,以后改了就中了。"

我知道,杨敏就是阿姨的侄媳妇,那个细高挑女人。

我问:"倒包的事情常发生吗?"

任叔说:"哪年都有几个人,多发生在第一次来拾花的人身上。他们没经验,爱耍个小聪明,其实每天拾到多少斤棉花,数字都在那儿摆着,忽高忽低就是出了小问题。"

丫丫被二娃两口子带回镇上了,任叔手里轻快了,问我:"上午讲到哪儿啦?"

我一吃饱就迷糊,一听任叔这么说,人忽地抖擞了,打开记录本说:"任水流去世了。"

"哦。"任叔说,"其实,也怪可惜的,他也是个不甘心的人啊,没过上好日子就走了,他错过了改革开放的好时候。他去世的第二年,生产队就分产到户了,土地、牲畜都分了,只有一辆东方红拖拉机要卖掉,连犁带耙作价四千块。那时有文化的村人不多,那大铁家伙一连数日没人要,晚上俺哥把我和弟弟叫过去,哥儿仨一商量,决定凑钱买下拖拉机。同队部达成协议,只付两千元现金,其余两千'以工代费',从给村人和队部犁地、耙地、种地的工钱里扣减。俺哥有远见啊,他也敢想敢干,农忙时,他开着拖拉机日夜不停歇,犁了俺自家的地,又犁别家的。我和俺弟都学会开了,不久就把车钱挣回来了。"

"有了这大铁家伙,我的心也大了。"任叔一拍巴掌说,"我找到俺哥俺弟,说:'咱开地吧,这尿布片子大的自留地不够种,不过瘾,这新疆啥都缺就是不缺地,荒地、野地一百匹马也跑不到头。咱哥儿仨炝蹶子跑,甩膀子干吧。'哥弟说,中!"

任叔挠挠头说:"这开地说着容易,干时就难了。首先,要清除地面的野树、杂草、大石头,还要填平大坑,推平高岗,然后犁平耙平。打渠道引水,放水泡地压碱,一压一泡三年。这期间,哪一道关卡都让人脱层皮,哪一项工序做不好都白搭。几年下来,俺哥儿仨还有你阿姨,都成了火焰上的火猴子,熬煎得不成人样了。我们一开始只开几十亩,后来增加到上百亩,直到二十多年前,随着新疆机械化发展,开地省劲多了,我在其他地区又开了三千亩。"

我说:"所以你成了州、县、镇劳模,年年都发大红证书。"

任叔有些惊讶,他说:"你咋知道的,闺女?你阿姨说的?"

我说:"我翻看柜子里的那摞证书了,有你的'致富带头人''先进工作者'，还有大娃子的'团员致富能手''地膜棉花状元'。你们父子杠杠的!"我禁不住用了句流行语，还向他竖起了大拇指。

"嘿!哪能值得说?"任叔搓着大手说，"那几年真是苦得很啊!那一年我和你阿姨，费劲巴力地种了百十亩棉地。当时，棉花生长期浇水是大事，水渠放水时，到谁地头谁开沟放水，水头错过去了就不再回来，依次浇灌前头的棉田，水不倒流。那时候，三娃子和二妞还很小，让你阿姨照顾家，我一个人赶着马车，带着干粮下地了。从天不亮一直等到半下午，人困马乏，我把马拴在空地上吃草。这个时候水来了，我飞奔过去挖水道，雪山水跟一群白马一样哗哗地跑。眼看百十亩地快浇完了，突然有人喊:'二超，你的马!'我跑过去一看，娘哎!我的马矮了大半截，四条腿陷进淤泥里，跑水了，水把马站的地方泡塌了。马害怕呀，跟人一样，使劲纵身子往上拱，越拱越下陷，眼看要没了马脊梁。我当即脱下布衫子，铺在泥地上，旁边的人不断扔过来晒干的草，我边铺草边往前走，用绳索拴住马前腿，村人套上别的马使劲拉。可怜我的马，拖拖拉拉上来了，卧在那儿像一摊泥，心疼得我鼻子直发酸。"

阿姨过来提醒说:"还有一次，也是浇水。"

任叔一拍脑袋说:"是哩!那回我和你姨一起去等水，也是从天明等到天黑。点上马灯，远处响起野兽叫，高一声低一声，长一声短一声，不知道是狼还是狐。野地里空旷有回音，那叫声打着卷，阴森森的，听起来像叫魂。夜里冷啊，寒气打脸，我和你阿姨围着被子坐在马车上，只敢迷糊一小会儿，不敢睡，怕水到了听不见邻居喊。有时一眨巴眼，瞧见芦苇棵里有光亮，绿汪汪的，一看又没了。再一看，亮在对面棉棵里出现了，一白一黄，一阵唰啦啦地响，消失不见了。我和你阿姨没害怕,俺俩都不迷信。只是一天没吃热乎饭,离家几十里,只好就着咸菜啃干馍吃,还不舍得吃完,留几个馍馍天亮吃。放完水,浇好地,天还黑糊着,我和你阿姨都累软塌了,拿铁锨当拐杖挂着走,胶鞋里的泥水一走一咕叽,双脚泡得没有知觉了。一步步挪到马车旁,想啃几口馍馍吃,你阿姨伸手一摸,馍馍袋子没有了。举着马灯照,地上一溜花脚印,看样子是狐狸来过。我俩照着脚印找到芦苇边,找见一块咸菜头。你阿姨说:'别找啦,谁吃都一样,它也一夜没睡了。'她拾起咸菜头咔咔嚼着吃,还说:'狐狸哎,谢谢你给我留的咸菜啊!'"

阿姨听后哈哈笑,说:"我是这样说的吗?记不清楚了。想想还真有些后怕哩,幸亏是只狐狸,只叼走了馍袋子,要是遇见几匹狼那可遭殃了,马和人都难活。"

夫妻俩轻飘飘地说着过往,我心里却凉哇哇、沉甸甸的。

我在本子上写下:荆棘的路难走,向上的坡难爬。棉花朵朵开,大地日月长……

还想再转几句感伤的文字,听见阿姨说:"二儿媳妇把午饭做好了,叫二娃子回来下地送饭吧。"

任叔拍拍手,站起来说:"他办事去了,今儿我去送。"

我说:"我也去。"

这块棉花地相当远,车轮滚了一阵子,停到了地头。一片干芦苇在我面前枯燥地响,任叔说:"这就是当年狐狸偷吃馍馍的地方。"

棉田白得四四方方。乍一看,就像把天上的云朵切下来一块,暄腾腾地平铺在棉田上,让人无端地生出跳上去打个滚、蹦个高的想法。

拾棉工姐妹正密密地围着云朵忙,活像织女忙抽丝。我正想走向"织女们",任叔指着一垄干涸的沟渠说:"那个姓王的小伙子,就是在这沟渠边被扭走的。"

我敏感地问:"谁呀?扭哪儿去了?"

任叔说:"看见右前方的村庄了吗?六年前,那孩子就在那儿打工。"

三十一朵花 "悲剧男"王二蛋

王二蛋,男,二十七岁,河南某县农村人。自幼父母双亡,跟随爷爷长大,小学毕业。六年前,经周口表哥介绍来新疆拾棉花,后因一宗凶杀案被判死刑。

任叔三言两语的介绍,足让我的头皮发麻。

我嘴皮子有些不利索,问:"枪毙了吗?怎么回事?"

任叔遥望村庄说:"我也只见过那孩子两次,一次是他在沟渠那边拾棉花,一次是在法庭上,我跟着去旁听。枪决他那天我没去看,不忍心看。这些年,老人们聚在一起时还提到他,说:'这个二蛋啊,真是个二蛋。'"

"唉!"任叔叹息一声,"其实王二蛋长得不难看,圆头方脑,看上去憨乎乎,不精也不傻,不爱多说话。在法庭上,他就翻来覆去一句话:'我就是想杀她,杀死她全家。'这句话送了他的命。"

"事情是这样的。"任叔回忆说,"那年,王二蛋在棉花季子结束后还没走,介绍他来的表哥都走了,他还不肯走。这缘于老板娘的一句话,她说:'二蛋啊,你回家弄啥?你爷爷也死了,家里除了老鼠没活物。我看这样吧,你拾棉花的六百块钱先存我这儿,眼下就要捡地膜了,你去捡吧。冬天你帮我家放放羊,春天再帮种棉花。不白干,我按天工给你算钱。'王二蛋实诚啊,一听挺划算。家里的老房子快倒了,表哥劝他出来挣俩钱,积攒下来翻盖房子,孬好再娶个媳妇,这好日子也算开了头。王二蛋心里自个儿画好未来蓝图了,干起活来傻有劲。大冬天睡羊圈里的小屋,把自个儿弄得活像一只腌臜的大绵羊。春天来了,二蛋在地里顶风植棉苗。有人问老板给他多少钱,二蛋说一毛也没给,都在老板娘那儿存着呢。一群人围着他说:'你还不快点要钱去,以前有三个人上过当,给他家干活没得一分钱,光屁股回家,甩鸡巴吊蛋,一年白干。'王二蛋一听傻眼了,瞪着大眼珠子愣痴大半天,犯了疯牛病似的跑走了。"

　　我听着怪紧张,捏笔杆子的手有点抖。任叔说:"这二蛋一猛劲跑了十来里,撞开门没见老板的影。老板娘一身面粉从灶房出来了,吼他:'你这二蛋神经啦,把大门撞劈了你赔吗?我看把你当驴肉卖了也不够。'二蛋伸手说:'给我钱。'那女人一扭屁股进了屋,说:'钱?啥钱?我没见你的钱。'二蛋跟着她的脚后跟大叫:'给我钱!我的钱!'老板娘嗷嗷叫:'你的钱,你哪儿来的钱,我没见你的钱长啥样!谁见了给谁要去。'二蛋圆脑袋红个透,热血往上涌。他从背后箍住老板娘的胳膊,吼:'你给不给?我只要去年拾棉花的钱,其他的我不要了。给钱我回家!'老板娘正拿着刀切拉条子,她不耐烦地往后一划拉说:'滚开!'王二蛋突然感觉右手一阵疼,抬手一看冒血了,右手的食指中指都拉中了,一个大口子张着嘴,很快被红血填满了,血珠子成串地往下滴。你说这二蛋能不发疯吗?他举起血手去夺老板娘的菜刀，那娘儿们背着身子一晃荡，刀刃子正巧抹过她脖颈，两人都看见血柱子喷出来，对面白灰墙噗地染红了。老板娘一声不吭地趴到了案板上，小半拉脖子耷拉着。二蛋傻站了半根烟的时间。他拿起刀，冲出院子。地里干活的人，见二蛋跑得像疯牛，半拉身子都是血，手里的刀变成红的了。就在这沟渠边，二蛋正撞见老板扛着铁锹，慢条斯理地走过来，他嗷嗷叫着冲过去，还喊：'给我钱！'那老板当过兵，一看势头不对，身子一缩一闪，那二蛋摔了个嘴啃泥，手里的菜刀一家伙飞老远。干活的人瞧见老板用皮带反绑二蛋的手，他一路喊：'王二蛋杀人啦！他拿刀要杀我。'一群人推推搡搡把王二蛋押送到派出所。"

"我在法庭上最后一次见到王二蛋，他看上去很平静。"任叔说，"当时有个女律师同情他，免费给他当辩护人。可是那二蛋反复说：'是我杀了老板娘，我想杀了她全家。'科学验证他精神上没毛病，他一口承认杀了人，还要杀老板，要灭门。"

"唉！"任叔拍拍脑袋说，"有一阵子大家伙儿都议论，说这二蛋小子咋这么傻蛋呢？他只活了二十七年，连女人的边也没沾，他咋就那么想死呢？有位专家说了，这跟当事人长期所处的环境有关。王二蛋打记事没见过父母面，他的世界基本是冰冷的。他像一条没有发育完全的草履虫，没有触觉，没有武器，没有安全感。他不爱说话，把自个儿缩在壳里躲藏着。王二蛋到了新疆后，有一阵子心热了，而且一天天热起来，热成一块红铁。可瞬间，一盆冷水泼下来，他的热望刺啦一下灭掉了。被抓后二蛋恐惧万分，他不是怕死而是怕活，怕人心，怕强者，怕活着……"

任叔说："人家专家说得多，说得深，我也弄不懂。可是后来我

大地的云朵

还是为二蛋掉泪了，他一拉上刑场，医院的各路救护车，早停在一旁等候了。王二蛋临刑前在遗体捐献书上签了字，他说他的身体没毛病，所有的器官都管拿去用。"

"你不知道闺女，"任叔说，"有一阵子，我在医院里不敢看旁边的病人，害怕看见像二蛋一样憨实的眼睛。真的闺女，你任叔我年轻时读小说读多了，有时也犯神经。"

任叔咧嘴笑了一下。我也想咧嘴，但终究没咧动。

晚饭时，任家来了一家三口人，二十多岁的小两口和一个两岁大的男娃子。三口子都胖胖的，一个个健康茁壮的模样。任叔介绍说："这是我大哥的二娃子一家。"这二娃子挺胸腆肚，一双细长眼，一脸憨厚相。一家子玩了一会儿离开了，任叔说，大哥的家在果园前头，没多远，抬腿就到了。可是我却没有到他家去，任叔说，他的大哥不在家。

三十二朵花　"出家男"任大超

任大超，男，六十五岁，原籍河南周口农村，任二超的大哥，任家的长子，新疆六户地植棉大户。生育两男一女，长子大学毕业，婚后生一女，两年前离婚，剃度出家。二儿子婚后生一子，在六户地以种田为业。小女儿嫁在本地。妻子憨傻。任大超一年前出家礼佛。

任叔拿出一张照片给我看，红墙金瓦的寺院一角，苍翠柏树的掩映之下，两个身穿僧服的男子并排而立。年轻男子高老者半头，年龄不足三十，光头净额，面色沉静，双目平和。老者六十多岁，花白寸发,额上皱纹叠生,嘴角下垂,双唇半开,欲说还休。

任叔指着照片上的老者说:"这是俺哥任大超,这是俺大侄娃子。"

"两个和尚!"我惊奇地问,"父子俩都出家啦?出了什么事?"

"唉。"任叔坐回沙发说,"这小孩没娘,说来话长啊!"

"别看俺哥个头没我高,他人聪明啊,打小就是个人精,村里老辈子人说他:'这超娃子,粘上猴毛就是个猴精啊。'他初中毕业回村务农,对村里的一些人和事看不惯,又性子直,一着急就满口跑火车:'恁这些人都是笨蛋,光知道天天开会,不解决实际问题。'有人训他:'毛也没扎齐,你能个啥?'俺哥说:'我就比恁强,恁都不如我!'俺哥有些锋芒太露了,村人有些排挤他,再加上俺爹的问题,俺哥天天烦闷得很。终于有一天,他想不开了,趁大家伙儿在地里干活时,他转身走开了,一头扎进了机井里。这机井井口小,深得很,干旱时都有半井水。俺哥头朝下扎井里,他说他是真想死。可是,扎下去他就迷糊了,一翻身头朝上,人坐在了井水里,露个头在水面。村里有个老嫂子,扔下锄头去坟堆旁解手,完事了提溜着裤子往回走,见机井旁边半人高的蒿草有人踩过,她好奇地走过去,伸头朝井里看,水面上漂着个人头,以为眼花了,又看,妈呀,这不是大超吗?大声喊:'大超,你咋掉井里了?'俺哥闭眼不吭,老嫂子大哭着一路小跑,'快来人啊!大超掉机井里了!'村人都呼啦啦跑去了,喊我大哥的名字,他一声不吭,是缺氧昏迷了。找一个瘦小伙儿,拦腰系绳子,倒挂着续下去,把绳索缠在俺哥的胳膊上,一群人把水淋淋的他拉上来了。控过水,放在风口,俺哥两个时辰才醒过来。过后,全村人都奇怪,恁小的井他咋翻过身来了哩?恁深的水他咋没沉底哩？俺哥清醒后回忆说，他好像坐在几根粗树干上，枝枝杈杈地托着他，让他沉不下去。'可能是村里捣蛋孩娃投下的。'俺哥这么说。"

任叔说到这儿朝相片上的他哥笑了笑，说："俺哥说：'死不了就不死了，我要好好活，要活出个人样来。'1965年俺哥二十岁，他一猛子扎到新疆来了，跟洑水一样，俺一家子都跟着游过来了。俺哥在这儿上了户口，接下来想娶个媳妇成个家。他在六户地也有一个中意的人儿。听俺哥说，那女子姓葛，也是打外省迁来的，两条大辫子，一双单眼皮，俊模俏样的。村子离田地远，有时得骑马去干活，俺哥没有马，葛女子就骑着大马找俺哥，说：'你上来吧，骑后边搂住我的腰，搂紧了，别摔着。'到了地里，她想方设法地跟俺哥一个组。生产队用铁犁子除草，葛女子对俺哥说：'你扶犁我拉马，咱俩一块儿干。'俺哥听出女子的意思了，但他没有表态要娶她，像我当初对朱玉芬的态度一样，他担心葛女子家是地主成分，两个'黑五类'子女，生下的孩子更'黑'了，没法走在太阳底下。再说，即使他和葛女子都愿意，葛家的老子也不会同意的，到时候闹掰了，连个村邻都做不成了。"

任叔回忆说："俺哥那年从新疆回到周口老家，我当时还在县水泥厂上班，只知道他领着一个傻闺女走了，在新疆成亲了，不知道俺嫂子究竟有多傻。后来，我在这儿安了家，住俺哥的老房子，这才见到俺嫂子。她可不是一般的傻，可以说傻得不透气，跟个实心的擀面杖一样。她生来就傻，又没人教她说话。你阿姨认识那傻妮，说傻妮从小到大天天坐门口，不说不笑，鼻涕邋遢，像个泥墩子。俺哥在老家待了俩月，请遍了周边的媒婆，竟没有一个闺女愿意嫁给他。

傻妮不会拒绝他,关键是傻妮祖祖辈辈是贫农,傻妮就成了俺嫂子。"

任叔指着照片说:"其实啊,俺这大侄娃子是老三,前头还有俩闺女,一个是刚生下的当夜,就被傻嫂子的肥身子压死了;一个是半夜喂奶时,俺哥一迷糊没看住,孩子被她傻娘捂死了。多俊的两个小闺女,死时都是小脸乌青,鼻孔出血。我这大侄娃子一落地,俺哥就把他搂怀里,日夜搂着,绝不让他挨近俺嫂子,连喂奶时都死盯住,喂饱了赶紧抱走。就这样,大哥的两儿一女才得以成人。"

"老二是女孩。"任叔说,"大哥的三个孩子如今都成家生子了,闺女嫁到本村了,小儿子住在新宅子里。俺哥的希望全都在大儿子身上。当时新疆最好的中学是 150 团一中,这座中学的教学质量全新疆闻名。大侄娃子初中、高中都是在这个学校上的。这娃子沉静稳重,学习也争气,顺利考上了河南大学,在六户地镇响当当的,俺全家别提有多荣耀了。大侄娃子毕业后,与相恋多年的女同学在北京结了婚,生了一个女娃子。大哥从北京看孙女回来说:'大娃子在公司还是个小头头哩,拿九千多工资呢!'"

任叔搓了搓手掌,说:"大哥家的变故,跟那年汶川地震有关。"

我从记录本上抬起头,不解地望着他。

任叔面色凝重,声音低缓地说:"2008 年 5 月 12 日四川汶川发生大地震,我大侄娃子当时正在佛寺做义工。闻讯后,他和志愿者们一起,装载救灾物资,连夜赶往汶川灾区。因为电话不通,家人和他失联了。二十多天后,大娃子从北京打来电话,说他离婚了,剃度出家了。俺哥大惊失色,跑到北京寺院寻儿子。大娃子学习培训去了,俺哥只找见他的一本日记,上面断断续续地写着:'我们救助一所小学校'……'惨！惨！惨！'……'拿什么拯救你啊,我可怜的孩子们!'……一页上贴着照片,大娃子抱着一个两三岁的小女孩,那孩子满脸是血,衣裳破烂,照片下写着:'我从瓦砾中扒出来了这女娃,还好,只伤了皮肉。她当教师的妈妈砸死了。这娃不会哭,不说话,除了我她谁也不跟。我们正在想法找寻她爸爸。'在给小学校搭建板房时,同来的好友赵明,被一条毒蛇咬伤了胳膊,高烧不止,只得锯掉右臂……大雨中我仰天长啸,为什么？为什么啊!'在北京一个月的时间里,大哥没能把大娃子带回家。有一天,我接到大哥的电话,他说:'二超,我也皈依佛门了。'"

"什么?"我惊讶地说,"他也不要家啦?"

"其实啊,"任叔说,"大哥六年前就离婚了。"

我问:"他有外遇啦?"

任叔沉吟片刻说:"嗯。算是两情相悦吧,我事先也看出了苗头。六年前,我和俺哥一人开一辆新买的大马力拖拉机给人翻地,中午我把带来的馍菜让他吃,他低头掩饰住笑意说:'有人送。'不大会儿来了个女的,四十来岁,高高大大,皮肤黑亮,骑着一辆黑摩托。她把饭盒塞给俺哥说:'趁热吃吧。'自个儿跳上拖拉机驾驶室,突突突地翻地去了,俺哥蹲在地里嘿嘿地笑。我认得这女人,是邻村老蛋的媳妇,这老蛋既窝囊又懒惰,大家伙儿都叫他'懒蛋',家里地里的活都是他媳妇一个人干。女人家再强,这肩膀也软弱啊,我大哥同情她,帮她家打秆、翻地时尽量少收费。俺哥哧哧溜溜、有滋有味地吸着拉面,对我说:'哥啥也不瞒你,二超,这女人知道好啊,锅里亏了碗里补,天天给我做好吃的。这不,她家的地翻完了,还跑二十多里地给我送饭吃。说实话二超,吃过她做的饭,哥才知道啥叫饭,那傻娘儿们让我吃了几十年的狗食啊，二超。'"

"我理解俺哥当时的心情。"任叔抱着手在客厅走了一圈，说，"他确实忍受得太多了。有一次，我找大哥一起去镇上说事，见他正在揉面蒸馍馍，傻嫂子还在床上睡大觉。俺哥把她拉起来说：'发面我已经揉好了，你起来把馍馍蒸锅里。'她嗯啊应下了。两三个小时过去了，俺哥儿俩办事回来进家一看，案板上的面团发酵得像只大白羊，傻嫂子披件衣裳，还在床头半躺着，跟我俩走时一个样，连个姿势也没换。俺哥蹲在地上不说话，脸色比泥墙还难看。"

任叔重新坐下说："六年前的一天，俺小弟打电话叫我赶紧去他家，刚进院，就听见大哥跟娘在吵架。娘坚决反对他离婚，大哥啪啦摔了一只陶瓷碗。我赶紧跑进屋，正见他摸起墙角一瓶农药，拧掉盖子仰脖子就喝。亏得我反应快啊，上前一把夺过来，药水灌进大哥衣领里，还好，一滴没进肚，只溅湿了下嘴唇。大哥的嘴唇很快肿起来，像一截子红香肠。大哥那是真想死啊！俺娘吓坏了，搂住大哥哭，说离就离吧。后来大哥告诉我，老蛋女人怀上他的孩子了。"

我疑惑地问："你傻嫂这情况……能离婚吗？"

"这事也是怪。"任叔撑圆眼珠说，"俺哥回家跟她一说，没想到傻嫂竟清晰地说：'你走吧，俺同意。'她好像早就等着这一天似的。大哥领她到了民政局，她喜滋滋地对人家说：'俺愿意离婚。'还慌着摁手印，跟正常人一个样。你说奇怪不奇怪？大哥把新房子、新拖拉机、存款都留给了傻老伴和小儿子，他自个儿开一辆破拖拉机，搬进老房子里住了。"

"他和懒蛋媳妇结婚啦？"我似乎已料定结局。

"没扯结婚证。"任叔想了想说，"他俩算是同居吧。那女人也离婚了,领着十六岁的儿子住进大哥家。"

任叔摇摇头说:"没多久,俺哥红闪闪的面色就变暗了。他对我说,那女人假装怀孕骗了他。一年后,俺哥转让出几百亩棉地,新买了一辆大马力拖拉机,那女人天天吵闹,非要写到她儿子名下。俺哥为省心照办了,他在地头黑红着脸对我说:'有件事我真办不了了,实话说是越来越办不动了。'我一时没有听明白,问啥事,能不能帮上忙。哥埋头说:'就那事,她日里夜里没个够,我干活,她就撵到棉田里。'没半年,俺哥像得了大病一样。他找到我,有气无力地说,已经有人替他出力了,他啥事都不用给女人办了。"

"后来呢?"我心惊肉跳地问。

任叔说:"大哥一个人净光光地住在老屋里,新女人跑了,新拖拉机被她儿子开跑了。这时候,闻讯大儿子离婚出家了,他去北京领儿子,结果……嘿! 他也待在寺里不回来了……"任叔说不下去了。

也许是为了印证他讲述的人物和故事的真实性,任叔当即拨通了北京的电话,按了免提。

我在一旁屏声静气,电话那头传来清晰的声音:"喂?"

任叔眼光一闪,忙说:"大哥,是我,二超。"

对方"哦"了一声,说:"有事吗?"语气平淡得没有温度。

我替任叔心凉了一下,见他的一抹笑尴尬在嘴角。

他说:"也没啥事哥,只是……你院子里草都长成树了,地里的棉花还没有拾完,万一……"

"噢。"任大超截住话头说,"这些事都不是我的事了。空手来空手走,不如这会儿就清空吧。"

三个"空"字让人发空。

任叔把手机抓在手心，不再说话，对方好久也没了声响。屋子里一时间显得很静，静得犹如一场虚空。

大地的云朵

第四章　五福棉

有一天,我和任叔站在棉田边,我神色庄重地跟他提及,关于北疆普及机械采棉、解除人工采棉的事情,妄想从任叔这里得到不一样的答案。可是,他却用右脚尖点着地皮说:"也许明年就全面实施机械采棉了,上面已经通知我们植棉户了,明年要按一定的株距、行距规范种植,要求机采条件达标。"他停顿了一下,接着说:"也许明、后年就不需要引进外来拾棉工了。我想,也许再过几年,我们也不用种棉花了。"

　　我惊异地看着他,他踏着地面说:"这底下埋藏着更金贵的东西,国家探测过了——石油。"

　　想到我的拾棉工兄弟姐妹,将从此告别这片希望的土地,我内心不禁升腾起一股复杂的情感。用不了几年,那些拾棉工就要成为新疆这块棉田的永久记忆。他们曾经用坚实灵巧的双手,把一朵朵新疆棉,连同大新疆一起送上了新时代。他们这群中原坚韧的大雁从此不再西飞,但他们留存的汗水和故事,将润泽天上纯净的白云,滋养地下沉积的石油。

　　石油? 心头乍然一亮,想起了"被拐女"吴艳朵。她曾那么荣光地告诉我,大儿子在大学里学的是石油工程。望着脚下流油的田地,我的想象似乎顺理成章:新一代河南籍的石油人,将在印满他母亲脚印的土地上奋力开拓。那源源不断喷薄的石油,有着母亲们咸腥血汗的味道,还有温暖绵长的棉花的味道。

　　在棉田里接到一个电话,我躲在拉棉花大车的后头,背着风,听见老公说,女儿的准公婆要来家下聘礼了,时间定在本周五主麻日。最后,老公很用力地强调说:"下礼是咱闺女的大事,你这当妈的最好不要缺席!"那严厉能惊散冷凝的寒风。

听说我要回河南老家了，拾棉工姐妹们接连从棉花棵里站起来，身子纷纷转向我说：

"俺娘哎！要回家了老乡，真眼气你啊！"

"再等几天呗姐姐，咱们一起回去啊。"

"女儿出阁是大事，当娘的不在家可不中，还是赶紧回去吧！"

…………

午饭照常是在地里吃的，只是丢下饭碗后，姐妹们并没有各自奔回自己的棉垄，我看见她们在棉田里松散地走，一边拨拉棉朵，好像寻找着什么。这种明显浪费时间的行为，对于分秒必争的拾棉工来说，是那么稀奇而古怪。

我蹚过棉棵，截住"土地姐"刘三请问："找什么宝贝呢，姐？连棉花也不拾了。"

她眼睛不离棉朵，头也不扭地说："五福棉啊！给你家闺女送嫁送福。"

五福棉？我还是第一次听说。但五福我知道：福、禄、寿、喜、财，是古代汉族民间关于幸福观的五条标准。

"土地姐"说："这都是咱们乡下老辈人的说法，在一株棉棵上找见五朵五个花瓣的棉花，就是五福棉。儿子娶媳妇，闺女出嫁，套喜被子时，在四个角各塞一朵五瓣棉，被子中间再搁上一朵，新人就有福了。软软绵绵（棉），幸幸福福一辈（被）子。"

我的内心翻起一阵热浪，想谢绝说："俺们回民没这规矩啊！"可是，面对金贵的情义，我却无力说出口。爱和祝福都让人不可辜负。

没等我开口，"土地姐"就连连摆手说："不光是送给你啊！大家都想趁这机会多找上几棵，带回家送人。要不，等棉花拾完了就找不见了。来这儿前,村里的尾巴他妈,后寨的春花她奶,都托俺在这大棉田里找五福棉哩。"

原来,河南的文化和情感,在新疆的热土上遍地开花了。

姐妹们寻棉觅福的身影,在漫无边际的棉田里虚晃晃耀眼。日光浅淡,云朵浮动。有风触动空洞的棉壳,碰撞出一世界清泠的回响。

代后记　四季踏访录

想了好久，还是把此文定为"四季踏访录"，来作为这本书的续写。

续写些什么呢？

自 2014 年那个丰沛的秋季，我从新疆回到河南以后，这个想法就已经成熟了：踏访返家的拾棉工老乡。

2015 年夏
"有心男"邓金国家

夏日的热风，让枝头上的石榴花火红了一把。我站在开花的石榴树下打了电话，先打给一个拾棉工大姐，意外的是，大姐手机无人接听。照着名单又打给一个拾棉工老兄，老兄在手机里粗声大嗓地喊："谁呀？"这声音"呼啦"一下，把我拉回了遥远的新疆棉田，我看见这位老兄站在雪白棉朵间的样子，心头一热，我冲着手机喊："邓金国大哥吧，我想去家看看您。"

第二天恰巧是六一儿童节，想起去年在新疆实地采访时，邓大哥说家有三个正上小学的孙子，我就和开车的朋友在市里转了转，选了三只小书包、三个文具袋、三个儿童食品大礼包。朋友往后备箱里放东西，笑着说："看样子，慧姐是要走亲戚。"

我说："算是吧。"

其实，我心里也早已把他们当成了不可多得的亲人。毕竟我们曾一起在大棉田里拾过花，一起在大铁锅里吃过饭；一起在大日头底下挨过晒，一起在大风雪里受过冻；一起在田间地头谈过心，一起在白云下唱过歌，一起在棉朵上落过泪。想起那些个单纯的日子，我就哭了又笑起来，笑着笑着又哭了。其实，我是被他们选中的亲人。

2014 年 10 月，我只身自费远赴新疆，深入到古尔班通古特大沙漠边的北疆棉区。从农六师新湖农场的四场八连，辗转到了六场二十八连，而后又雪夜赶到玛纳斯六户地，一路辛苦，一路惊心，只为寻访我们河南籍拾棉工，只想切身体悟和感受，他们从中原到北疆的生存、生活情况。新疆是我国最大棉产区，2014 年又增加了 235.1 万公顷棉田，因此迫切需要大量拾棉工。每年到了棉花采摘季节，山西、甘肃、云南、四川等大批拾棉工涌入新疆。河南省是全国粮食大省，秋播过后，农村剩余劳动力很多,去新疆拾棉的人就很多,而河南去新疆拾棉的,我们周口人居多。

在北疆偏僻的乡野,几十个不寻常的日夜,我独自行走两千多公里。忍饥挨饿,酷阳寒冰,雪雨风霜,深入调查,艰难踏访,同拾棉工姐妹同吃同住同摘棉,采摘到许多鲜为人知的劳动生活,还有发生在新疆棉田的河南故事,获得了第一手珍贵素材。回来后我系统整理了一下,现场笔录六万多字,拍照三百多张,实访五十六人。访谈的人中有当地的"兵团男""学生兵",有从内地搬迁去的"移民女""盲流叔",有周口拾棉工"追梦女""光棍男"等三十多个典型人物。当然,其中包括今天要造访的"有心男"邓金国大哥。

邓大哥所在的村庄离市区不远,只有四十多公里。我们开车出城不久,便遇见十几辆相貌奇特的收割机,迎着初阳哒哒哒开过来,驾驶员高高在上,看上去威武雄壮。我想,该收麦子了。

突然车窗外一片黄亮,扭头一看,熟透了的小麦,完美继承了黄土地的基因,黄灿灿地在天地间漫溢,平展展地延伸到了天边。那淳厚而执拗的土黄色,把个天空映射得富贵煌煌。大河南这片温热的黄土地,生产了全国十分之一以上的粮食,四分之一以上的小麦,以沉甸甸的国家担当,为十四亿人扛稳了粮食的安全重任。

麦田边黄白的土路上,邓大哥扛着把铁锨站在那儿,仅半年的时间,他的头发胡子全白了。大哥看到我时,眼睛一眯,又一亮,说:"咦,真是你哩,快去家里吧。"

邓大哥的家在村西南,我们穿村而过时,见水泥路两旁,整齐排列着一座座砖瓦房,一家一院,偶见一两栋白墙红瓦的小楼,看上去像短衣衫的人群里走出个长袍先生。各家的院落有大有小,大门楼却一律又高又阔,估摸能开进去一辆农用四轮车。

一棵上了年纪的大槐树下,几个半老不嫩的女人在那里拉呱,树下有树荫,却没有凳子,女人们坐在砖块上说话。找不到砖块坐的,就顺手揪掉一只鞋,一屁股坐在鞋面上,亮白着一只脚在那里活泼地比画。我们快要走近时,女人们突然静音了,有的背过脸不看我们,有的仰着脸盯着我们看。没等邓大哥开口介绍,我就连说带笑地走过去:"老姊妹们好啊!待这儿凉快着呢?"

女人们明显地愣了一下,很快举起笑脸说:"是哩!是哩!来了啊?"

光着一只脚的女人麻利地站起来,捡起屁股下的鞋子,弯着腰抠摸鞋帮子,热乎乎地穿上,而后热乎乎地说:"上俺家喝口茶吧?"

我热乎乎地拉上她的手,说:"不啦不啦,谢谢妹子啊,回头去你家喝茶。"

开车的朋友从驾驶室偏过脑袋,眼睛里满是惊叹。

邓大哥把铁锨从右肩换到左肩上,对我说:"城里坐办公室的人都大样,你跟人家不一样。在新疆拾棉花那会儿,大家伙儿都看出来了,你跟俺肩膀头子一般高,眼睛鼻孔不朝上。看得起俺农民,不嫌俺农村人脏。"

我说:"哪里话呀大哥,我也是在农村长大的泥巴妞,刚出门没几天,总不能认不出家里人了吧。"

一直以来,"自然,真心,不造作,不矫情"是我采写拾棉工时的真实姿态。在北疆农六师四场八连的棉田里,初次找见我们周口拾棉工时,我浅薄地显现出自己的小优势,煞有介事地又是拍照,又是录音,使顶着骄阳劳作的他们相当反感。一个姐妹生气地把脑袋埋进棉花棵里,说:"别照俺!"我暗自脸红了一阵子,把相机扔到田垄上,默不作声地帮她拾了一天棉花,晚上还死乞白赖地挤上她的床铺,搅混成一对亲姊热妹。一天天的挺进,使我自然地融入拾棉工的生活,活像找见了在别处生活的家人。我帮五十多位老乡拾过棉花,也一天天地把他们的日子拾到了。我拾到了他们的故事,他们的人生,他们的命运,他们深层的灵魂,也一天天地找见了自己,那个原本真实柔软的自己。我告诫自己:你真了,文字才能真,才能显见那些隐蔽的真心与真相。

进了邓大哥的高门楼,见院子里停放一辆四轮车,车斗里放着镰刀、麻袋、绳索、簸箕、木锨、扫帚,看上去满满当当。大哥把扛着的铁锨放进车斗说:"这些都是收麦子用的,明后天就开镰。"我熟识这些农具,有种久违的亲切,想起小时候曾割过麦子,还亲自使用过它们,心中不禁泛起一丝苦甘。

那时候,割麦、打麦都是人工,麦忙时大人小孩都使上。工人放工,学生放假,就连不沾亲带故的城里干部,都脱下皮鞋,挽起裤腿,下到麦田里干活。那种火热的灵动,庄重的仪式感,凝滞在我童年的记忆中。

我问邓大哥："现在收麦不是用收割机了吗？这些老物件用不着了吧？"

大哥说："规整的大块地，机器收割起来方便些，沟沿、地边、边边角角的小块地，还得用镰刀一把把割下来。"

我问他今年种了多少麦子，他说二十八亩。不光是他的地，还有两个儿子的，就连邻居家撂荒不种的地，他也捡来种了。

我笑他："没想到大哥你，不光会拾棉花，还会拾地呢。"

大哥没有笑，他说："刚才咱从村里过，你都看见了吧，一半的人家锁着门。人都进城了，剩下些走不掉的妇女老人守着村，老年人干不动农活，田地就租给别人种了。前几年逢到麦季子，在外的人还回来收收麦、种种秋，你瞧瞧现在，没回来几个人。"

"你那两个儿子也不回来收麦吗？"

"咦！昨儿个我还给他们打电话，你猜这俩孬种咋说哩？"邓大哥学着大儿子的口气说，"爸，你叫俺回去弄啥？一斤麦子才卖一块多钱，除去种子、农药、化肥、浇水、除草花的钱，还能挣下几个啊？你想想啊爸，俺两口子加上俺弟弟两口，四个人回去的路费得花几千块，请假回家又扣几千块工钱。这还不算，弄不好还得丢工作，俺在外边磕头拜门的，好不容易找个稳当点的活，收了麦回去又不稳当了，弄不好还被人顶替了。爸，你算算这个账，俺回家割麦划算吗？你别急，我在网上约了一台收割机，连夜割，说好了，到时候我用支付宝把收麦的钱转给他，你不用管了。"

邓大哥两手一拍说:"老二说话才干脆哩,他说,爸,你别种地了,转给别人种吧!作家你听听这是啥话啊,他自个儿不种地,还不让我种。我敢说这么下去不出三代,他们都不会种地了。"

他仰脸看看天说:"咦,看我傻哩!光顾着说话,你们大老远地来俺家,还站在当院挨晒。进屋!快进屋!"

屋子里很阴凉,刚落座,一头一脸的汗就落了。老屋老墙、老中堂画、老式条几、老太师椅、老八仙桌,看一眼就让人生出怀旧感。小木桌上摆放几瓶纯净水,像是新买的。邓大哥拧开瓶盖,把水递给我和司机朋友,说:"喝水!喝水!"忙把沙发上小孩衣裳拢起来,嘟囔着:"看俺家乱糟哩!三个孙子就是三个狼崽子,在家没有一刻安生。他们的老子一拔腿打工走了,把仨狼崽子甩给我了。小时候我一手拉扯他们兄妹仨,老了还得照管他们的仨孩子。"

我听了,也替大哥愁得慌。有什么办法呢,当下的农村就是这么个境况啊。我拿眼扫摸了一圈,问:"小孩子呢?"

"上学去了!中午吃食堂,晚上回家住。对了,今儿个学校庆六一哩,都换了新衣裳。"

司机朋友悄悄地把给孩子们的礼物,放在了四轮车上。

站在邓大哥的麦田间,我有种轻妙的飘浮感,好似被透明的麦芒托举着,在黄色的波浪中悠悠地荡。麦穗蓬参参地立着,微风中相互摩擦,发出殷实的沙沙声。掐一个麦穗在手里,合起手掌,像小时候那样虔诚地揉搓,吹飞麦芒麦壳,手心里一窝金黄的麦粒;放进嘴里细细地嚼,干干的,弹弹的,甜甜的,满口的清香。

就这么想起一句很讨喜的谚语,我说:"吃新麦活一百。"

邓大哥接荐说:"吃新面活一万。"

布谷鸟在找不见它的地方一声声鸣叫:"咕咕咕咕——"我却听成了:"白馍真多——"

邓大哥伸长目光抚摸着麦穗,说:"俺儿子电话里一句一个钱字,这是钱的事吗? 这是粮食,是小麦,是好面,是吃的,是活命的东西。要是有个大灾小难的,钱能当饭吃?"

想起小时候和奶奶一起拾麦穗,她老人家扭着一双小脚,踏遍整块麦田。她对我说:"拾吧拾吧,多拾几个麦穗,多吃几根面条。"

临走时,我问邓大哥:"今年秋季还去新疆拾棉花吗?"

他说:"不去了。这不是多拾了人家几亩地嘛,我打算收了麦,搞个塑料大棚,种些时令蔬菜,人和地都不闲着。"

2016 年冬
"烧饼女"张粉花家

下了一天一夜的雪,腊月初九的早上天晴了,阳光在雪地上打闪闪儿,我背个双肩包,打上一辆出租车,上了路。张粉花把详细地址给了我,上网一查,还挺远,八十多公里,这距离,能跑邓金国大哥家一个来回。

车窗外,田野上的积雪怎么看都比城里的厚实,鼓囊囊,白亮亮，一看就知道，雪给田地偏了心，风给雪花使了劲。麦苗在雪被子底下使着暗劲，冒尖了，竖起一地绿色的指望。

接近乡镇的时候，路边的雪浅了，车和人多起来，道路两旁的集市喧腾腾的。俗话说：吃了腊八饭，就把年来办。集市上，办年货的人挤挤扛扛，卖年货的摊子前大小车辆，把来往的车辆堵塞得无法挪动，像人患了肠梗阻。出租车司机开始骂娘，骂娘也没用；他就把喇叭摁得山响，响也没用，赶集人听不见，只让车上的我听见了。我看见他们个个侧歪着身子，把一对红纱灯、几只活鸡、一篮油炸果子、一个胖娃子，高高地举过头顶，从容地从我们车前狭缝里挤过。

司机红头涨脸地说："你下车吧大姐，我送不了你了。"

一下车，我跌入喧闹的集市，犹如一尾迷茫的鱼，小心地跳过连环阵似的地摊，谨慎地问询几个骑摩托车的男士，捏着钞票，恳求他们送我一程，一个个摇头，说，不去。

背着包走走停停，我的脚步停在一位老者的身后，他七十多岁，精瘦，下巴上的白胡须也瘦。他相中了地摊上红皮白瓤的山红芋，我相中了他身旁的一辆电动三轮车，更看好车斗里的那只小马扎。或许这马扎是他老伴常坐的，在我看来，它暂时归我所用了。可是，我一番声情并茂的诉说和请求，并没有使老人家动容，他胡子一撇，说："俺不是拉人的，俺是买红芋的。"我搬起一袋子红芋说："老板，这袋我要了。"老人家看着我付了钱，看着我把红芋搬上车，这才勉强地说："上车吧。"

三轮车左冲右撞，艰难突围。忽觉视野朗阔，城外的雪江湖重现。敞篷车着实风凉,且越坐越凉,雪的寒气上身,冻得我上下牙齿嗒嗒嗒乱打架。

前头一座弓腰翘背的水泥桥,老人刹住车不走了。他扭头说:"我只能送你到这里了,车子还有一格电,再走我就回不了家了。"他指着桥说:"过了桥直走两公里,有个三轮车运输点,三轮车再跑五公里,有个公交车站牌,公交再跑四五站路,就到县城了。"

听得我直想哭。

在新疆的那段日子,我时常像今天这样,一个人背着包走向未知。昨天我还住在兵团的小屋,今天就现身在戈壁边的棉田,明天的我,又不知要去哪里。我无法停下追寻拾棉工的脚步,我动心于那些不经意间的遇见,并把路途中的每一个遇见的人,当作生命中的恩典。我把他们的姓名记录在册,记下他们与我生发出的尘缘,记下他们高贵而富裕的友善。

我在手机里感觉到了张粉花的焦急,她说:"姐,下公交车了吗?你打上出租车到黄河商场,我的烧饼摊正对着南门口。"

在广场边我深吸一口气,竟闻到了一丝烧饼的焦香,正四下里张望,一个裹着花头巾的女子朝我跑来。她脸膛红亮,身子敦实,跟在新疆时一个样。

我上前抱住她的肩,说:"花妹妹,你还记得我啊!"

她嘿嘿一笑,说:"那能忘吗?在新疆咱一块儿拾棉花,一块儿去赶集。前几天你给俺打电话,俺还以为是骗子,没想到你还记得俺。"

我晃晃她的肩膀,学着她的语气,说:"那能忘吗?"

一眼扫见了烧饼,圆圆黄黄的,在缸炉上摆了一圈,绵绵的香随风四散。

我说:"看着就想吃。"

粉花正往另一个炉子里贴烧饼,她听见我说的话不禁哈哈笑,说:"想吃就吃呗,姐姐可别作假啊！俺这儿啥都缺,就是不缺烧饼。"

她将一个长长的扁头钳子,伸进炉肚里,麻利地夹出一个烧饼,热灼灼地举到我面前,说:"吃这个热的,暖暖身子。大冷的天儿你还往这儿跑,瞧你的脸都冻青了。"

说实话,围着烧饼炉子,吃刚出炉的热烧饼,我还是第一次。咬一口,外皮焦酥酥,内里软乎乎,椒盐味,芝麻味,麦面味,炭火味。反正,吃到嘴里很是味。

我边吃边看,见粉花家的烧饼摊子摆在马路边,临靠一家私人宾馆,马路对面是个大商场。

我说:"粉花,你真会选地方,人多的地方烧饼卖得快。"

"干了十来年,搬了十几个地方,前年才在这儿立住摊。"她指指私家宾馆说,"赁了他家一间厨房,这才让俺在门前摆摊。唉！城里没人难哩很。"

我说:"要不要给你找找人,一个亲戚在这儿管点事。"她摇头说:"不用了姐,有多长的胳膊摘多高的枣,够不着的东西咱不够。干个笨活,掏个笨力,挣个小钱,我觉得这样也怪好。"

一个妇女买烧饼,粉花把热烧饼割开个口,从盆子里夹出一个煮鸡蛋、一片豆腐皮,塞进烧饼里,递给她说:"好吃了还来啊!"

一群半大孩子围过来,我赶紧给他们拿烧饼、夹菜,不忘冲他们的背影号一嗓子:"好吃了还来啊——"

第一次从热炉子里取烧饼,我还真有些紧张。掀开缸炉上的圆铁盖,香气扑鼻,热气蒸脸。炉底的炭火红红黄黄,把贴在炉膛里的烧饼烤得吱吱鼓胀。有一个早熟的烧饼,自我膨胀得厉害,面皮上的芝麻粒鼓得要爆裂。我把长柄扁头钳探进去对准它,炉火燎疼了手臂,忍住,稳住,铲下来,夹住了。不料,烧饼噗一声掉火上,一股黑烟升起来。

粉花惊慌地跑过来,见我一脸的烟灰,她捂住肚子蹲地上,笑得半天直不起腰。我吼她:"笑啥? 抢救烧饼啊!"

一堆焦煳的烧饼个个赛包公,我掐腰腆肚地:"啊! 这一炉子归我了哈,打包回去吃。跟你学手艺,这学费还是要交的。"粉花只顾朝我手上吹气,她说:"先包包手吧,泡都起来了。"那语气,活像她是我大姐。

我忍住疼,在记录本上写下一句话:写作者要想获取生活的直接经验,必须把自己放置于他人的生活之中。

粉花的老公给超市送货回来了,他冲我咧嘴一笑就低头盘面了。他团好烧饼坯子,粉花贴进炉子,两口子配合很默契,就像右手递左手。

他们努力的样子真美。

我站累了,在摊子前找不见凳子坐,就问:"你们都是站着干活吗?"

粉花说:"贴烧饼就是站着的活,俺两口子从冬站到春,从夏站到秋,十几年就这么站下来了。俺也不敢坐呀,怕一坐下就不想站起来了。"

想起粉花他们在新疆拾棉花时,从早干到晚,不是跪着摘,就是爬着拾,没有一个站着的。

粉花的手焦黑红肿,乍一看,像个烤面包。有了亲自贴烧饼的深切体味,我问她:"累吗?"

"身子累,心不累。"她望了一眼老公,说,"一家人热热乎乎在一起,一睁眼,谁都能看到谁。还有活干,有饭吃,有房住,俩孩子学习也下劲。虽说担子重些,可俺心里不沉,没有啥心事。"

她一摔抹布,拉上我说:"走! 去俺的新家看看。"

一条大路通到粉花家,我跟随她上了四楼。这是一套三居室,客厅挺大,整洁素净。海蓝色窗帘,湖蓝色沙发,背景墙图案是蓝天蓝海,蓝得让人想法悠远。

我问:"你叫粉花,我以为你喜欢粉红色。"

她说:"我喜欢大海,可是从来没见过。我的新家我做主,就弄了个大海的色。晚上收了摊,往沙发上一躺,眼睛一眯,假装在海上。"

我也歪坐在沙发上,拉开双肩包,掏出两个文具袋,说是送她儿女,又取出一条粉红长条棉围巾,绕在她的脖颈上。她惊喜地坐起来,说:"给我的吗,姐? 这咋好意思呀!"我拍拍包说,还有几条,想送给巩庄那边的拾棉工姐妹。

粉花一拍大腿说:"走啊!我带你去。"

"高个儿女"杨敏家

没想到张粉花骑摩托车这么猛,看来老公的这辆坐骑她可没少骑。出了县城,人车少了,马路宽了,路边的薄雪像一条半旧的白丝带。

粉花的脑袋被新围巾包裹得严严实实,她歪着粉红脑袋说:"姐,你坐牢稳了,搂住我的腰。"我一愣神,她笑得嘎嘎响,说:"怕啥哩?我又不是个男人。"我心想,男人骑摩托我倒踏实了,小女子骑老虎才可怕,况且我也在老虎背上。

猛然想起我初到新疆那天,工头李大义骑摩托车载我去二十里外的棉田,那种野马般奔腾的感觉依然清晰。

摩托车油门明显地加大,引擎的轰鸣声震落枝头上的残雪,雪末飞扑到脸上,凉一下,就被疾风舔干了。风把我头上的羽绒服帽子掀翻了,横着竖着斜着的寒风,打劫似的袭击我的脑袋,满头长发像是受了惊吓,飞扬得没了魂魄。那帽子装一兜风,在脑后鼓鼓地飞,好似半个黑气球。

我嘴歪眼斜地被张粉花载着跑,心里却历数今天乘坐过的车辆。从早起到现在,我坐过出租车,坐过电动车,坐过公交车,这会儿又把摩托车给坐了。

好在这豪横的大摩托,没让我"受用"太久,粉花说巩庄到了,八里路一溜烟跑完了,还没我吃一个烧饼的时间长。

村路很干净,没有雪后的泥泞。粉花把摩托车停在路边,提溜着两兜东西迈进大门,回头招呼我:"进来吧姐,这是俺二妹家。""谁呀?"一个老头从西屋走出来问。粉花说:"大爷待家呢。"老人认出了她,朝堂屋喊:"兰花,来客啦!"兰花打开门站在门口,怀里抱着个襁褓。粉花跑上前把她往屋里推,说:"可不敢站门口啊,你这刚满月……"

屋里很整洁,家具也时尚。粉花把一兜烧饼、一兜鸡蛋放在桌子上,问妹妹能吃饭不,小娃子抱着睡冷不冷,最后问她杨敏家在哪儿。

去杨敏家路上,粉花说:"别看俺二妹家的房子破,其实他们家可有钱,我买房子时借了她四万。妹夫在广东搞工程,一年能挣三十万。他们在广东有房子,过了年俺妹抱着娃就去那边了。"

有一些青年走出农村,开辟出一方属于自己的新天地,买房子,置家业,把老婆孩子接到城里住,从此家乡变故乡。我正盘算多少年工资才能挣到三十万,领路的大爷说,杨敏家到了。

印象中的杨敏,四十五六岁,细长条,大高个儿,眉眼周正。在新疆玛纳斯,她是唯一一个自由出入任老板家的拾棉工,后来我才了解到,老板娘是她老公的亲姑姑。那时候,我只觉得她和别的拾棉工不太一样,有些忧郁,有些孤冷,以至于我几次想找她谈话都没有成功。这次我决意来巩庄看望她,是听说她老公出了意外。

红铁大门没关严实,轻轻一推就开了。意外的,院子里红艳

　　　大地的云朵

艳的，墙上、树上、堂屋的大门上都贴着双喜字，这让我心理反差很大。一个衣冠整洁的小伙子迎出来说，他妈在屋里。

杨敏从里屋走出来，一手抓住粉花，一手抓住我，说："咦！恁俩咋来了？"杨敏整个人像被一股灰色裹挟着，脸色灰暗，两鬓灰白，眼珠灰黄。我惊异，人怎么可以灰成一片凝固的乌云？

杨敏把我俩拉进里屋，坐在大床边，捧起床头上的黑框照片让我们看，人和声音顷刻间衰下来。她说："他走了，今儿个第四天。"

照片上的男人四十七八岁，头发油黑，方头大脸，嘴角一丝微笑，看上去自信而强壮。

我说："太年轻了，咋走的？"

"胃癌晚期。快哩很，从回来到咽气，三十二天。"她看着照片说，"他也没料到自己会死，从新疆回来时，连一件换洗衣裳都没带。他只想着在郑州医院检查一下，开些药回去吃。谁知……"

"家里人不知道他生病吗？"我问。

杨敏把照片放床头上，说："他也不让俺知道啊，有四年没回家了。俺儿子说媒、定亲他一次也没回。要不是这次俺公爹去新疆，硬拉他回来看病，他肯定死在新疆了，俺连个坟堆都看不见。"

"四年？"我突然想到了什么，问："前年在玛纳斯拾棉花，你怎么不去南疆看他呢？"

粉花在一旁碰碰我，杨敏看见了，说："不要紧的，粉花，人都没了,没啥不能说的了。"

她对我说:"他在那里还有个家。"

我惊愕,怎么会这样啊。我说:"难怪啊,在任老板家时我就觉得你不太对劲。"我有点明白了。

杨敏说:"你来俺姑家后,我才知道你是个作家,见你和姐妹们天天谈这说那的,我也真想找你说说心里话,倒倒苦水子。几次找借口去俺姑屋,可是到了你跟前又没勇气了,真是说不出口啊……"

她摇摇头,摇下一串泪珠。

"八年前,俺老公说要去新疆挣钱,在玛纳斯给人开车、种地,后来又去了喀什。咱这边的人喜欢土地,那时候新疆荒地多,俺老公脑袋瓜灵光,动了包地开荒的想法。荒地上的大石头、野树棵,人工干不了,只能用机械。俺老公到处托人借,这样就认识了那女人。她是江苏人,来新疆多年了,站稳脚跟了。她原先卖水果,把新疆的瓜果卖到南方,后来,她自个儿包地开荒种水果,很快就发财了。跟着俺老公干活的堂弟说,那女人确实帮了不少忙,要不是她,两千亩荒地根本开不出来。"

我说:"两千亩?这么多!没想到啊,你这拾棉工却是个地主婆。"

她勉强笑了笑,说:"手里有钱了也不是啥好事。俺老公转让出去一千亩地,买了房,他和那女的就住一块儿了。"

"你没有去看看吗?"我问。

"没有。"她说,"去了还不打起来啊!打了闹了有啥用?说不定一闹就过不成了。我和他都不想离婚，那女人有家有口的也不想离婚。俺庄的梦华，跑到广东跟她老公闹，俩人回来就离婚了。她一个人带着三岁的小妮儿，住在村头老房子里，我看见她就想哭，哭梦华，也是哭自己。那几年，我真是死也死不了，活也活不好。说句良心话，俺老公跑那么远开荒种地，是想给老婆孩子挣个好日子，他还想在村里给自己挣个面子。在新疆改良土壤时，他在地边搭个小窝棚，一连几个月吃住在里边，有饭就吃，没饭饿着，成天不抬头地干活。"

"唉！"她叹息一声说，"眼看着地熟了，能种了，他走了。他舍不得走啊，拉到家后日夜睁着眼，害怕一闭眼再也睁不开了，见不着他的地了。那天他吐了半痰盂血，催我说，'快叫儿子结婚吧，我撑不住了'。"

粉花忍不住哭出了声，她忙掩住口，说："可怜人。"

杨敏说："我和公婆连夜商量，把儿子定在明年的婚期，提前到今年的腊月初五。日子太紧，只有五天，儿媳妇孝顺啊，二话没说，立马回家准备嫁妆了。婚礼上，小两口给他爸行了大礼，磕了响头。天刚黑，闹洞房的人才散，他把俩孩子叫到床前头，说：'过了年，恁俩就去新疆吧。把地种上，别忘了，拾头茬子棉花时，喊着我，我能听见。'没多大会儿，他睁着眼走了……"

出了杨敏家，我记住了这对夫妻的苦痛和不甘，我卷入了他们的秘密和两难。杨敏的老公，那个睁着双眼逝去的壮年人，离开生养他的土地，去煨热生存的土地。

我长吸一口掺着雪末的凉气，胸腔有一丝隐隐的疼痛。

村头的姐妹们

我和粉花刚走到巩庄村头，迎头碰见一群女人，急急慌慌朝这边赶。粉花扬起手臂喊："你们咋才来啊，晚一步俺们就回城了。"

"留守女"汪兰兰抢先说："我跑了三个村才把她们找齐了。你是没看见，一个个肉哩很，又是抹油，又是搽粉，跟去相亲一个样。"

姐妹们把我围在圈里头，叽叽喳喳乱说话。

"家暴女"江水莲，几乎趴到我脸上看，半天说了句："老天爷哎，还真是你哩！在新疆任老板家的小屋里，你问俺这问俺那，俺以为你是骗子哩。"

粉花说："她能骗你啥？你有啥可骗的？"

我摸摸江水莲的歪鼻子说："还好吧，姐，他没再打你吧。"

水莲拍拍腿说："他打不动了，偏瘫了。俺婆婆去年冬天也死了，这会儿我当家。"

"噢?"我开玩笑说，"反转得真快啊！你翻身农奴把歌唱，可以打他了。"

她一吸溜鼻子说："咱不打，他都这样了，看着怪可怜的。"

我掏出围巾分给大家，说："姐妹们，这围巾里有股棉花味，说不定啊，还是你们亲手拾的棉花呢。围上看看，暖和不?"

姐妹们嘻嘻哈哈戴上围巾，一时间雪白的地头五彩缤纷。

江水莲怔怔地站着,鼻子齉齉地问:"要钱不?"粉花上去踢了她一脚,说:"不要!作家姐送咱的。"

我举起一沓照片喊:"姐妹们,看看上面都是谁?"

"天爷哎,这是啥时候照的?"

"这不是我吗?看丑哩!"

"端着大碗的是我吧?那时候我咋怎能吃哩,一顿饭能斗(吃)三大碗。"

"恁瞧瞧,这一地的白棉花喜死个人,那时候咋没觉得好看哩?"

"咦!这张拍得好。你看这大棉包,快把我压趴窝了。"

"恁看看这张,作家姐搂着我照哩,她咋没搂你哩?"

"她还跟我睡过哩,咋没跟你睡啊?"

我挥舞围巾阻止说:"停停停!咋扯到床上去了。"

见大家把照片珍爱地藏起,我知道,这些照片记录着他们在新疆的劳动生活实景,记录着河南拾棉工与新疆棉田的深层关系,记录着中国农业发展时期的一段农民生活史。

我用笨拙的文字把他们记下了,也帮人们和我记住了他们。记住他们的弱小与责任、卑微与高尚、寒冷与热望。记住了他们的泪水、汗水和血的温度。

我问姐妹们,还去新疆拾棉花吗?她们说北疆全部用机械采棉了,不需要拾棉工了。南疆有些地方还在用人工,她们中有人已经转战去了南疆棉田。

粉花要给我说一段顺口溜,她拍起巴掌开始说:"新疆的钱,不好拿,不是跪着就是爬……"没想到姐妹们都会说,她们一起拍手道:"新疆的钱,不好挣,不是弯腰就撅腚。新疆的红票子,累死河南的半吊子。哈哈哈哈……"

该是怎样的自信,才能锻造出如此豪放的个性;该有怎样的磊落,才能如此率性地吐槽和自黑;该有怎样的坚忍,才能积聚出如此含泪的笑。

2017 年秋

"光棍男"刘欢家

临近安徽地界了,我才找到拾棉工刘欢。之所以这么执着地寻找他,不只是牵念他的日子过得怎样,还有一个更重要的原因,他是我在新疆棉田采访的第一位男性。想到他面对我时的那种羞怯、忐忑、纠结和慌张,我便心存不安。三年来,我眼前不断闪现,刘欢讲述中努力想笑、却比哭还难看的表情,还有他用力遮掩、却又主动撕开被婚姻和爱情刺中的伤口时的窘态。他对我毫无来由的信任,让我始终无从释然。

刘欢从河滩的草丛里站起来,我才看清了他那张黑瘦的脸。他急切地走向我时,一群羊也跟着走过来,在我脚边咩咩地叫。刘欢努力使自己的声音超过羊叫,他喊:"大姐来了? 我一早就在这里等了。我家又远又偏,找到这儿真不容易。"我笑着说:"有你在电话里指挥,我还怕找不到吗?"

河堤上长着两排大杨树,黄黄绿绿的树叶哗哗地在高处拍手。我们站在树荫下看远处,刘欢扬起赶羊的鞭子,指着庄稼说:"这是我的地,这块是玉米,那块是黄豆,挨着河坡的那块洼地种的是红芋。咱农村人就是这样,收收麦,种种秋,人伺候地,地养活人。老祖先给咱留的这块地好啊!平展展的,暄乎乎的,没山没石,没碱没盐,种啥收啥。你看,今年秋庄稼长得不赖吧,人勤地不懒,很快就能收秋了。"

我始终认为在大地的深处,暗藏着一股激情的颜料,它把麦子弄成熟黄,把玉米弄成青绿,把豆子弄得黄黄绿绿。

刘欢突然有了新的决定,他说:"来,大姐,我请你吃顿烧烤。"我蒙了,赶紧去看身边的羊。

当刘欢在河滩上挖了个小坑,架上树枝时,我才迷瞪过来,赶紧跑进地里掰玉米。挑个头大的,咔咔掰下来,抱着往地外跑,感觉一下子跑回了童年。

玉米棒子架在火上烤,吱吱冒青烟,玉米皮子下,细微的爆裂声中香气溢出。我顾不上烟熏火燎,全心全意地燎玉米。刘欢趁捡柴火的当口,薅回来几棵多产的黄豆,还有几个没长熟的小红芋。我忙不迭地把红芋埋进热灰里,刘欢已将豆棵放在火上烤了。

这顿美餐注定非同一般。我端坐在草地上,面朝河水,听着羊叫,优雅地啃着玉米,不断地转动棒轴,有条不紊地啃,绝不遗留一粒。玉米粒外黄里白,一嚼软脆,满口喷香,竟吃出了奶油味。烤熟的黄豆荚,从豆棵上摘下一荚,放到嘴边轻轻一挤,热热黏黏的黄豆粒爽爽地滑进嘴去了。细品,水嫩嫩的香,有着草木的青味。红芋是我的最爱,从小被它养服了胃,至今痴情不改。我用小棍在灰窝里一拨拉，跳出来一个全身焦黑的家伙。剥下一层黑皮，白瓤冒着烟，咬一口，面面的，甜甜的，咽下去有点噎人。

我把自个儿吃得满脸黑，刘欢扭脸笑，我赶紧跑到河边洗掉，怕吓到了羊。

我尝到了庄稼的原味，是那种天然的，不加油盐，不添酱醋，没有任何添加剂的醇正味道，一如我笔下拾棉工的原色和本质。

从新疆回来，我查资料，买书籍，访师友，为这本书精心准备了两年半。写什么？怎么写？虚构？非虚构？纠结得我无法入眠。夜半独自在楼下转悠，一滴雨落下来，结结实实地砸头上，我头皮一紧、一凉，心里一松、一亮：那就非虚构吧，让拾棉工们说自己的话，做自己的事，想自己所想，本色为之，原汁原味。我要做一个忠实的记录者。我知道，最真实的其实是最动人的，最朴素的其实是最瑰丽的。

刘欢前头带路，后面跟着羊和我。刘家洼的地势的确有点洼，隔不远一个坑，好像村民的房子都盖在水坑边。刘欢的家也不例外，右手边一个圆水坑，一坑的小鸭子乱扑腾。

大门外，一棵大桐树挂住了我的目光，它的树干疤疤瘌瘌，看来没少接受各种碰撞。我好奇的是，那树干上被铁丝固定着一块木板，上面写着几个黑乎乎的大字：日恁娘，偷俺的羊！！！后面的三个感叹号，像三只一触即炸的手榴弹。一低头，水泥地上还有字，一刀刀刻上的：偷俺的羊，日恁娘！！！三个感叹号刻得有点深，里面藏着一汪水，似一碰即碎的玻璃心。

刘欢把羊们赶进院子,搓着手走出来,一脸的羞窘。他说:"这是我写的,被贼偷怕了!扶贫办给俺家送来三只母羊,我天天跟养老婆一样,好不容易养成了九只。你猜咋着?正月里两天被贼偷走了三只,都是嫩口的小骚胡。小骚胡就是雄山羊,在咱这儿可值钱了。我骑着车子到处找,咋能找到呢?肯定被烤成羊肉串吃掉了。"

我也恨恨的,恨狼心狗肺的贼,对这种人家的羊,怎能下得了手,下得了口呢?

一回头,撞见一张黝黑的女人脸,惊得我一激灵。女人仍旧笑笑的,小眼睛亮亮的,厚嘴唇拉得很开,牙齿排列得不怎么整齐,鼻子沦陷在鼻洼子里。刘欢介绍说:"这是我老婆,缅甸的。"

我把他拉到一棵桃树下,小声问:"咋弄个外国女人?骗来的?"他涨红了脸,说:"在缅甸办了正规手续的。"他料想接下来我会问些什么,就说:"从新疆回来我又相了几次亲,女方上来就问我在城里有车有房没,我一句话没说就走了。冬天托媒人又找了一个,女方一只眼坏了。我想,好对好,赖对赖,弯刀对着瓢切菜。她残疾,我贫穷,这事准能成。去时下着雪,我跳跳滑滑到她家,搭眼一看,好家伙!门楼子底下挤了一堆人,还有人没挤进去,在雪地里等着,头发都白了。我排到第九号,几个小伙子斜着眼看我,说:'恁大年纪了还凑啥热闹啊,咋轮着你了哩?'"

刘欢扫摸了缅甸女人一眼,说:"只好找她了。"

女人朝我们点点头,我惊诧,问刘欢:"她能听懂河南话?"

刘欢说:"不太懂,才来咱这儿两年多。"

我说:"那你不是光棍啦?"

他说:"不是了,成家了。刚才在地里,我没好意思给你说。"

这时冲进来一个泥孩子,估摸有两岁的样子,身后跟着一群歪歪趔趔的小鸭子。小男孩扑向刘欢喊爸爸,说他放鸭子回来了,一口正宗的河南话。刘欢把他提溜到水龙头下,呼呼啦啦地洗。这一洗竟洗出来个外国人,咖啡色皮肤,黑色卷毛,高鼻梁,翘鼻头,大眼睛,深眼窝,就像从动画片里出来的小洋人,站在太阳底下咯咯咯地笑。

我又被惊吓了一回,说:"这孩子?你、你……"

刘欢不错眼珠地看孩子,满眼爱的火星噼噼啪啪。他说:"他爸是印度人,和他妈没结婚,不要他们娘儿俩了。我要了,大肚子女人彩礼少。俩月后我当爸爸了,娃随我的姓,上了刘家族谱,我给他起名叫刘洋,留住这个洋孩子。"

我说:"没想到你这昔日的光棍,还成了个'国际女婿',这个家也成了个'小国际'。中国的爸爸,印度的娃,他还有一个缅甸的妈。"刘欢拍拍媳妇的肚皮说:"这儿还有一个,五个月了,我的。"

女人扯住我的裙子往厨房里拉,她费力地说:"留下,七(吃)馍。"她掀开锅盖,捏出一个不像样子的白面馍,说:"馍,你七。"

接馍的时候,我连女人的手一起抓住了。这个远离故土的异国女人,吃了两年河南的粮食,竟然很像一个河南媳妇了。

大地的云朵

2018 年春

"追梦女"李爱叶家

春天的颜色和我此时寻访李爱叶的心情一样五彩斑斓。

土地的好脾气显而易见,它把各种植物宠溺得不成样子。我在车里看见,桃花粉红,麦苗青绿,油菜花鲜黄,豌豆花浅白……

李爱叶的笑脸花一般开放在我眼前,那时,她在新疆棉田里躲闪着我,三十二岁的她仍是一脸羞涩。眨眼间过了四年,爱叶该有着怎样的变化呢?

李爱叶住的村子叫水寨,我乘坐的小车往东一拐就遇见了水,白亮的沙河水一路指引。河坡上被勤快的农人种上小麦,还见缝插针地种上了油菜。这阵子,油菜花开得正热闹,香气很上头。

这时我看见一个女子急急慌慌往这边跑,我赶忙下车喊:"是爱叶吗?"她气喘吁吁地拉上我的手,说:"是我,大姐好!"亲热劲依旧。我顺势把胳膊搭在她的肩头上,见她描了细眉,擦了脂粉,涂了红唇,看得出,她是花了一番工夫打扮的。一丝感动从心头浮起,爱叶她是重视我的。

我俩坐在油菜花前,我说:"妹妹还是这么漂亮。"

她揪掉一枝黄花,笑着说:"哪儿漂亮啊?这几年我都老透了。"

我问她这几年都干了些啥,她说,秋季去新疆喀什拾棉花,春天去浙江安吉采茶叶,夏天到大连穿牙签海带卷。

"反正一年到头不闲着,哪儿挣钱去哪儿干!"爱叶说。

"喀什的棉花怎样?"我三句话不离棉花。

"跟北疆的差不多。现在,大都用机器了,需要的拾棉工少了,工钱每公斤增加四毛钱。我是老工,天天排在前三名。老板说我是个小辣椒,个子不高,干活很辣。"

我掐了她一下,说:"我看辣不辣。"

她用油菜花摔打我,弄了我一身的黄粉。

爱叶说:"在浙江安吉采茶叶,我也是没落后过,阴历二月十二我们就上山采茶了,明前茶,一芽一叶。在那儿干了二十多天,一天一百二十元,我刚回来没几天。"

我对茶叶感兴趣,催促爱叶多讲些。

爱叶说:"老板为方便采茶,在山坡盖了几间房,地上铺着木板子,好在被褥厚墩墩的怪暖和。山上云雾大,雨水多,我们天蒙蒙亮就上山,穿着高靿胶鞋、花罩衫,腰上系着竹篓,头上戴着斗笠。路滑坡陡,一群人拄根竹竿往上爬,还没采到茶,人先累瘫了。咱们中原人干活可以,爬山不行,下山更不中。一个五十多岁的老大姐,微胖,恐高,下山时她面朝下,四肢着地,撅着腚一梯梯退着走,有人用手机拍她的大屁股。我看着很辛酸,一个人硬是爬成了一头熊。"

爱叶让我看她的手,尽管涂着玫瑰红指甲油,仍没能使这双手变得光鲜。

当爱叶的双手摊开在我面前时,两个字如释重负地跳出来:

呈现。在这本关于拾棉工的书中,我所能做到的,就是用平实的文字静静地呈现。

我看着爱叶满手的伤疤和老茧,心疼地说:"年纪轻轻的干吗这么拼?"

她说:"拼了,日子就有指望,不拼,肯定没有指望。俺老公身体差,我就得多挣钱。俺家刚把房子盖起来,还欠亲戚八九万。你看,俺村里差不多都起新楼了,攀比着哩,一家比一家设计得好。五年前俺村第一家盖楼的,现在样式最落后,他儿子不愿意在那里结婚。"

我随着爱叶往东走,一路看过去,发现这个村的房子的确很惹眼,二层以上的小楼颇多,大都是白灰外墙,浅红、银灰或绛红色屋瓦,蓝天白云下显得很阔气。

爱叶家小楼有些特色,青瓦覆顶,四角飞檐翘角;二楼却是圆形拱窗,白漆垂花门柱。看起来,中西建筑元素,在这里结合得舒适而自然。

我夸赞说:"这小楼看着就提气。"

爱叶嘴角上扬,说:"是俺老公的战友设计的,没要设计费。"

一楼客厅大而深,深而高,比我住的楼房要高出三分之一来,人站在屋肚子里空落落的,如大瓮里的小鸭蛋。

我看着天花板说:"这么高,不浪费材料吗?"

爱叶说:"高啥? 俺村里的楼房都这般高。在外边打工时,住简易房、小窝棚,有时还睡在人家楼道里。我埋着头,蜷着腿,连大气都不敢出,就这样,还是被人家看不起。那时我就想,使劲干,拼命干,挣了钱回村盖个大房子,想咋躺咋躺,想咋睡咋睡。你看姐,这高门大屋的多敞亮,俺看着心里就敞亮,出气可顺畅!"

在我看来,这牢固而体面的新家,不仅是农民工们安放日子和肉体的居所,更是安放尊严和灵魂的地方。

离开水寨村时,见一幢小楼前的院子里小草冒绿。爱叶说这是她二叔家,一家子在山西收破烂,过年时才回来住几天。

我分明瞧见了一个燕子窝,它结实地垒在门楼下,张着口,迎接燕子子孙的归来,哪怕一年只有一次。

2020 年 6 月 22 日

图书在版编目(CIP)数据

大地的云朵:新疆棉田里的河南故事 / 阿慧著. —郑州:
河南文艺出版社,2020.10(2022.6重印)

ISBN 978-7-5559-0962-0

Ⅰ.①大… Ⅱ.①阿… Ⅲ.①散文-中国-当代 Ⅳ.①
I267

中国版本图书馆 CIP 数据核字(2020)第 114204 号

选题策划　陈　静
责任编辑　张　娟
责任校对　赵红宙
装帧设计　吴　月
内文插图　张　燕
书名题写　单占生
责任印制　陈少强

出版发行　河南文艺出版社
本社地址　郑州市郑东新区祥盛街 27 号 C 座 5 楼
邮政编码　450018
承印单位　河南瑞之光印刷股份有限公司
经销单位　新华书店
开　　本　890 毫米×1240 毫米　1/32
印　　张　10.25
字　　数　225 000
版　　次　2020 年 10 月第 1 版
印　　次　2022 年 6 月第 2 次印刷
定　　价　38.00 元